# 黑蜥蜴

江戸川乱歩（えどがわらんぽ）

江戸川乱歩作品集09
乱歩
王華懋◎譯

江戶川亂步｜攝於昭和31年（1956）

# 目錄

# 出版緣起

## 「大」亂步，日本推理小說史上最偉大的教父

文／獨步文化編輯部

### ●亂步熱潮，跨越世代

提到日本推理小說，唯一無可迴避的「絕對」人選，必然是江戶川亂步。

二〇〇三年一月，東京有一個盛大的展覽「江戶川亂步展」，吸引了無數觀展者，與此相對應的是，亂步長年居住的豐島區東京池袋一地，對青少年問題著力甚深的池袋西口扶輪社，也致贈了亂步作品給豐島區內的中小學校學生，並在該區教委區委員會的協力之下，舉辦亂步作品讀後感之徵文比賽。

此時距離亂步謝世的一九六五年，已經三十八年。而二〇〇九年，時隔六年，眾人對亂步、亂步作品的時代意義有了更加深刻的理解與期待，於是，在神奈川近代文學館館長、著名評論家紀田順一郎，以及高橋克彥、戶川安宣、藤井淑禎等重量級專業人士的催生和協助之下，「大亂步展」在日本文化出版界長期的一片不景氣

低迷氛圍中，堂堂登場了。

為什麼一個作家在歿後近五十年，生誕一百一十五歲時，仍受到如此高度的重視？為什麼日本文學史上，在作家名號之前被冠以「大」之尊稱者寥寥可數，而亂步能夠獲致此一當之無愧的無上評價？

## ●文藝青年，耽於思考、創作

亂步，本名平井太郎，於一八九四年生於日本三重縣名賀郡名張町，十三歲暑假前往熱海海水浴場遊玩時，在租書店租了黑岩淚香的翻案偵探長篇小說《幽靈塔》，成為開始閱讀此一類型作品的契機。十九歲進入早稻田大學政治經濟學科攻讀，二十歲首次以英文閱讀冷硬派偵探小說，充分感受到短篇偵探小說的趣味，至此耽讀不輟，並開始嘗試翻譯。二十一歲創作偵探小說處女作〈火繩槍〉，投稿《冒險世界》雜誌但未被採用。

一九二〇年，亂步二十六歲，歷經了各項工作並於前一年結婚後，在這一年以「江戶川藍峯」（與亂步日文發音同為「RANPO」）為筆名，預告創作〈石塊的祕密〉（〈一張收據〉的原型），這是之後傳世筆名「江戶川亂步」的起始。而江戶川亂步正是由美國詩人、歐美推理小說鼻祖愛倫．坡的日文拼音重組而來。

一九二三年，亂步二十八歲時於失業閒暇寫下〈兩分銅幣〉與〈一張收據〉，得到當時《新青年》雜誌總編輯森下雨村的肯定。〈兩分銅幣〉為後人稱為日本作家創作本格推理之始，亂步也被推為「日本推理第一人」。之後，亂步持續發表〈D坂殺人事件〉、〈天花板上上的散步者〉、〈人間椅子〉等傑作，確立了其推理大家的地位。

一九二九年亂步首次在講談社的雜誌上連載通俗偵探小說〈蜘蛛男〉，大眾讀者爭相閱讀，此後同類型的創作〈黃金假面〉、〈吸血鬼〉、〈人間豹〉，因為以關東大地震後的都市現代化與大眾社會狀況為背景，講求詭計與解謎之旨趣，而賦予大眾文學獨特而無窮的深味及樂趣。

更進一步地，亂步於一九三六年開始創作青少年讀物，此後「少年偵探團系列」在一次戰後掀起了一股兒童文學熱潮，人氣居高不墜，此一系列終成亂步文學的代名詞。

## ●以推廣日本推理為一生職志

由此可知，亂步的偵探推理小說分為三個大類：短篇小說、大眾取向及青少年讀物，而不管哪一路線都凝聚了亂步一生追求的藝術成就經營，以及內在和時代如何對應的努力。而到了亂步的晚年則以推廣、振興此一文類為職志，栽培新人不遺餘力。一九四七年五十歲時組成「偵探作家俱樂部」，獲選為第一任會長。這一年十月亂步也在由該團體主辦的「已故偵探作家慰靈祭」節目偵探劇《月光殺人事件》中演出；十一月則為了「復興偵探小說」之使命，前往關西做了一趟長期的演講旅行。

一九五四年六十歲的慶生會上，發布設立「江戶川亂步獎」。年底春陽堂出版的「江戶川亂步全集」（全十六卷）開始刊行。

一九六三年，時年六十九歲，亂步帕金森病症惡化，但所幸他拖著病弱之軀奔走催生的「社團法人日本推理作家協會」於一月底獲得設立認可，並就任首任理事長到八月，後來因為病重無法視事，便委由松本清張接任此一職務。

一九六五年七月，亂步因腦溢血病逝於自宅，三天後獲追贈「正五位勳三等瑞寶章」。此後各家出版社紛紛推出各種形式、版本的亂步作品全集或文庫，被討論、被研究、被力薦、被推崇、被紀念而毫無異議，從而確立了其作品經典及其人不朽作家之崇高地位。

## ● 日本推理之父　當之無愧，影響無遠弗屆

亂步，對日本推理文壇而言，是源頭、是中流砥柱、更是精神領袖，是標竿，且是唯一的依歸。後人談到日本推理，誰能不知道江戶川亂步是無可比擬的「日本推理之父」？

獨步成立之前，在榮譽社長詹宏志先生金頭腦的建議之下，原先取的社名就是一見即知、無須解釋、內行人都明白的「亂步」；遺憾的是，在日本人講究各種禮

儀規矩顧忌的考量之下，讓我們這群社內推理迷無法得願。所幸，如今台灣唯一日本推理專業出版社「獨步」，終於在多年千辛萬苦的斡旋之下，徵得亂步長孫、原鐵道雜誌《TRAIN》總編輯平井憲太郎先生的支持與同意，取得作品集十三卷版權，並由資深前輩傅博老師擔任主編，在獨步成立四年之後，隆重推出此一深具意義的系列。

亂步著作等身，有長、短篇小說百餘篇，尤以短篇見長，另有翻案小說、翻譯作品並有隨筆、評論，此次傅博老師與獨步文化規畫之「江戶川亂步作品集」，則將之收攏為短篇、中短及長篇共十二卷，以及隨筆評論集一卷，當然包括名作如〈陰獸〉、《怪人二十面相》、《魔術師》、《黑蜥蜴》等，尤其第二卷，以名偵探明智小五郎為主角的《D坂殺人事件》共收錄八篇中短篇，可說隆重盛宴以饗讀者！

本作品集之誕生，盼我們「獨步」的努力能與此名「亂步」相得益彰，讓日本推理在台灣，在中、港，在有「迷」的地方皆能發熱發光！

# 總導讀

## 推理大師・江戶川亂步的業績

文／傅博

### ●編輯《江戶川亂步作品集》緣起

筆者於二〇〇三年，策畫過一套「江戶川亂步作品集」，欲與江戶川亂步著作權繼承人平井隆太郎商量在台灣出版事宜時，日本傳來江戶川亂步在中國的簡體字版版權有糾紛，暫時不宜談台灣之繁體字版版權，於是這問題一時擱置。到了〇八年夏，這問題才獲得解決。

這年九月，筆者訪日時，拜訪過亂步孫子平井憲太郎，談起往事，希望授權筆者在台灣編輯一套台灣獨特之「江戶川亂步作品集」，獲得允許。今(〇九)年四月，再度訪日時與獨步文化總編輯陳蕙慧，再次拜訪憲太郎，提交並說明我們的策畫內容，包括卷數、收錄作品的選擇基準與內容、附錄等，獲得肯定。

卷數為十三集，這數字是取自歐洲古代的緩刑架階梯數之十三。在歐美、日本之推理小說裡或叢書卷數，往往會出現這數字。

江戶川亂步的作家生涯達四十餘年，創作範圍很廣，推理小說的比率相當高，為了讓讀者了解江戶川亂步的全業績，少年推理與評論等也決定收入。但是與其他作家合作的長篇或連作，約有十篇，視為亂步之非完整作品，不考慮收。

收錄作品先分為戰前推理小說、戰後推理小說、少年推理小說與隨筆、研究、評論等四類。戰前推理小說再分為短篇與極短篇，一共有三十九篇，全部收錄，視其類型分為三集。中篇只有四篇，合為一集。長篇有二十九篇，選擇七篇分為五集，其中兩集是兩篇合為一集的。

戰後推理小說不多，只有兩長篇、七短篇而已，從其中選擇一長篇、五短篇合為一集。少年推理小說長篇共有三十四篇，選擇兩篇分為兩集。隨筆、研究、評論等很多難計其數，選擇三十九篇為一集。

以上為全十三集的各集主題。除了正文之外每集有三件附錄。每集卷頭收錄一幅不同時代的肖像。卷末收錄三十多年來，在日本所發表之有關江戶川亂步的評論或研究論文之傑作一篇，以及由筆者撰寫之「解題」。這種編輯方針是在日本編輯「作家全集」時的模式，目的是欲讓讀者從不同角度去了解該作家與作品。可說是出版社對讀者的服務之一。

「江戶川亂步作品集」共十三集的詳細內容是：

01、《兩分銅幣》：收錄一九二三年四月發表處女作，至二五年七月之間所發表的本格或準本格推理短篇和極短篇共計十六篇。包括處女作〈兩分銅幣〉、〈一張收據〉、〈致命的錯誤〉、〈二廢人〉、〈雙生兒〉、〈紅色房間〉、〈日記本〉、〈算盤傳情的故事〉、〈盜難〉、〈白日夢〉、〈戒指〉、〈夢遊者之死〉、〈百面演員〉、〈一人兩角〉、〈疑惑〉以及出道之前的習作〈火繩槍〉。

02、《D坂殺人事件》：收錄江戶川亂步筆下唯一名探明智小五郎之系列短篇八篇。包括〈D坂殺人事件〉、〈心理測驗〉、〈黑手組〉、〈幽靈〉、〈天花板上的散步者〉、〈何者〉、〈凶器〉、〈月亮與手套〉。

03、《人間椅子》：收錄一九二五年九月至三一年四月之間所發表之本格與變格推理短篇十五篇。包括〈人間椅子〉、〈接吻〉、〈跳舞的一寸法師〉、〈毒草〉、〈覆面的舞者〉、〈飛灰四起〉、〈火星運河〉、〈花押字〉、〈阿勢登場〉、〈非人之戀〉、〈鏡地獄〉、〈旋轉木馬〉、〈芋蟲〉、〈帶著貼畫旅行的人〉、〈目羅博士不可思議的犯罪〉。

04、《陰獸》：收錄一九二八年至三五年間發表的變格推理中篇四篇。包括〈陰獸〉、〈蟲〉、〈鬼〉、〈石榴〉。

05、《帕諾拉馬島綺譚》：收錄一九二六年發表的較短的長篇兩篇。包括〈帕諾拉馬島綺譚〉與〈湖畔亭事件〉。

06、《孤島之鬼》：原文約二十二萬字長篇，一九二九至三〇年作品。

07、《蜘蛛男》：原文約二十一萬字長篇，一九二九至三〇年作品。

08、《魔術師》：原文約十九萬字長篇，一九三〇至三一年作品。

09、《黑蜥蜴》：收錄較短的長篇兩篇。包括一九三一至三二年發表的〈地獄風景〉、一九三四年發表的〈黑蜥蜴〉。

10、《詐欺師與空氣男》：收錄一九五〇至六〇年發表的五篇短篇與一篇長篇。包括〈斷崖〉、〈防空壕〉、〈堀越搜查一課課長鈞啟〉、〈對妻子失戀的男子〉、〈手指〉、〈詐欺師與空氣男〉。

11、《怪人二十面相》：第一部少年推理長篇，原文約十三萬字，一九三六年作品。

12、《少年偵探團》：第二部少年推理長篇，原文約十二萬字，一九三七年作品。

13、《幻影城主》：收錄非小說的傑作三十九篇，分為三部分，自述十六篇、評論十一篇、研究十二篇。《幻影城主》是台灣獨特的書名，江戶川亂步生前曾以幻影城的城主自居。

每卷除了收入上述作品之外，卷頭收入一張不同時代的亂步肖像或家族照。卷末選錄一篇有關亂步的評論或研究論文。亂步逝世至今已四十多年，這期間由評論家、研究家以及推理文壇外人士所發表的評論、研究、評介達數百篇之多。本作品集收錄的十三篇是從這群文章中挑選出來的傑作。

## ●江戶川亂步誕生前夜

江戶川亂步是日本推理文學之父，名副其實的推理文學大師，其作品至今仍然受男女老幼讀者喜愛的國民作家。

為何江戶川亂步能集這麼多榮譽於一身呢？其答案是：時勢造英雄、英雄再造時勢的結果。話從頭說起。

日本自從一八六八年的明治維新之日本文化的全面西化以後，以文學來說，最先是從翻譯或改寫歐美作品做起，大約經過二十年時光，才出現模仿西方之創作形式的作家，之後，才漸漸理解歐美的文學本質、創作思潮、寫作原理學。而至大正年間（一九一二～二六年）才確立近代化的日本文學。

這段期間，明治維新以前之江戶時代（一六〇三～一八六七年）的庶民通俗讀物，至明治以後，雖然漸漸有所改良，基本上還是保留傳統的寫作形式與內容。到了大正年間，才與純文學同步，步步確立新的大眾文學。

日本近代大眾文學的原點是一九一三年，中里介山所發表的大河小說《大菩薩峠》。當時還沒有「大眾文學」這個文學專詞，稱為「民眾文藝」、「讀物文藝」、「通俗讀物」、「大眾讀物」等。

「大眾文藝」或「大眾文學」之名詞普遍被使用是，一九二六年一月創刊之雜誌

《大眾文藝》，以及於一九二七年，平凡社創刊之《現代大眾文學全集》以後之事。

當初的大眾文學是指，以明治維新以前為故事背景，具有浪漫性、娛樂性的小說，又稱為時代小說（狹義大眾小說）。但是，後來把當代為故事背景，具有浪漫性的「現代小說」以及「探偵小說」也被歸納於大眾文學（廣義的大眾小說）。之後至今，時代小說、現代小說、偵探小說鼎足而立。

「清張（五六年）以前」的偵探小說包括奇幻小說和科幻小說。目前三者雖然鼎足而立，其關係很密切，合稱為「娛樂小說」，而偵探小說於「清張以後」改稱為推理小說，現今兩者並用。

話說回來，對日本來說推理小說是舶來文學，但是從歐美引進推理小說的時期很早，明治維新十年後之一八七七年，由神田孝平翻譯荷蘭作家克里斯底邁埃爾之《楊牙兒之奇獄》為始，比柯南道爾發表「福爾摩斯探案」早十年。

之後，明治期三十五年，翻譯作品不多，而黑岩淚香為首的「翻案（改寫）推理小說」成為大眾讀物之主流。此外，也有些作家嘗試推理小說的創作，但是除了黑岩淚香之〈無慘〉具有文學水準之外，沒有什麼收穫，可說推理創作的時期還未成熟。

進入大正年間，時期漸漸成熟，幾家出版社中有計畫地出版歐美推理小說叢書，其數約有十種。

又因近代文學的確立，大正期崛起的谷崎潤一郎、芥川龍之介、佐藤春夫等幾位作家的取材範圍，比以往作家為廣，其某些作品就具有濃厚的推理氣味。又，戲劇作家岡本綺堂於一九一七年，開始撰寫模仿福爾摩斯探案之「半七捕物帳系列」，共計六十八話，是以明治維新以前之江戶（現在之東京）為故事背景，推理與人情、風物並重的時代推理小說，當時卻不被視為推理小說，被歸類於時代小說。

至於一九二〇年一月，明治、大正期之兩大出版社之一的博文館，創刊綜合雜誌《新青年》月刊，主要內容是刊載鼓勵日本青年向海外發展的文章，附錄讀物選擇在日本開始被讀者接受的歐美推理短篇。而且也同時舉辦推理小說的創作徵文，雖然於四月發表第一屆得獎作品，其品質與歐美作品比較還有一段距離，其最大理由，就是徵文字數限定於四千字，作品不能充分發揮其才能。

《新青年》雖然不是推理小說的專門雜誌，卻是唯一集中刊載推理小說的雜誌。翌年八月，主編森下雨村編輯出版「推理小說特輯」增刊號，獲得好評。（之後每年定期發行推理小說增刊二期至四期，內容都是歐美推理小說為主軸。）

在這樣大環境之下，機會已成熟，一九二三年四月，《新青年》刊載了日本推理小說史上的里程碑，江戶川亂步〈兩分銅幣〉。

## ●江戶川亂步確立日本推理小說之後

江戶川亂步：本名平井太郎，另有筆名小松龍之介。筆名江戶川亂步五字是從世界推理小說之父艾德格・愛倫・坡的日文拼音以漢字表示而來的。一八九四年十月二十一日生於三重縣名賀郡名張町，父親平井繁男，為名賀郡公所書記，母親平井菊。兩歲時因父親轉換工作，全家移居名古屋市。

七歲進入白川尋常小學，識字後便耽讀巖谷小波之《世界故事集》。十一歲進入市立第三高等小學，二年級時開始閱讀押川春浪的武俠小說，黑岩淚香的翻案推理小說。十三歲進入愛知縣立第五中學，因為討論賽跑和機械體操，時常曠課。亂步的推理作家夢，萌芽於此事，他對於現實世界的歡樂不感興趣，喜一個人在黯淡的房間，靜靜地空想虛幻的世界。

一九〇七年，父親開設平井商店做生意。二年中學畢業，平井商店破產，亂步放棄升學，六月亂步跟家族移居朝鮮，八月單獨上京，於本鄉湯島天神町之雲山堂當活版排字實習生。之後，考進早稻田大學預科，但是為了生活，很少去上課，其間當過抄寫員、政治雜誌編輯、圖書館出租員、英語家教等，但是都為期不久。

一九一二年春，外祖母在牛込喜久井町租屋，亂步搬去同居，因此不必去打工，可專心上學。八月預科畢業，進入政治經濟學部。翌年春，與同學創刊回覽式同仁雜誌《白虹》，醉心愛倫・坡與柯南・道爾之福爾摩斯探案，亂步堅信純粹的推理小說，必須以短篇形式書寫這種創作思想。爾後，他在自己的作品實施。亂步為研究歐美推理小說，除大學圖書館之外，還去上野、日比谷、大橋等圖書館閱讀，這年把閱讀的筆記自己裝訂成書，稱為《奇譚》。

一九一五年，父親從朝鮮回來，定居於牛込，亂步搬去同居，這年撰寫推理短篇〈火繩槍〉，為亂步之實際上的推理小說處女作。翌年大學畢業，計畫到美國撰寫推理小說賺錢，但是欠缺旅費，只好留在日本找工作，這年到大阪貿易商社加藤洋行上班，翌年五月辭職，之後數個月，到各地溫泉流浪。回來後在三重縣的鳥羽造船所電氣部上班，之後改調社內雜誌《日和》編輯。此後五年內更換工作十多次，如巡迴說書員、經營古書店、雜誌編輯、市公所職員、新聞記者、工人俱樂部書記長、律師事務所職員、報社廣告部職員等。

一九二三年，撰寫〈兩分銅幣〉與〈一張收據〉兩篇推理短篇，最先寄給曾經發表過推理文學評論的文藝評論家馬場孤蝶，請他批評並介紹刊載雜誌，但是一直沒有回應，亂步索回改投《新青年》，主編森下雨村閱讀後，疑為是歐美作品的翻案，請當時在《新青年》撰寫法醫學記事的醫學博士小酒井不木（之後也撰寫推理小說）鑑定。

於是一九二三年四月，〈兩分銅幣〉與小酒井不木的推薦文同時被刊出，獲得好評，繼之七月，〈一張收據〉也被刊載，從此，亂步的人生一帆風順。

亂步的登場，證明了日本人也有能力撰寫與歐美比美的推理小說，由此，欲嘗試的挑戰者或追隨者相繼而出，不到幾年，以《新青年》為根據地，在大眾文壇確立一席之地，與時代小說、現代小說鼎足而立。

但是，《新青年》所刊載的推理小說，以現在的眼光分類，非屬於本格推理的為多，如重視結尾的意外性的準本格，現實生活中的非現實奇談等等，這些作品有其共同特徵，就是故事的耽美性、傳奇性、異常性、虛構性、浪漫性。

話說江戶川亂步，一九二四年因工作繁忙，只在《新青年》發表兩篇短篇，十一月為了專心推理創作，辭去大阪每日新聞社工作，翌二五年一共發表了十七篇短篇與六篇隨筆，為亂步最豐收的一年，也是亂步在大眾文壇確立不動地位之年。

之後，亂步執筆的主軸，從短篇漸漸轉移到長篇，而於三六年開創長篇少年推理小說。四〇年至四五年日本敗戰之間，日本政府全面禁止推理小說創作，亂步只發表了合乎國策的三篇冒險小說。

戰後，亂步的創作量激減，其活動主力是推理作家的組織化，培養新人作家與推理文學的推廣，而確立了戰後推理文壇。例如：

二次大戰結束，因戰後疏散到鄉村的作家紛紛回京，翌四六年六月十五日星期六，亂步主持了一場「在京推理作家座談會」，向在場作家講述了長達兩小時的〈美國推理小說近況〉，介紹美國推理小說的新傾向，勉勵大家共同為戰後之推理小說邁進。

這次聚會之後，決定每月第二個星期六定期舉辦一次聚會，稱為「土曜會」（星期六在日本稱為土曜日）。

一年後，土曜會為班底，成立「偵探作家俱樂部」，選出江戶川亂步為首屆會長。五四年十月，偵探作家俱樂部與關西偵探作家俱樂部合併，改稱為「日本偵探作家俱樂部」。六二年，由任意團體組織改組為社團法人（基金會），改稱為「日本推理作家協會」。

偵探作家俱樂部成立時，為褒獎年度優秀作品，設立偵探作家俱樂部獎，之後跟著組織的更名，獎的名稱也更改，現在稱為日本推理作家協會獎。

一九五四年十月三十日，慶祝江戶川亂步六十歲誕辰會上，亂步為振興日本推理小說，向日本偵探作家俱樂部提供一百萬圓日幣為基金，設立江戶川亂步獎，當初兩屆頒獎給對日本推理文壇的功勞者，從第三屆起更改為長篇推理小說徵文獎，鼓勵新人的推理創作。

亂步除了推行這些組織性的活動之外，還積極地撰寫介紹歐美推理作家與其名著，以及推理小說的理論與研究文章。前者結集為《海外偵探小說作家與作品》，後者的代表作為《幻影城》與《續·幻影城》。

江戶川亂步對日本推理文壇的貢獻，日本政府於一九六一年十一月，授與「紫綬褒章」。

一九六五年七月二十八日，亂步因腦溢血逝世，享年七十一歲。日本政府再度授與「正五位勳三等瑞寶章」紀念其功勞。

二〇一〇年一月七日

本文作者簡介

傅博

文藝評論家。另有筆名島崎博、黃淮。一九三三年出生，台南市人。於早稻田大學研究所專攻金融經濟。在日二十五年以島崎博之名撰寫作家書誌、文化時評等。曾任推理雜誌《幻影城》總編輯。一九七九年底回台定居。主編「日本十大推理名著全集」、「日本推理名著大展」、「日本名探推理系列」以及日本文學選集（合計四十冊，希代出版）。二〇〇九年出版《謎詭・偵探・推理——日本推理作家與作品》（獨步文化），是台灣最具權威的日本推理小說評論文集。

# 黑蜥蜴

# 黑街女王

據說在這個國家，每到聖誕夜亦有數千隻火雞慘遭斷脖之刑。

帝都最大的鬧區G街❖1上，成千上萬個行人被霓虹燈形成的闇夜彩虹暈染得五顏六色，然而從大馬路往裡頭踏進一步，橫亙於前的竟是這座城市的黑街。

G街一帶每到晚上十一點，路上便幾乎不見人影，對夜晚的人種而言實在是相當不盡興，卻符合帝都拘謹的表徵；然而與此拘謹背道而馳的，則是位於G街後方的黑街漸次熱鬧了起來，直到凌晨兩、三點，眾多精力十足的浪蕩男女仍在窗戶緊閉的幽暗空間中蠕動個不停。

如前文所述，某個聖誕夜的凌晨一點左右，坐落於黑街的某棟壯觀建築物裡，雖自外頭望去宛若空屋般漆黑，然而，其中脫離常軌、幾近瘋狂的豪華晚宴正進入最高潮。

雖非公家舞廳❖2，格局卻寬闊毫不遜色，地板亦平滑如鏡。幾十名男女，有人舉杯高呼快哉，有人歪戴著斑斕條紋尖帽狂亂舞蹈，有人模仿大猩猩追趕奔逃的少女，有人哭叫，有人暴怒，頭頂上五彩紙片似雪花紛飛，七色彩帶若瀑布傾注，無數紅藍氣球在嗆人的香菸雲霧中迷惘飄蕩。





1 G街及後文U公園、T大學、S站等，分別應指銀座、上野公園、東京帝國大學、品川（新橋？）車站。接下來提及的黑蜥蜴手下所任職的T大學姑且不論，其後出現的大阪天王寺公園也以T公園稱之，連一些無關緊要的地名都以字母代稱，很可能是《日出》雜誌的要求。然而，只有「京橋」這個地名明白寫出。〈惡魔的紋章〉(1937-38)也有一樣的情形。不過，同是在《日出》連載的〈幽鬼之塔〉(1939-40)卻又並非如此。

2 日本的舞廳興起於大正末年，昭和15年遭禁。凡購買白天十錢、夜間二十錢的票券，可和專屬舞者共舞一曲。當時知名的舞廳有京橋的東京舞蹈研究所、人形町的聯合舞廳、赤的弗羅里達、新宿的國華、飯田橋的飯田橋舞蹈場等。

「啊，是黑天使、是黑天使啊！」

「黑天使降臨了！」

「太棒了，女王萬歲！」

眾多醉鬼你一言我一語地，歡呼聲此起彼落，緊接著爆出一陣如雷的掌聲。

人牆自然而然分開，一名婦人踏著輕快的步伐，來到舞廳正中央。漆黑的晚禮服、漆黑的帽子、漆黑的手套、漆黑的絲襪、漆黑的皮鞋，在這一身暗黑的扮裝中，那張燦然生輝的美貌綻放著興奮的潮紅，宛如盛開的紅玫瑰。

「各位佳賓晚安。我醉了。可是我們繼續喝吧！繼續跳吧！」

美豔的婦人高舉右手揮舞著，並嬌嗔地鼓舞所有人。

「我們喝吧、我們跳吧。黑天使萬歲！」

「喂，小弟，拿香檳來，香檳！」

很快地，猶如槍響的「砰砰」聲傳來，軟木子彈穿過五彩氣球升天而去。玻璃杯相互碰撞的輕脆聲響四起，然後又是「黑天使萬歲」的大合唱。

黑街女王究竟為何會如此大受歡迎？即便沒有人清楚她的來歷，其出眾的美貌、脫俗的舉止、無窮的奢華、難以計數的珠寶鑽飾，任意舉出一樣，就足以讓她獲得女王的封號，遑論她還具備超群的魅力——她簡直是名大膽放肆的展示者。

「黑天使，我們想看寶石舞蹈。」

有人高喊著。伴隨一陣掌聲，周圍響起「哇」地歡呼。

角落的樂隊開始演奏，猥褻的薩克斯風詭異地撩撥大夥的耳際。

眾人組成的圓陣中央，女王翩翩起舞。此刻，黑天使蛻變為白天使。覆蓋在她那美豔潮紅的肉體上的，僅兩條奢華的珍珠首飾、精緻的翡翠耳環、鑲嵌著無數鑽石的左右手環及三枚戒指，此外連一線絲、一片布都沒有。

眼前的她，只是一團熠熠生輝的粉紅色肉塊。肉塊舞動著手、抬起腿，嬌娜地演出只能在埃及宮廷見識到的妖冶舞蹈。

「瞧瞧，黑蜥蜴開始爬行，好迷人啊。」

「嗯，真的，那隻小蟲精神抖擻地活動起來了。」

一身時髦燕尾服打扮的青年與旁人交頭接耳地說。

美女的左臂上攀附著一隻墨黑蜥蜴，具吸盤的腳隨她的肢體韻律搖搖擺擺，彷若下一刻就會從女人的肩膀纏上脖子、從脖子蹭到下巴，甚至進犯嬌嫩欲滴的朱唇。然而，黑蜥蜴僅在同一胳膊上不停蠕動。原來那不過是栩栩如生的蜥蜴刺青。

這不知廉恥的舞蹈頂多持續四、五分鐘，一曲舞畢，沉浸在感激中的眾多紳士便一擁而上，口中不斷激情吶喊，冷不防便抬起美豔的裸女，如同抬神轎般豪壯吆喝，在室內亢奮地遊行打轉。

「好冷，快帶我進浴室。」

女王如此命令後，神轎便順著旨意，朝向走廊，往預備好的浴室前進。

黑街的聖誕夜，便由這名豔婦的寶石舞蹈畫下句點。而後，人們摟著各自的伴侶，或前往飯店，或返回自宅，三三兩兩地離去。

祭典結束的大廳，好似船離港的碼頭，徒留五彩紙片及彩帶一地狼籍，殘存些許浮力的氣球稀稀落落地貼附著天花板，景象極為落寞。

在這荒涼如後台般的房間角落，一名遭遺棄的可悲青年宛若一團破爛，癱軟在椅子上。他身穿寬肩的俗氣條紋西裝外套，搭配紅領帶[1]，打扮有點裝模作樣。加以他像拳擊手般鼻子扁塌、肌肉結實，予人陰險的印象。然而，與外表相反，他神情萎靡不振、垂頭喪氣，稍不留意便容易將他誤認為一件廢物。

（我急成這樣，她到底在拖拖拉拉什麼啊？這可是我性命交關的緊要時刻，在她磨蹭的時候，搞不好條子就會闖進來，真是急死人。）

他一個哆嗦，撩起亂髮。

此時，穿著制服的男侍[2]踏過紙帶山，送上看似倒滿威士忌的酒杯。他接過後，罵著「太慢了吧」，便一口氣喝乾，隨即又命「再一杯」。

「阿潤，抱歉讓你久等。」

青年望眼欲穿的黑天使終於現身。

「我總算甩掉那群煩人的公子哥，脫身回來。那麼，馬上就聽聽你一生一次的

1 原文為「クラヴァット」(cravat)，是法文中的領帶之意。領帶於江戶末期被引進日本，直到明治初年，才普遍以英文「ネクタイ」(necktie)稱之。

2 原文為「男ボーイ」(BOY)，是為了與女侍的「女ボーイ」(女BOY)有所區別，兩者皆為明治時期起的用法。《新詞字典》曰：「在意指男孩的BOY上冠上『女』字看似可笑，但這也是新時代語的獨特之處」。亂步在《影男》(1976)中，也曾讓主角向大眾酒場的「男ボーイ」點燒酎及日本酒。

請求吧。」

女子在前方的椅子坐下，露出嚴肅的表情。

「這裡不行。」

名喚阿潤的青年依然板著臉，語氣陰沉地應道。

「不好讓人聽見？」

「對。」

「事關犯罪？」

「嗯。」

「你毆傷人？」

「不，若只是這樣，還容易解決。」

黑衣婦人十分機伶，未繼續追問，反倒旋即起身。

「到外頭談吧。除地下鐵工程的工人外，G街通常人煙罕至，去那兒邊走邊聊。」

「好。」

於是，低俗的紅領帶青年與美豔的黑天女，這舉止不尋常的一對並肩離開。

外頭只見路燈及柏油路，深夜大道恍若一片死絕，四周迴響著兩人踩出的獨特節奏。

「你到底犯下什麼罪？消沉成這副德行，一點都不像你。」黑衣婦人率先開口。

「我殺了人。」阿潤直盯腳下，絕望地沉聲坦白。

「哦，對方是誰？」

沒想到，本該是駭人聽聞的回答，黑天女卻不怎麼驚訝。

「我的情敵混帳北島，和咲子那婊子。」

「哎呀，你忍不住啦……在哪下手的？」

「那對狗男女的公寓。我把屍體塞進衣櫃，明天一早，事情絕對會曝光。我們之間的三角糾葛人盡皆知，公寓管理員和街坊鄰居都很清楚今晚到他倆住處的只有我，萬一被逮捕，我就毀了……我還捨不得離開這花花世界啊。」

「你想遠走高飛？」

「嗯……夫人，妳總說我是妳的恩人。」

「沒錯，先前是你救我脫險的。此後，我就看上你的身手。」

「那麼，請回報我吧，麻煩借我一千圓的跑路費。」

「區區一千圓當然沒問題，可是你以為逃得掉嗎？沒用的。你準會被絆在橫濱或神戶的碼頭，然後只能束手就擒。在這種情況下，自亂陣腳、倉促逃亡，是最愚蠢的行為。」

黑衣婦人一副十分習慣這種事的口吻。

「妳的意思是，要我繼續躲在東京？」

「唔，我覺得這樣較妥當。可惜，即便如此仍非常危險，要是有更周全的辦法就好了……」

黑衣婦人倏然止步，彷彿陷入沉思。不一會兒，她突然沒頭沒腦地問：

「阿潤，你住在公寓五樓吧？」

「嗯，有啥不對嗎？」青年略顯不耐地答道。

「哎呀，太好啦。」美女驚呼一聲。「我想到一條妙計，這簡直就是天意。欸，阿潤，有法子讓你高枕無憂。」

「什麼？快告訴我。」

不知為何，黑天女神祕地冷冷一笑，直瞅著他蒼白的臉，一字一句斬釘截鐵地說：

「你必須死，不能留下雨宮潤一的活口。」

「咦、咦，妳說什麼？」

潤一青年驚詫得目瞪口呆，只能愣愣望著妖冶的黑街女王。

# 地獄風景

雨宮潤一佇立在約定的京橋橋頭，焦急等待黑衣婦人的到來。此時一輛轎車停下，身穿黑西裝、頭戴鴨舌帽的年輕司機從車窗伸手打招呼。

「不需要、不需要。」

潤一心想，以計程車而言，這輛車委實太過高級，便揮手試圖趕走司機。

「是我啦，快上車。」未料司機竟以帶笑的女聲回應。

「咦，原來是夫人。妳會開車？」

前一刻大跳寶石豔舞的黑天女，竟在短短十分鐘內化身為西裝男子，還開著轎車過來，潤一大為吃驚。兩人認識超過一年，他仍摸不透這名黑衣婦人的底細。

「少瞧不起人，開車這種小事還難不倒我。別一臉錯愕，快上車。現下已兩點半，再不加緊行動，只怕就要天亮。」

潤一難以置信地上車，剛坐下，轎車立刻如箭矢般朝毫無阻礙的深夜大路疾駛而去。

「這個大袋子是幹嘛的？」

瞥見角落有個折起的大麻袋，潤一隨口問道。

「用來拯救你的。」美麗的司機轉頭回答。
「這麼神祕。我們究竟要去哪裡？我真是有些害怕。」
「G街的英雄怎麼說起洩氣話？不是才講好不多問，難道你信不過我？」
「不，不是這樣的。」
接下來，不管潤一如何攀談，司機都只凝視前方，一句也沒應。
車子繞過U公園的大池塘邊緣，駛上坡道，在一處異常冷清的地點停下。周遭只有綿延的圍牆，不見半戶住家。
「阿潤，你有手套吧？脫掉大衣，戴上手套。上身鈕釦全扣好，並壓低帽緣。」
男裝麗人命令道。與此同時，車頭、車尾及車內的燈瞬間熄滅。
四下連路燈都沒有，盡是一片黑暗。熄掉所有的燈、關掉引擎的車子，彷若盲人佇立不動。
「好了，拿著袋子跟我過來。」
待潤一遵照指示跨出車外，立起黑西裝衣領、風貌猶如西洋竊賊的黑衣婦人隨即執起他的手，猛然將他拉進附近一扇開啟的門內。
兩人行經許多遮蔽夜空的巨木，穿越開闊的空地，走過不知名的狹長洋館。而螢火般零星的路燈只是若隱若現，前方是無止盡的漆黑。
「夫人，這兒不是T大校園嗎？」

「噓，不許出聲。」

黑衣婦人手一緊，厲聲斥責。天寒地凍，唯有貼合的掌心隔著兩層手套暖暖滲出汗。然而，兇犯雨宮潤一根本無暇意識到對方其實是個「女人」。

走在暗夜之中，短短兩、三個小時前的驚心動魄體驗動輒復甦，過往的情人咲子被掐住脖頸，齒間吐出舌頭，血水從嘴角汩汩流淌，瞠大雙眼直瞅著他的模樣，及她瀕死前徒然抓向虛空的五指，皆化成一道巨大的幻影阻擋在前方，不斷威脅著他。

步行好一會兒，寬廣的空地中央出現一幢寂然坐落的西式平房，周遭圍著半腐朽的木板牆。

「進去。」

黑衣婦人邊低聲吩咐，邊摸索尋找木門的鎖頭。不知她是否有鑰匙，不過，伴隨一陣金屬轉動聲，門輕易地打開。

踏入牆內、關上木門後，她打開預備好的手電筒，照亮腳邊便往建築物走去。只見蔓徑荒草，恍若誤闖無人居住的鬼屋。

爬上約三階的石階，來到一處像門廊的地方。扶手的白漆斑駁剝落，踩上那毀壞的灰泥地，再往前五、六步，便是道樣式古典穩重的緊閉門扉。

黑衣婦人取出鑰匙，接連打開兩扇門，進到一個空蕩蕩的房間。一股彷彿外科醫院的強烈消毒藥水味，及另一種異樣酸甜的氣味混合在一起，刺人鼻腔。

「這裡就是我們的目的地。阿潤，等會兒不管看到什麼，都不准出聲。雖然屋裡應該沒人，但偶爾會有巡邏人員經過牆外。」

黑天女的呢喃好似威脅。

莫名的恐懼嚇得潤一毛骨悚然，只能僵立原地。這棟像鬼屋的紅磚建築究竟是何處？那嗆鼻的異臭又是什麼？現下這感覺一說話四面就會傳來回音的寬敞空間裡，到底有何蹊蹺？

伸手不見五指的黑暗裡，北島和咲子瀕死之際那扭曲得令人作嘔的恐怖模樣再度重疊，歷歷浮現眼前。我是不是受他倆的惡靈牽引，正徬徨在黃泉的幽冥中？潤一陷入生平從未經歷過的詭異錯覺，不禁冷汗涔涔。

黑衣婦人手裡的手電筒圓光緩緩爬行於地面，彷彿在進行搜索。

沒鋪絨毯、木紋粗糙的地板一片片通過圓光。未久，一個掉了漆、猶如堅固桌子般的物品，自桌腳的部分漸漸進入光圈。那是張大型長桌。不對，是人，是人類的腳。那麼，有誰躺在房內嘍？

不過，其實這是雙異常乾癟的老人的腳，足踝還以繩子綁著木牌，究竟是怎麼回事？

咦，天氣這麼冷，老人卻光著身子呼呼大睡。

圓光從大腿移到腹部、從腹部移到瘦骨嶙峋的胸口，接著由雞爪般的纖細脖子，滑至無力垂落的下巴、呆蠢張開的嘴唇、裸露的牙齒、黑洞似的嘴巴、毛玻璃般毫無光澤的眼球……原來是具屍體。

方才的幻影與出現在圓光中的物體倏然合而為一，潤一嚇得渾身哆嗦。不久前才犯下重罪，內心驚惶未定的他，尚未意識到這是何處，直以為自己喪失理智，或深陷於噩夢。

然而，手電筒接著映照出的光景，更逼得他將黑衣婦人先前的叮嚀拋諸腦後，不住尖聲驚叫。

眼前若非地獄景象，還會是什麼？一座約三張榻榻米大小的水槽般容器裡，層層疊疊堆滿男女老幼的裸屍。

駭人的情狀酷似亡者在血池中相互推擠的地獄圖，這真的是現實世界嗎？

「阿潤，你怎麼如此膽小？沒啥值得大驚小怪的，這兒是實習用的解剖室，每所醫學院都有。」黑衣婦人狂傲地嘲笑。

啊啊，原來是這樣。我們果然在大學校內嗎？不過，究竟為何非得到這詭異的地方不可？連作惡多端的不良青年潤一，也不得不為迷人的同行者太過出人意表的行動瞠目結舌。

手電筒的燈光梭巡屍山一輪後，倏然停留在上層一具令人怵目驚心的年輕屍體上。

黑暗中，青年的屍體猶如詭譎的幻燈片般，裸露著黃色肌膚，一動也不動。

「就是他了。」黑衣婦人將手電筒的光定在那具屍身上，喃喃低語。「這名青年是K精神病院的患者，昨天剛過世。K精神病院與T大學有特約關係，一旦患者亡故，遺體便會立刻運至此處。而解剖室的工作人員是我的朋友……唔，算是我的手下吧，所以我才會曉得有具堪用的年輕遺體。如何，還滿意嗎？」

「什麼意思？」潤一驚恐萬分。這女人究竟打得是什麼算盤？

「身高和體型，不都與你相似？不一樣的只有臉。」

經她提醒，仔細一瞧，確實不管年紀或體格，皆與潤一相仿。

（噢，是要讓這傢伙當我的替死鬼嗎？不過，這女人外貌生得雍容華貴，竟想得出如此狂妄駭人的手段。）

「懂了嗎？我的妙計如何？不輸魔法師吧。畢竟是要從這世上完全抹煞一個人，不使出最大膽的魔法，怎麼可能辦到？喏，把袋子拿出來。雖然有點噁心，不過我們得合力把這傢伙裝袋並搬上車。」

現下，比起屍體，潤一更害怕他的救星黑衣婦人。這女人究竟是何方神聖？就算是有閒貴婦的殘虐遊戲，未免也太縝密。這間解剖室的管理員居然是她的手下，爪牙能滲透至此，可見她肯定是不容小覷的大惡煞。

「阿潤，發什麼呆，快取袋子過來。」

一片漆黑中，女怪斥喝著他。挨罵的剎那，一股非比尋常的威嚴，震懾得他心臟差點麻痺。當下，他猶如猝不及防撞見貓的鼠輩，只能依她的命令行動。

## 飯店賓客

帝都遠近馳名的K飯店，這天夜晚也辦了場國內外人士雲集的盛大舞會。未料，在通宵狂舞的眾多賓客幾乎都已離去、玄關服務生昏昏欲睡的凌晨五點左右，一輛汽車在旋轉門前停下。

原來是綠川夫人。

服務生對這位貌美的住客皆傾慕不已，因而眼尖地發現是綠川夫人時，便爭先恐後跑向車門旁。

只見裹著皮草大衣的綠川夫人下車後，一名男伴緊接著現身。男子年約四十，留著高高翹起的八字鬍及濃密山羊鬍，戴著玳瑁框眼鏡，外罩鑲皮草的厚大衣，底下露出條紋禮褲，乍看頗有政治家架勢。

「這是我朋友。我的隔壁房還空著吧？請為他整理一下。」綠川夫人吩咐恰巧在櫃檯的飯店經理。

「是，我們立刻準備，請兩位稍作歇息。」

經理殷勤答道，同時命令服務生趕緊安排。

蓄鬍的客人默默在攤開的登記本上簽名後，隨夫人步向正面的走廊。其署名為山川健作。

待房間安頓好，兩人便各自梳洗。接著，男子至綠川夫人房裡會合。

脫下晚禮服外套，僅穿著長褲的山川健作不停搓揉雙手。與那威嚴的相貌格格不入的是，他竟以孩童般的嗓音說話：

「唉，受不了，感覺雙手仍沾著味道。那麼殘忍的事，我是生平第一次經歷啊，夫人。」

「呵呵呵呵，明明就殺了兩個人，還真大言不慚。」

「噓，那種事別大剌剌地掛在嘴邊，萬一被走廊上的人聽見怎麼辦？」

「不要緊，這麼小聲傳不出去的。」

「啊啊，光想到就起雞皮疙瘩。」健作渾身發顫，「剛才在我的公寓拿鐵棒砸爛那具屍體的臉時，心情真是難以言喻。把那傢伙推落電梯口時，遙遠的下方似乎傳來摔爛的聲響。嗚嗚，嚇死人了。」

「膽小鬼，事情早就過去，多想無益。那時候雨宮潤一已死，如今站在這兒的，是不折不扣的學者山川健作。你振作點行不行?」

「可是，真的沒關係嗎?遺體少一具，校方難道不會發現?」

「講什麼傻話，你以為我沒考慮到這一點嗎?那邊的工作人員是我的手下，哪可能笨到出那種紕漏?況且，現下學校正在放假，沒有老師，自然也不會有學生。只要管理員在登記簿上動點手腳，工友也記不住每具遺體的面容。遑論遺體堆積如山，就算少一具，除了負責的工作人員外，誰都不會發現。」

「那麼，得通知對方今晚的事才行。」

「嗯，天亮後再打通電話就好。話說回來，阿潤，我有事想跟你談，坐到這兒來。」

穿著華麗友禪染[1]長袖和服睡袍的綠川夫人，端坐在床上。她指著一旁的空位，向化身為山川的阿潤招手。

「我能拿下這煩人的假鬍子和眼鏡嗎?」

「嗯，門已鎖上，放心。」

而後，兩人彷彿一對情侶，並肩交談起來。

「阿潤，你已經死了。明白這代表什麼嗎?換句話說，此刻這個重獲新生的你，生命是我賜予的。所以，無論我下達何種命令，你都不可違抗。」

「若我不聽從呢?」

1 一種染布法，據傳是在江戶時期的元祿年間，由宮崎友禪齋所完成。纖細華麗的花紋為其特色。

「那我只能殺了你。我是個多麼令人膽寒的魔法師，你再清楚不過吧？何況，山川健作根本形同我的掌中物。他在這世上沒有戶籍，就算某日突然消失，也不致引發軒然大波，連警方也無計可施。從今天起，你這身手矯健的人偶便歸我所有。而所謂的人偶，就等於奴隸，明白嗎？是奴隸喔。」

潤一早為眼前的妖魔魅惑，縱然聽到這番威脅，亦絲毫未感不快，甚至陷入一種難以自拔的甜美依戀。

「好的，我甘願成為女王的奴隸，不管多麼下賤的工作我都甘之如飴。即使讓我親吻妳的鞋底，我也會全力以赴。相反地，請別輕易拋棄妳的孩子，好嗎？千萬不要拋棄我。」

他情不自禁地將雙手擱在綠川夫人的膝上，一邊撒嬌，語調益發泫然欲泣。黑天女慈祥微笑著，摟住潤一寬闊的肩膀，哄嬰兒般，帶著節奏輕輕撫拍。隔著衣物，她感覺到灼熱的淚水啪嗒啪嗒落在膝頭。

「哈哈哈，真可笑，我們怎麼莫名感傷起來？收拾一下情緒，還有更重要的事得談。」夫人放開手道。「你曉得我的真實身分嗎？恐怕是一無所悉吧。」

「不論妳是誰，我都不在乎。是可怕的盜賊也好，是殺人犯亦無妨，我永遠是妳的奴隸。」

「呵呵呵呵呵，你猜中了。沒錯，我是盜賊。此外，或許也殺過人。」

「咦，妳殺過人？」

「呵呵呵呵，你還是嚇到了嘛。可是，不管你知道多少，我都無所謂，因為你的命掌握在我手裡。你總不會想逃吧？還是你真的要逃？」

「我是妳的奴隸。」他緊緊抓著女人的膝頭再次宣誓。

「哎呀，好窩心。從今天起，你就是我的手下，你得竭力為我效勞。話說回來，你猜，我怎會住在這家飯店？約莫四、五天前，我就以綠川夫人的名義訂房，因為我盯上的鳥兒目前住在這裡。獵物相當棘手，光憑我一人，仍有點不安。所幸及時獲得你這個助手，心裡總算踏實些。」

「對方是有錢人嗎？」

「嗯，有錢是有錢，但錢不是我的目的。我的願望是將世上一切美麗的物品據為己有，舉凡珠寶、藝術品，及迷人的少女……」

「連人也不放過？」

「沒錯，美人遠勝於藝術品。這家飯店裡的鳥兒，就是隨父親前來的如花似玉大阪姑娘。」

「那麼，妳打算擄走她嗎？」

黑天女的話句句出人意表，潤一不由得又是一陣驚詫。

「當然，但這回不是尋常的綁架。我要挾持那女孩，逼她父親交出珍藏的全日本最稀罕的鑽石。她父親可是大阪知名的寶石商。」
「該不會是岩瀨商行吧？」
「你還真清楚。岩瀨庄兵衛就在此下榻。然而，棘手的是，他僱用了私家偵探明智小五郎。」
「哦，明智小五郎啊。」
「有點麻煩的敵手吧？明智那傢伙實在惹人厭，幸好他對我一無所知。」
「他怎會僱用私家偵探？難道他已有所察覺？」
「是我刻意讓他察覺的。阿潤，我不喜歡乘虛而入這種卑鄙的手段，從不在沒預告的情形下行竊。若非與戒備周全的對手公平交戰，就不好玩了。比起順利取走寶物，彼此較勁的過程更有意義。」
「那麼，這次也預告過嘍？」
「嗯，在大阪確確實實發出過警告。啊啊，莫名地愈來愈興奮。對手是明智小五郎的話，也算旗鼓相當。想到將與他一較高下，我簡直心癢難耐。欸，阿潤，不覺得很期待嗎？」
她愈說愈激動，不禁執起潤一的手，隨情感的起伏，或緊握、或瘋狂揮舞。

# 女魔術師

才經過短短一夜，潤一的山川健作扮相已十分有模有樣。翌日，整理完儀容，粗框眼鏡和假鬍子都恰如其分，他完全變身為醫學博士。在餐廳與綠川夫人對坐，邊食用麥片邊聊天時，口氣與行為舉止也毫無破綻。

用餐結束，一回到房間，服務生立刻上門詢問：

「老師，您的行李剛送到，方便搬進來嗎？」

生平第一次被尊稱為老師，潤一竭力佯裝從容，並刻意壓低嗓音應道：

「哦，好啊。」

昨晚商討對策時，綠川夫人已告知今早會送來一只收件人署名是他的大行李箱。

很快地，服務生和行李小弟合力將木框大行李箱搬入房內。

「真是益發有架勢，看情況是沒問題了。即使是明智小五郎也難以識破你的偽裝。」

確定服務生都離開後，鄰房的綠川夫人便登門造訪，不住稱讚新收服的手下。

「呵，我也頗有兩下子吧？……不過，這麼大的行李箱裡，究竟裝著什麼？」

山川至今仍未知曉行李箱的用途。

「這兒有鑰匙，打開瞧瞧。」

留著一副道貌岸然鬍鬚的手下接過鑰匙，偏著頭納悶地問：

「估計是我的換洗衣物吧？堂堂山川健作博士，竟然只有這麼一套衣裝，未免太啟人疑竇。」

「呵呵，或許吧。」

於是山川轉動鑰匙，掀蓋一看，箱中塞滿了用層層粗厚破布包裹的東西。

「咦，這些是啥玩意？」

猜測落空的山川，喃喃自語著，小心翼翼解開其中一個包裹。

「怎麼，是石頭啊，還寶貝似地嚴密防護。難道其他也是石頭？」

「沒錯，不是換洗衣物，真遺憾。這些全是石頭，因為必須增加行李箱的重量。」

「增加重量？」

「嗯，恰恰是一個人的重量。塞石頭這招乍看並不高明，但你記好，如此就不必大費周章善後。石頭只要扔到窗外空地，破布則塞進床墊或墊被，輕易便能清空行李箱，卻不留下半點痕跡。這些細節，即是魔法師的訣竅所在。」

「噢，原來如此。可是，清空行李箱要裝什麼？」

「呵呵呵呵，縱然是天勝[1]，裝在行李箱的物品不就是那幾樣？嗳，好了，先幫忙處理石頭吧。」

所幸他倆的房間都位在飯店深處的走道旁，窗外是不起眼的狹小中庭，遍地鋪滿大砂礫，正是棄置這些石頭的最佳地點。於是兩人迅即扔出石頭，並收拾好破布。

「唔，這下全淨空了，接著來揭曉魔法行李箱的用途吧。」

綠川夫人興致高昂地望著訝異的潤一，迅速鎖上門，並放下百葉窗，確定從外面無法窺看後，突然動手脫起黑禮服。

「夫人，妳在幹嘛？該不會大白天就要跳舞吧？」

「呵呵呵呵呵，你嚇到啦？」

夫人笑鬧著，卻沒有停手的意思。見她一件件褪去身上的衣物，可想而知她的怪毛病又發作了——她情不自禁地展示姣好的身材。

與一名全裸美女相對，就算是無惡不作的不良青年，也不由得一陣面紅耳赤，舉止扭捏。眼前曲線完美、散發迷人光澤的粉紅肉體，擺出教人悸動的大膽姿勢。

就算未敢直視，目光也會不由自主地飄過去。一不小心迎上夫人的雙眸，他益發脹紅臉。女王在奴隸面前，無論暴露出何種姿態都是怡然自得，絲毫不感到內疚或羞恥。承受不住過度的刺激而汗流浹背、尖叫出聲的，永遠都是奴隸。

1 松旭齋天勝（1886-1944），本名中井勝，日本女魔術師。於歐美巡演期間，博得廣大人氣，大正至昭和初期被封為魔術女王。1938年退休，1940年由姪女襲名。亂步於1927年的流浪生涯中，曾「在上州某町巧遇天勝一團演出，頗感懷念，便於途中下車。」（1928年〈閒話〉，原收於《惡人志願》，改題為〈放浪記〉後，編進《我的夢與真實》）

「哎呀，你怎麼彆扭成這副德性，光溜溜的人很稀奇嗎？」

她大方展現曼妙的曲線及一切深邃的陰影，緊接著跨入行李箱，彷彿胎內的嬰兒般縮起手腳，恰到好處地將全身收進箱裡。

「瞧，這就是我的魔法，如何？」

蜷縮在行李箱裡的肉塊，以難辨男女的語調問道。

雙腿前屈，膝頭幾乎要陷進乳房，腰身緊繃，臀部異常突出。交疊在後腦杓的雙手撥亂頭髮，腋窩一覽無遺。多麼畸形、渾圓又引人遐想的粉紅生物啊。

阿潤扮裝的山川漸次大膽起來，忍不住在行李箱上方弓起腰，情迷意亂地貪看眼下的生物。

「夫人如今成了箱中美女嘛？」

「呵呵呵呵呵，就是啊。外觀雖看不出，但其實箱殼各處皆有透氣小孔，即使闔上蓋子，也不必擔心會窒息。」

話音剛落，她便「啪」地關上行李箱。瞬間煽起的暖風蘊含醇釀的女體芬芳，輕輕撫過青年潮紅的臉。

一旦闔起，眼前不過是個冷硬方正的黑箱，旁人根本猜想不到裡頭潛伏著妖豔豐滿的粉紅肉體。自古以來，眾多魔術師酷愛醜陋行李箱與誘人女體的衝突組合，這便是箇中緣由。

「如何？這樣誰都不會懷疑箱內藏著活生生的人吧？」

接著，夫人將箱蓋往上推開一條縫隙，宛如從貝殼中現身的維納斯，露出魅惑的微笑，尋求潤一的讚賞。

「嗯……那麼，夫人打算如法炮製，將寶石商的女兒塞進這只行李箱擄走嗎？」

「當然，你現在才想到？我不過是示範一次，讓你見識一下而已。」

一會兒後，重新整裝的綠川夫人如實將大膽至極的綁架計畫告訴山川。

「我負責將那姑娘塞進行李箱，這部分我已有想法，也準備好麻醉藥。你的任務是把行李箱搬出去，這是第一項考驗。

今晚，你得假裝搭乘九點二十分的下行列車。先派人訂好前往名古屋的車票，然後帶著行李箱離開飯店。把行李箱當成隨身行李，請飯店的行李小弟搬運並送你上火車。換句話說，必須讓其他人認定你去了名古屋，然而實際上你只坐到下一站的S站，明白嗎？當然，行李箱也要以你突然有急事等為由，拜託車掌到S站時，一併幫你搬下來。過程雖然麻煩，但若是你，應該不會出差錯吧。

之後，你攜著行李箱，搭車直接到M飯店。儘管指定最高級的房間，盡力擺出有錢人的闊綽樣，明目張膽地入住。明天我也會離開這裡，至M飯店與你會合。這計畫如何？」

「嗯，有趣是有趣，可是這麼囂張行事不要緊嗎？我只有一個人，總覺得有點不安。」

「呵呵呵呵，都殺過人了，怎麼還像個小孩畏畏縮縮。沒問題的。幹壞事千萬別偷偷摸摸的，心一橫，毫不遲疑地下手，才是最安全的做法。再說，萬一事跡敗露，你只管扔下行李箱，立刻逃走。相較於殺人，這根本不算什麼。」

「可是，夫人不能陪我一道去嗎？」

「我得對付明智小五郎。在你抵達目的地前，若不好好盯緊他，不曉得會出啥狀況。我的主要任務是絆住礙事的偵探，搞不好比搬運行李箱更困難。」

「原來如此，這樣我也才能安心行事。不過……明早夫人一定會到M飯店找我吧？萬一姑娘提前清醒，在箱裡大吵大鬧，那可不妙。」

「哎喲，你怎麼膽小到這種地步。我哪可能疏忽這一點？我自然會塞住那姑娘的嘴巴，並牢牢綑綁手腳。就算安眠藥的藥效盡退，別說是出聲，連動都動彈不得。」

「呵，我今天真是糊塗了。但我會這樣暈頭轉向，都要怪夫人那段毫無保留的刺激表演。下次請千萬別再即興演出，我還年輕，到現在心臟仍怦怦跳個不停。哈哈哈哈哈，話說回來，在M飯店碰頭後，接下來的計畫是？」

「那是最高機密，嘍囉不必多問，默默聽從主子的命令就是。」

如此這般，綁架富家千金的計畫順利談定。

# 女賊與名偵探

這天晚上，飯店偌大的交誼廳裡坐滿餐後抽菸閒聊的客人，十分熱鬧。而置於室內一隅的收音機正播報著新聞，隨處可見沉沉靠坐椅墊、恣意攤開晚報閱讀的紳士。圍繞圓桌的一群外國人中，不時傳來恍若美國婦女的高亢談話聲。

岩瀨庄兵衛及其千金早苗的身影亦出現在賓客間。早苗身穿花紋華豔的黃色和服，搭配銀絲閃爍的腰帶，罩著橘外褂。以她這年齡而言算是高䠷的外表，在洋服居多的場內格外醒目。不僅是裝扮，她那大阪風格的溫婉氣質、白皙透明的臉龐，及配戴的無框近視眼鏡，無不引人注目。

至於父親庄兵衛，則留著半白的三分頭，泛紅的臉上並未蓄鬍，身材壯碩，散發出巨賈的氣魄。他宛若愛女的護衛，緊盯著她的一舉一動，跟在後頭不時留心四周。

這次的旅行除洽商外，主要是早苗與此地某子爵家的婚事即將談定，為安排兩人見面，才帶早苗同行。豈料，約莫出發前半個月起，庄兵衛幾乎天天收到擾人的犯罪預告信，讓他苦惱不已。

「請留心令嬡的安全。可怕的惡魔正虎視眈眈，欲綁架令嬡。」

信件大意如此，且次次皆以不同字句、不同筆跡，寫下教人膽寒的內容。一封封累積的恐嚇信，不斷提醒庄兵衛預告綁架的日子一天一天逼近。

起初，庄兵衛以為是惡作劇，根本沒放在心上。然而次數一多，他漸漸不安起來，終於還是報警尋求協助。只是，警方也查不出寄神祕恐嚇信的人。信上當然未留下蛛絲馬跡，且郵戳有時是大阪市內，有時是京都或東京，每回不同。

儘管屢受威脅，庄兵衛終究不敢違背與子爵家的約定。他想著，暫且離開連連收到莫名奇妙信件的自家也好，便決心踏上旅程。

取而代之地，為慎重起見，庄兵衛委託私家偵探明智小五郎隨行護衛。他曾委託明智調查店裡的失竊案，深知明智的能耐。然而，面對此番委託，名偵探不怎麼起勁，無奈抵不過庄兵衛的再三懇求，便在他們下榻期間入住鄰房，擔負起這不尋常的防綁票任務。

此刻，身材挺拔的名偵探明智穿著黑西裝，坐在交誼廳另一角落的沙發，與同樣一襲黑洋裝的美麗婦人低聲交談。

「夫人怎會對這起案子如此感興趣？」偵探直瞅著對方。

「我最愛看偵探小說了。岩瀨家的小姐告訴我此事後，我便為這宛如小說情節的怪事深深吸引。尤其，居然能與大名鼎鼎的明智先生相識，怎麼說，我覺得自己彷彿瞬間化身為書中人物。」黑衣婦人答道。

各位讀者應該看出來了吧?這黑衣貴婦不是別人，正是我們的主角「黑蜥蜴」。寶石狂的她早一步以忠實顧客的身分結識岩瀨，在這家飯店巧遇後，彼此更是熟絡。她靠著高明的交際手腕，不費吹灰之力便虜獲早苗的心。早苗竟向她傾吐私密，兩人親暱的程度可見一斑。

「夫人，現實往往不如想像那般具戲劇性，我認為這回頂多是不良少年之流糾纏不休的惡作劇罷了。」偵探依舊興致缺缺。

「話雖如此，但你不也十分認真調查?半夜你會在走廊上巡邏，或向飯店服務生打聽是否有不尋常的狀況，我可是清楚得很。」

「妳連這點小事都注意到啦?真不容小覷。」明智緊盯著夫人美麗的容顏譏諷道。

「這非惡作劇，第六感如此告訴我，你最好多加提防。」夫人不服輸地回瞪，意味深長地回應。

「哦，謝謝妳的忠告。不過請放心，有我隨侍在側，小姐必然安全無虞。不論是何等兇賊，都逃不過我的法眼。」

「嗯，我很清楚你的本事有多高強。可是唯獨這次，我強烈感覺狀況不同，對手似乎擁有超乎尋常的魔法，駭人至極……」

啊啊，真是狂妄大膽的女人，竟在一代名探面前不住讚賞自己。

「哈哈哈哈哈，夫人很賞識妳的假想賊人嘛。我們不如來打個賭？」明智玩笑地提出頗為有趣的主意。

「咦，打賭？居然有此榮幸，索性拿這條我最珍愛的首飾下注吧。」

「哈哈哈哈，看來夫人是認真的。那麼，倘使我失敗，小姐果真遭到綁架……唔，我該賭什麼呢？」

「偵探這個名銜如何？若你答應，要我賭上所有珠寶也行。」

這種較勁方式好似有閒貴婦常見的瘋狂奇想。然而，背後隱藏著女賊對名偵探熾烈的較量之心，不知明智領略幾分？

「真有趣，意即一旦落敗，我便要自偵探這行抽身？既然身為女人的妳捨得拋棄僅次於性命的珠寶，身為男人，拋棄職業也算不得什麼。」明智自然不願示弱。

「呵呵呵呵呵，就這麼說定嘍？真想親眼見證明智先生放棄偵探頭銜的那一刻。」

「好，那我也來期待一下滿坑滿谷的珠寶投懷送抱，哈哈哈哈哈。」

於是，原本不過是玩笑的閒談，不知不覺嚴肅起來。就在這驚人的約定達成之際，毫不知情的當事人早苗走近，微笑開口：

「哎呀，兩位偷偷摸摸講些什麼呢？也讓我加入吧。」

她雖然一副輕鬆的模樣，卻掩不住臉上那抹不安的神色。

「小姐，快請這邊坐。剛才明智先生正埋怨一切簡直無趣至極，因為那種恐嚇信肯定只是惡作劇呀。」

彷彿要安撫早苗，綠川夫人言不由衷地說道。

此時，岩瀨也過來加入三人。大夥十分有默契，絕口不提恐嚇事件，僅天南地北話家常。而後，岩瀨與明智，綠川夫人與早苗，男與男，女與女，四人便自然雙雙聊開了。

## 一人分飾兩角

不久後，兩名閨友起身，留下聊得正起勁的男人，散步似地款款穿過錯落在交誼廳的座位。除了漆黑的絲綢禮服與橘外褂形成強烈的對比，兩人無論身材、髮型或年紀，乍看幾乎差不多。莫非美女沒有年齡？年過三十的綠川夫人外表猶如少女般天真無邪，嬌俏可人。

兩人隨興漫步，不知不覺已離開交誼廳，沿走廊邁向樓梯。

「早苗，要不要到我房間？讓妳瞧瞧昨天提過的人偶。」

「哦，您帶來啦？我想看。」

「我和這具人偶總是形影不離，他是我可愛的奴隸。」

啊啊，綠川夫人所謂的人偶究竟是什麼？早苗毫無警覺，但「可愛的奴隸」這種說法豈不匪夷所思？提到「奴隸」，讀者不免會聯想到阿潤——山川健作，也是夫人的奴隸吧？

綠川夫人的房間在一樓，早苗一行則住在二樓。在樓梯口猶豫半晌，早苗最後決定打擾夫人，便逕循走廊前進。

「喏，請進。」來到房前，夫人開門請早苗入內。

「咦，是這裡嗎？您不是住在二十三號房？」

確實，門上的號碼是二十四。換句話說，這是夫人的鄰房，山川健作的房間。恐怕那名殺人拳擊手匆匆用餐後，便逃也似地回房，屏息等待此刻來臨。現下，房裡應已備妥浸滿麻醉藥的紗布及形同棺材的行李箱，靜靜等候犧牲者的到來。

早苗會面露猶豫也是難免。瞬時，她油然生起一股不祥的預感，潛意識敏感地告知她下一剎那即將面臨的地獄光景。

然而，綠川夫人竟滿不在乎地說著「沒錯，這就是我的房間，快進去吧」，邊摟住早苗的肩膀，順勢將她帶入房中。

兩人的身影一消失，門立刻緊緊關上。不僅如此，甚至響起轉鎖聲。看來是從裡面上鎖了。

同時，門扉另一頭隱約傳出被摀住口鼻似地、痛苦至極的呻吟。

下一瞬間，室內彷若淨空般寂靜無聲。但不一會兒，竊竊私語的呢喃聲、倉促走動的腳步聲、東西的碰撞聲等，持續約五分鐘之久。回歸安靜後，門鎖又喀鏘轉動，微微開了一道門縫，探出一張戴著眼鏡、悄然窺看走廊的白皙臉龐。

確定廊上空無一人，戴眼鏡的人才步出房間。出乎意料地，那不是綠川夫人，而是早苗，是原該被塞進行李箱的早苗。

不，不是早苗。縱然髮型、眼鏡、和服、外褂都與早苗如出一轍，但仔細觀察，仍有些微不同。好比胸部太過豐滿，個子也高了點，重要的是臉……即使妝化得十分精巧，髮型和眼鏡也讓妝容益發維妙維肖，然而，不管再高明的喬裝，也無法改變一個人的相貌。眼前不過是打扮得與早苗一模一樣的綠川夫人。儘管如此，短短五分鐘內竟完成這般程度的變裝，真不愧是自稱魔術師的女賊。

那麼，可憐的早苗怎麼了？無庸置疑，女賊的綁架計畫順利成功，如今，早苗已被強行塞進行李箱。而依綠川夫人的穿著看來，早苗想必就像今晨夫人示範的，遭蠻橫地脫光衣服，塞住嘴巴、綁住手腳，悲慘地曲腿弓背，蜷縮在箱內。

「接下來交給你嘍。」

化身為早苗的綠川夫人邊關門邊輕聲交代，只聽見一個粗啞的男聲應道：

「好，沒問題。」

回話的是阿潤假扮的山川健作。

夫人挾著鼓鼓的包袱，一路閃避周圍的視線，步上樓梯。來到岩瀨的房前，她悄悄窺探，庄兵衛果然尚未返回，大概仍在樓下交誼廳與明智小五郎聊天。

這間客房除擺放沙發、扶手椅和書桌等家具的客廳外，還有寢室和浴室。踏進客廳後，她打開書桌抽屜，取出岩瀨經常服用的卡莫汀❖1藥盒倒光，換成她帶來的藥片，再不著痕跡地放回去。

接著，她步入相鄰的寢室，熄掉明亮的壁燈，僅留一盞小桌燈，而後按下服務鈴。

不一會兒，敲門聲響起，一名服務生走進客廳。

「請問有何吩咐？」

「哦，我父親在樓下交誼廳，能否麻煩你提醒他回房休息？」

她微開寢室的門，面孔藏在陰影處，讓客廳的燈光僅照到身上的衣物，巧妙地模仿早苗的語調道。

服務生答應後立刻離去。不久，伴隨一陣慌亂的腳步聲，歸來的庄兵衛忍不住斥責：

「只有妳一個人嗎？綠川夫人不是跟妳在一起？」



1 Calmotin，為武田製藥所使用的藥物α-monobromisovalerianyl-carbamide的商品名。1907年由庫諾魯公司以「布羅馬拉爾」為商品名發售，是早年便廣為使用的舒緩鎮靜、催眠劑，具即效性。外觀為白色結晶粉末，內服0.5-0.8公克，20至30分鐘後就會產生嗜睡感，藥效可持續3-4小時。致死量為10-20公克。太宰治曾於1929、1930、1937年企圖服用卡莫汀自殺未遂。

夫人依然躲在漆黑的寢室裡，只露出衣物。她精準地以早苗的口吻細聲應道：

「嗯，我不太舒服，剛才便與綠川夫人在樓梯口告別，自己先回來。我要睡了，父親也早點歇息吧。」

「傷腦筋，不是再三叮嚀過千萬別落單嗎？萬一出什麼差錯怎麼辦？」

父親完全相信這是女兒的話聲，一逕坐在客廳的扶手椅上絮絮叨念。

「嗯，所以我才請父親趕緊回來呀。」夫人以少女般的語氣答道。

此時，明智偵探尾隨庄兵衛趕至。

「小姐睡了嗎？」

「嗯，正在更衣。她好像身體不適。」

「那我也回去休息吧。失陪。」

明智離開後，庄兵衛便鎖上門。寫了一會兒信後，他如常取出抽屜中的卡莫汀藥片，和著桌上水瓶裡的水吞下，才踏入寢室。

「早苗，妳還好嗎？」

庄兵衛出聲關切，剛要繞到角落的床鋪時，偽裝成早苗的夫人早一步將毛毯拉至下巴，轉頭避開光照處，背對著庄兵衛不快地說：

「嗯，沒事。別管我了，我很睏。」

「哈哈哈哈哈，妳今天怪怪的，在生氣嗎？」

不過，庄兵衛並未多加揣測，也不想違抗心情不好的女兒，於是低聲哼著歌，換上睡衣後便躺下。

夫人掉換的強力安眠藥效果極佳，庄兵衛很快就被睡魔纏得無暇思考，瞬間沉沉睡去。

× × ×

經過一個多小時，晚上十點左右，獨自在房內看書的明智小五郎聽見鄰房慌亂的敲門聲，心頭一驚，趕緊步出走廊。只見服務生拿著電報，不停呼喚「岩瀨先生」。

「喊得這麼大聲卻沒反應，真奇怪。」

明智忽地感到不安，也不理會可能吵到其他房客，當下與服務生激烈敲起門來。

兩人急切敲了好一陣子，連強力安眠藥造成的沉睡也受到干擾，房裡隱約傳出庄兵衛迷糊的回應。

「怎麼啦？幹嘛吵吵鬧鬧的。」

「請開門，有您的電報。」

明智立即答道。於是，伴隨「喀鏘」地解鎖聲，門總算打開。

穿著睡衣的岩瀨一副睏倦難耐的模樣，揉著眼睛展開電報，茫然看了一會兒。

「可惡，又是惡作劇。竟然拿這種玩意擾人安眠。」岩瀨禁不住咋舌，同時把電報遞給明智。

「留心今晚十二點」

字句簡潔，但意思非常明白，直接威脅「我今晚十二點要綁架早苗」。

「小姐不要緊吧？」明智口吻有些嚴峻。

「沒事、沒事，早苗就睡在我旁邊。」

岩瀨搖搖晃晃走近寢室門口，望著角落的床鋪，放心地說。

明智也從岩瀨後方默默探看，早苗面朝另一頭，似乎睡得正沉。

「這陣子，早苗和我一樣，每晚都會服用卡莫汀，所以睡得很熟。而且她今晚不太舒服，實在可憐，就別吵醒她吧。」

「關窗了嗎？」

「不必擔心，白天便全鎖得好好的。」岩瀨說著已爬上床。「明智先生，不好意思，麻煩你鎖門。鑰匙能先寄放在你那邊嗎？」

他抵擋不住睡意，連鎖門都覺得麻煩。

「不，我暫時待在這裡吧。讓寢室的門開著，如此一來，就算你睡著，我還是能從這兒留心窗邊的動靜。萬一有誰破窗入侵，我也能立刻察覺。屋內沒其他出口，戒備重點放在窗戶即可。」

一旦接下案子，明智必定會全力以赴。說完他便在客廳的椅子坐下，點燃香菸，靜靜監視。

經過約三十分鐘，仍毫無異狀。明智偶爾起身探看寢室的情況，只見早苗維持同樣的睡姿，岩瀨則是鼾聲大作。

「哎呀，你還醒著？聽服務生說剛才有封不明所以的電報，我很擔心，索性上來關心一下。」

明智詫異地回頭，半掩的房門外赫然站著綠川夫人。

「哦，是夫人啊。確實收到一封電報，但有我坐鎮就不成問題。我真是個愚蠢的守衛呀。」

「換言之，恐嚇電報追到飯店嘍？」黑衣貴婦逕自開門入內。

各位讀者或許會抗議：「作者怎麼胡寫一通？綠川夫人不是喬裝成早苗，躺在岩瀨旁邊的床上，哪能又從走廊走進來？簡直不合邏輯。」

不過，作者絕對沒有搞錯。以上兩段描述都是真的，且世上確實只有一個綠川夫人。這意味著什麼，隨著故事進行，自然就會逐漸明朗。

# 黑暗騎士

「早苗小姐睡得好嗎？」

綠川夫人關上房門，在明智面前坐下，默默望向寢室，低聲詢問。

「嗯。」明智若有所思地冷漠答道。

「早苗小姐的父親也已就寢？」

「嗯。」

如同前一節描述的，吞下安眠藥的岩瀨庄兵衛受睡魔強烈侵襲，拜託明智留守後，便昏睡在早苗旁邊的床鋪。

「嗳，瞧你應得這麼敷衍。」綠川夫人嫣然一笑。「在想啥？固守在此仍不放心嗎？」

「哦，妳還記掛著剛剛的賭局？」明智總算抬頭注視夫人。「妳一定正沒天良地祈禱早苗小姐被綁架，好讓我輸掉這場賭局吧？」他語帶嘲諷地反擊美女的揶揄。

「哎呀，討厭，我怎會希望岩瀨先生遭遇不幸？我不過是擔心而已。那封電報到底寫些什麼？」

「警告岩瀨先生，今晚十二點要特別當心。」

明智略感可笑地答道，同時望向壁爐架上的時鐘。時針指著十點五十分。

「那還有一個多小時，你會一直守在這兒吧？不無聊嗎？」

「一點也不，我挺樂在其中的。若非投身偵探這一行，一生能碰上幾回如此戲劇性的時刻？夫人才是，一天下來肯定累了，請回去休息吧。」

「哎呀，你好自私。我比你更期待後續發展呢，女人對賭博可是毫無抵抗能力的。或許有點礙事，不過能容許我陪著你嗎？」

「妳還提打賭的事？那麼，悉聽尊便。」

半晌，這對各懷鬼胎的男女默默對座。不經意地，夫人瞥見書桌上擺著撲克牌，便提議玩一局以驅逐睡意，明智欣然同意。於是，等待惡賊現身的期間，兩人竟不合時宜地打起牌。

原本因驚恐愈顯漫長的一小時，在玩牌之際不知不覺地過去。不消說，明智仍片刻不鬆懈地緊盯通往寢室的那扇敞開的門。而寢室的窗戶（倘使賊人企圖從外面侵入，這是唯一的途徑）亦毫無異狀。

「到此為止吧，再五分鐘就十二點了。」綠川夫人神色焦急，似乎沒心情繼續遊戲。

「嗯，還有五分鐘，足夠玩一局。如此一來，午夜十二點便會平靜無波地度過。」明智邊洗牌邊悠哉邀約。

「別小看賊人。就像先前在交誼廳提過的，我覺得賊人絕不會違背宣言。等一下，等一下必定……」夫人異常緊張。

「哈哈哈……夫人，何必那麼神經質。妳不如說說，賊人究竟能自何處潛進？」

夫人不加思索地舉起手，指向入口的門。

「哦，由那扇門嗎？為了讓夫人放心，我這就上鎖。」

明智起身，以庄兵衛交給他的鑰匙鎖門。

「好了，這下除非門遭擊破，否則誰都無法接近早苗小姐。如妳所知，要進寢室只能行經客廳。」

豈料，夫人彷彿被鬼故事嚇壞的孩童，再度舉起手，指向隱約可見的寢室窗戶。

「哦，那道窗啊。難道妳認為，賊人會在中庭架梯子攀爬上來嗎？不過，窗子已自內側牢牢上鎖。即使賊人割開窗玻璃，從這兒也能一目瞭然。萬一情況危急，我只好讓夫人見識一下我的射擊本領。」

明智拍拍右邊口袋，裡面藏著一把小型手槍。

「早苗小姐毫不知情，睡得真熟。可是岩瀨先生怎麼還沒醒？緊要關頭，他是不是太大意啦？」夫人上前窺探寢室，狐疑地問。

「大概是被恐怖的預告信騷擾得神經衰弱，他們每晚睡前都會服用安眠藥。」

「哎呀，只剩一分鐘。明智先生，真的沒問題嗎？」夫人口吻急切，倏然起身。

「當然，這不是啥都沒發生嗎？」

明智也忍不住站起，困惑地望著異常興奮的夫人。

「可是還有三十秒。」

綠川夫人目光炯炯地回視明智。啊啊，女賊顯然陶醉在勝利的快感中。與名偵探明智小五郎的交戰，終於到她奏起凱歌的時刻。

「夫人，妳就這麼信任賊人的本領嗎？」

明智眸中亦棲宿著光芒。他苦苦思忖，試圖解開夫人難解的謎樣神情。是什麼呢？眼前這名神祕莫測的美女，究竟為何如此亢奮？

「嗯，沒錯。或許這樣的幻想太過小說化，但我彷彿親眼目睹黑暗騎士自某處悄然潛入、擄走美女。」

「啊哈哈哈……」明智終於忍俊不禁。「夫人，瞧，就在妳暢談中世紀綺譚之際，時針已過十二點，這場賭局是我贏了。那妳的珠寶全歸我嘍，哈哈哈……」

「明智先生，你真這樣以為？」

夫人歪曲著豔毒的紅唇，刻意緩緩吐出一字一句。致勝剎那的快感，讓她顧不得維持貴婦的風範。

「咦，妳的意思是……」

明智敏銳察覺話中的暗示，一股莫名的恐懼讓他愀然變色。

「你尚未確認早苗小姐是否仍安在吧？」夫人得意地提醒明智。

「但、但早苗小姐確實……」

就算是名偵探也不由得語塞。更教人同情的是，他寬闊的前額冷汗涔涔。

「你剛說，早苗小姐正在床上歇息。不過，那真是早苗小姐嗎？會不會根本就是另一個人？」

「荒唐，怎、怎麼可能……」

明智嘴上逞強，但顯然內心震懾萬分。他忙不迭衝進寢室，搖醒酣睡的庄兵衛。

「怎、怎麼？出了啥事？」

不斷與睡魔對抗的岩瀨已恢復大半意識，在明智的驚擾下，登時坐起上半身，慌亂詢問。

「請去看一下。在那兒休息的，真的是小姐嗎？」

這樣愚蠢的話實在不像出自明智之口。

「你在胡說什麼？那確實是小女啊。不是她，會是誰……」

岩瀨心頭一驚，倏然住口，凝視著背對他的早苗。

「早苗！早苗！」

岩瀨焦急地呼喚女兒，卻得不到任何回應。他趕緊離開床鋪，忐忑地走近早苗，攫住她的肩膀，試著搖醒她。

然而，啊啊，這究竟是怎樣匪夷所思的情況？早苗居然沒有肩膀，岩瀨手一按，毛毯便深深凹陷。

「明智先生，我們上當了，被擺一道！」岩瀨老人迸出難以形容的怒吼。

「那是誰？躺在床上的不是小姐嗎？」

「請來瞧瞧，這根本不是人。我們等於被狠狠甩一巴掌！」

明智與綠川夫人連忙到早苗床邊。那確實並非人類，他們認定是早苗的形體，只是一個無生命的人偶頭。惡賊不過是為舶來品店櫥窗中常見的人偶頭，戴上眼鏡、套上與早苗相同的假髮，配以棉被捲成長條狀偽裝的軀體，再蓋上毛毯。

## 名偵探的嘲笑

啊啊，人偶頭，真是出乎意料的詐術。這簡直欺人太甚，根本是要小孩的把戲。然而，正因是騙小孩的詭計，大人才會毫無防備地落入圈套。連明智小五郎也想不到歹徒會使出如此幼稚的手段。

話說回來，綠川夫人先前提及的「黑暗騎士」是何方神聖？綁架早苗、留下可笑人偶頭的促狹鬼，究竟是誰？各位讀者想必非常清楚，「黑暗騎士」不是別人，正是綠川夫人自身。如前一節所述，她一開始便喬裝成早苗，暫且上床佯裝熟睡，靜待庄兵衛鬆懈。接著，趁他因安眠藥熟睡之際，取出預先備妥的人偶頭擺好，再不動聲色地回到自己的房間。還記得吧，她溜進岩瀨房間時挾著包袱，當中裝的就是魔術的謎底，人偶頭。

漫長的偵探生涯中，明智小五郎從未遭遇此等屈辱的情況。無論是面對岩瀨給予的信賴，或向綠川夫人發出的豪語，都是下不了台的窘境。何況他失策的關鍵，竟是個騙小孩的人偶頭，這豈不是無法規避的奇恥大辱？

「明智先生，如你所見，託付給你的小女已被擄走。你非替我找回她不可，速速安排。倘使憑你一人辦不到，就借助警力……對，事已至此，只能求助警方。快打電話報案，還是要我親自來？」

盛怒的岩瀨庄兵衛將紳士的矜持拋諸腦後，忍不住口出惡言。

「不，請稍等。案發至少已有兩小時，現下引起騷動也抓不到歹徒。」

明智死命維持冷靜，狠狠鞭策思緒道。

「我敢斷言，在此監視時確實毫無異狀，歹徒只能在電報送抵前下手。換言之，那封電報的真正目的，並非預告犯罪，而是將已發生的犯罪偽裝成即將發生的事，誘導我們在十二點前把注意力集中在房內。趁這段期間，歹徒便能無後顧之憂地潛逃。這就是歹徒的計畫。」

「呵呵呵呵，哎呀，真抱歉，我忍不住笑了出來。可是，一想到名偵探明智小五郎居然拚命看守一個人偶頭兩小時，我就……」

綠川夫人無視於場合，惡毒地諷刺起明智。大獲全勝的她，根本克制不住心頭泉湧的雀躍。

明智只能咬緊牙關，承受這番嘲弄。儘管眼下他確實是輸家，卻怎麼也沒辦法相信自己徹底失敗。他內心一隅仍存一絲希望，而在希望尚存之際，他不打算在這場較勁中認輸。

「可是在這裡枯等，小女也回不來。」岩瀨受綠川夫人冷血的閒言閒語煽動，心中益發焦躁，忍不住責怪明智。「明智先生，我要報警。你該不會不服氣吧？」

未等明智回答，岩瀨便踉蹌前往客廳。剛要拿起話筒，彷彿算準時機般，電話搶先一步響起。

岩瀨嘖了一聲，莫可奈何地接起，狠狠怒罵無辜的接線生一頓後，才暴躁地呼喚明智：

「明智先生，你的電話。」

明智聞言，一副想起什麼似地赫然回神，迅即撲向電話。

不曉得對方所談何事，只見明智急切應答，最後竟語焉神祕地結尾：

「二十分鐘？哪需要這麼久。十五分？不不不，那太遲了。十分鐘。十分鐘立刻趕到。我只等十分鐘，聽明白嗎？」

待明智掛斷電話，等在一旁的庄兵衛不悅地諷道：

「若已講完，能順便請接線生報警嗎？」

「不必忙著報警，當務之急是讓我稍微整理一下思緒。顯然，我誤會大了。」

明智不理睬岩瀨，逕自站在客廳，悠哉地沉思起來。

「明智先生，你就一點都不擔心小女嗎？你曾再三保證……」

面對明智令人費解的態度，岩瀨怒氣攀升也是難免。

「呵呵呵呵呵，岩瀨先生，他可沒閒工夫煩惱令嬡的安危。」不知何時從寢室步出客廳的綠川夫人朗聲道。

「呃，這話什麼意思？」岩瀨大吃一驚。

「明智先生，不如讓我猜猜你在思索何事。你正憂心我們的賭注，對不對？呵呵……」

女賊明目張膽地表露對名偵探的敵意，態度十分猖狂。

「岩瀨先生，他以偵探生涯與我打了個賭呢。由於現下勝負已定，他才如此沮喪憂愁。明智先生，我沒說錯吧？」

「不，夫人，不是的。我會那麼消沉，是覺得妳很可憐。」明智不服輸地反擊。

棄我慘遭綁架的女兒不管，這究竟是在幹嘛？置身其間的岩瀨一臉茫然，只能輪番望著兩人。

「咦，可憐？怎麼說？」

夫人忍不住逼問。就連女賊也無法識破潛藏在名偵探眼底的那抹難解的笑意。

「唔……」明智樂在其中般，慢條斯理地回答。「因為落敗的不是我，而是妳啊，夫人。」

「哎，這是什麼話？你就別再不服輸……」

「我不服輸？」明智簡直是幸災樂禍。

「當然。不趕緊去追歹徒，只會杵在這裡大言不慚。」

「哦，那麼，夫人真以為我讓歹徒輕鬆脫逃了嗎？才怪，我早就逮到罪犯。」

女賊聽得心頭一驚。這深不可測的男人，直到前一刻都還頹喪不已，眼下怎麼又滿口胡言亂語？

「呵呵呵呵，有趣，你真會說笑。」

「妳以為這是玩笑？」

「嗯，要不然呢？」

「那麼，讓妳瞧瞧證據吧。唔，例如……若我曉得妳朋友山川健作離開這家飯店去了哪裡，妳怎麼想？」

綠川夫人不免臉色慘白，腳步一陣踉蹌。

「山川購買前往名古屋的車票，為何中途下車、住進市內的M飯店？他攜帶的行李箱中，究竟裝著什麼？倘使我知道上述問題的答案，妳又怎麼想？」

「胡說、胡說！」

女賊貌似已無力辯駁，只喃喃否定。

「胡說？噢，妳沒發現剛剛的電話是誰打來的吧。容我為妳解答，那是我的部下。方才遭妳唾罵之際，我便一心等待著對方的聯絡。因為，一旦早苗小姐被帶離飯店，我安排守在周遭的五名部下絕不可能沒發現。我再三囑咐過他們，看到任何可疑人物，務必尾隨對方。

啊啊，那通電話是多麼教人望穿秋水，不過，勝利終究屬於我。妳誤算我是單槍匹馬保護早苗小姐，魯莽認定我沒有幫手。夫人，我就依照約定，收下妳全部的珠寶吧。哈哈哈哈……」

這番嘲笑恍若無窮無盡，勝負立場瞬間逆轉。與綠川夫人前一刻品嘗到的相同，不，或許更甚的獲勝快感，撩撥著明智的情緒。即使試圖壓抑，仍不由自主地大笑。而女賊亦展現不遜明智的耐力，默默承受譏諷。

「意思是，你搶回早苗小姐嘍？恭喜。但，山川先生在哪裡？」她強自鎮定，避免話聲發顫，竭力擺出冷漠的態度問道。

「非常遺憾，讓他逃走了。」明智坦言。

「咦，沒抓到？哎呀……」綠川夫人難掩安心之色。

「啊啊，真是感謝，明智先生。我沒弄清來龍去脈，便不自覺激動起來，還對你這麼失禮，請見諒。不過，你曾提及已捉到歹徒，但現下聽著，最後仍讓歹徒脫逃？」乍聽這意外的喜訊，岩瀨心情大好，不禁追問。

「哦，並非如此。這樁綁架案的主謀不是山川。適才我說逮住歹徒，絕不是信口開河。」

明智這番話讓綠川夫人面色鐵青。驀地，她露出驚恐的神情，宛若一頭被逼到絕境的猛獸，瞠大雙眼，目光不住游移。

遺憾的是，即便她想逃，門也已上鎖。

「那麼，歹徒呢？」絲毫沒察覺異狀的岩瀨反問。

「就在這裡，在我們面前。」明智開門見山地說。

「哦，可是此處除了你、我和綠川夫人外，沒有其他人……」

「這位綠川夫人就是恐怖的女賊，綁架早苗小姐的主謀。」

數十秒間，房內一片死寂。三人若有所思地觀察彼此。

不久，綠川夫人打破沉默：

「哎呀，真是含血噴人。山川先生做了什麼，我根本一無所悉。我不過和他有些交情，才介紹這家飯店給他。好過分，這種指控……」

然而，這只是妖婦的最後一場戲罷了。

她話聲剛落，便傳來一陣敲門聲。

明智迫不及待地走向房門，以手中的鑰匙開鎖。

「綠川夫人，不管妳再怎麼狡辯，我都有證人。難道面對早苗小姐，妳也能繼續睜眼說瞎話嗎？」

明智終於使出致命的一擊。

只見明智的年輕部下出現在門外，面容憔悴的早苗癱軟地靠著他，還有制服警員在一旁護衛。

女賊黑蜥蜴當下陷入岌岌可危的窘境。敵方除早苗外，加上員警共有四名男子，憑她一介纖弱女子，想逃也逃不掉。

然而，她居然一副還不準備棄械投降的樣子。她何以能逞強到這種地步？不，不僅如此。更教人詫異的是，她蒼白的臉頰乍現一絲血氣，旋即露出詭異的笑容，且笑意逐漸加深。

啊啊，在最後關頭，狂傲的女賊不知有何盤算，竟莫名放聲大笑。

「哈哈哈哈哈，這就是今晚這場戲的大結局嗎？嗳，不愧是人稱名偵探的明智小五郎，看來這次是我落敗，就算是我輸吧。但這又如何？你們要逮捕我嗎？會不會太痴心妄想？偵探大人，仔細回憶，你是不是有所疏忽？喏，怎麼樣？你是不是一時大意，遺失過什麼？呵呵呵……」

她究竟憑什麼這般大言不慚？

而明智到底誤算哪一步？

## 名偵探敗北

身為偵探，逮到棘手罪犯時的喜悅，是一般人無法想像的。因而這莫大的欣喜讓他不自覺地鬆懈，也是無可厚非的事。

儘管受挫，黑蜥蜴卻迅速策動天生敏銳的頭腦，盤算起逃離困境的計畫。轉眼間，她便思忖出一場冒險行動。

她總算放鬆原本緊繃的表情，對明智回以微笑。

「那麼，你要怎麼做？逮捕我嗎？呵呵呵呵呵，是不是想得太美啦？」

簡直是目中無人。身為纖弱女子，黑蜥蜴也只能孤軍奮戰，遑論對手除形同病人的早苗外，可是四名剛強的男性，其中一名還是穿著制服的凶悍警察。

出入口只有一個，即通往走廊的房門。然而，門前有剛抵達的明智部下及員警阻擋。若想跳出窗外，也得考慮到此處是二樓，中庭四周又盡是建築物。她究竟打算如何脫困？

「別無謂地虛張聲勢。警官，這女人就交給你。不必客氣，儘管捆起來。她就是綁票集團的主謀。」

明智無視黑蜥蜴的挑釁，直接指示門口的員警。

一頭霧水的員警得知這名美豔貴婦就是歹徒，一時難以置信，所幸他認識刑事課極為信賴的明智，便立刻走近綠川夫人。

「明智先生，先檢查你右邊口袋吧。呵呵呵呵呵，是不是空空如也？」

黑蜥蜴以眼角餘光留意逼近的員警，揚聲警告。

明智赫然一驚，忍不住伸手摸向口袋。空的。本應放在裡頭的白朗寧手槍不翼而飛。原來女賊精通妙指魔術，趁先前寢室發生騷動時，不著痕跡地從明智身上取走手槍。

「呵呵呵呵呵，明智先生，看來你得好好研究扒手的伎倆。你的防身武器在這兒呢。」

女賊嘲笑著，自洋裝胸口掏出小型手槍，穩穩舉起。

「好了，各位，雙手舉高。我可是個不遜於明智先生的神槍手，何況我根本不把人命放在眼裡。」

只差一步就能逮住女賊的員警，這下反倒進退不得。

遺憾的是，在場的四名男性沒人攜帶槍械，武器僅有員警的短劍[1]。

「快，把手舉起來！」

黑蜥蜴目光炯炯地舔著紅唇，槍口接連對準四人。扣在扳機上的白皙手指不住發顫，彷彿隨時都可能使勁扣下。

瞧見她那滿是殺氣，或者說幾近瘋狂的表情，四人不得不順從地高舉雙手。身為大男人，如此雖顯窩囊，但不管是警官、明智的部下、岩瀨，甚至名偵探明智小五郎，都不敢不擺出歡呼萬歲到一半而被迫中止的尷尬姿勢。

綠川夫人（眼下她依舊一身黑洋裝）如其綽號黑蜥蜴，迅捷地衝向門口。

「明智先生，這是你第二次失策，看！」

女賊說道，空著的左手往後抽出明智剛剛開門時留在鎖孔上的鑰匙，刻意拿到面前搖晃。

明智萬萬沒想到事態會發展至此，因而先前在慌亂之際，疏忽這一環節。豈料，女賊竟全看在眼裡，瞬時加以利用。這是多麼過人的智慧啊。

「還有，小姐！」女賊開門踏出走廊，槍仍毫不大意地對準眾人，邊向早苗說：

「我真同情妳，但身為全日本第一寶石商的女兒，妳只能接受不幸的命運。何況，

1 明治初期，僅警部以上的職等允許佩劍，而巡查要到16年才允許佩劍。一般警官是佩軍刀，行走時會發出鏘鏘聲，是為特徵，但做為武器缺乏實用性。第二次世界大戰後，為維持治安，也准許警官帶刀，手槍亦同。當時在警視廳，以25人一梃的比例發配手槍。而為了讓全員都能佩槍，裝備漸由軍刀改為手槍和警棍。1946年6月22日警視廳分得476梃手槍，持槍比例成長為每3人1梃，同年7月13日舉行返還佩刀典禮。此外，8月1日起，警官正式佩用警棍。而1950年1月10日後，全員皆可借到手槍。

妳實在太過美麗，我雖執著於寶石，卻更渴望妳的身體。我絕不放棄妳，聽見了嗎？明智先生，我不會死心的，我會再來帶走小姐。那麼，後會有期。」

門「砰」地關上，外頭響起上鎖聲，早苗及四個男人頓時被關在房裡。鑰匙只有一把，除破門而出或跳窗，沒其他方法逃離。

僅存的武器只剩電話，明智急奔至桌旁撥打總機。

「喂，我是明智，知道吧？事態緊急，請立刻派員嚴守飯店所有出口。然後，綠川夫人，我說的是綠川夫人，請務必攔阻她離開。她是重案兇犯，不管發生任何情況，都不能讓她逃跑。盡速通知經理及所有員工，聽見沒？啊，還有，讓服務生送岩瀨先生的房間備鑰過來，這也非常緊急。」

結束通話後，明智焦急地在房中踱步，不一會兒又抓起話筒：

「喂，全照我的吩咐辦妥了嗎？有沒有轉告經理？嗯，那就好。謝謝。請快點拿備鑰上來。」

掛斷後，他轉向岩瀨：

「接線生相當機警，已迅速完成交代的事。每處出口都有人監視，不管那女人動作多快，從這裡到樓梯有段距離，下樓到出口也頗遠。我想，大致上是沒問題的，總不會有工作人員不認識那位知名的綠川夫人吧。」

然而，明智這番機敏的安排仍有疏漏。

間。

實際上，黑蜥蜴飛快下樓後，意外地並未逃向任何出口，反倒回到自己的房間。

三分鐘，整整經過三分鐘，她的房門再次打開，一名青年紳士出現。紳士頭上一頂瀟灑軟帽，身穿款式氣派的西裝，戴著裝模作樣的夾鼻眼鏡，留著濃密的鬍鬚，右手持蛇紋木[1]手杖，左手抱著大衣。

短短三分鐘內完成的變裝，簡直連阿染的七變化[2]都望塵莫及。非自稱魔術師的「黑蜥蜴」，根本無法施展如此神技。（變裝用的衣服，她總是藏在旅行袋底部。）而且，多麼滴水不漏啊，原本收在行李箱中的珠寶首飾，如今一個不剩，全裝進這身西裝的口袋內。

青年紳士來到走廊轉角之際，心中有些躊躇。要走大門，還是改往後門？此時，備鑰已送達，明智等人趕到樓下。但明智直覺認為黑蜥蜴不可能從正門玄關逃逸，便將監視的任務交給經理，他則調遣人員分守幾處後門。莫非「黑蜥蜴」迅速察覺明智的安排？她竟抬頭挺胸、甩著手杖，高調踩出腳步聲，明目張膽地自正門玄關揚長而去。

儘管以經理為首的三名職員嚴陣以待，無奈飯店有近百名房客入住，加上外來的訪客，實在不可能認得每張面孔。何況目標是綠川夫人，至多留意女客，怎麼也料不到這位微笑點頭行經的青年紳士，正是他們等待的人，於是還恭謹地鞠躬說著

1 南美原產的桑科高木，質地堅硬，具有蛇般的紋路，為珍貴的拐杖原料。

2 歌舞伎《於染久松色讀販》劇中，原則上由女主角快速變裝演出阿染、久松、未婚妻阿光、阿六、賤女阿作、女傭竹川、阿染的母親貞昌等七種角色，故俗稱「阿染的七變化」。

「抱歉驚擾您」，目送他離開。

步下玄關石階後，紳士並未搭車，而是吹著口哨，悠哉踱向大門外。

沿著飯店圍牆，在陰暗的人行道上走一會兒後，紳士碰上一名抽著香菸、感覺別有隱情地佇立在此的西裝男子。

紳士靈機一動，突然拍拍對方的肩膀，神情輕鬆地說：

「嗨，難不成你是明智偵探事務所的？你愣在這兒幹啥？飯店那邊剛逮到歹徒，正鬧翻天，你快去幫忙吧。」

不出所料，對方果真是明智的部下。只見他回道：

「你是不是認錯人？我不認識什麼明智偵探。」

不愧是偵探的手下，答得十分謹慎。有趣的是，他的話與行動完全相反，紳士沒走幾步，他便驚慌失措地衝向飯店。

黑蜥蜴往右一轉，目送著男子的背影，難以自抑地失卻分寸，不住詭譎竊笑：

「呵呵呵呵呵……」

# 奇怪的老人

明智最後仍敗下陣。所幸這並非毫無辯解的餘地，至少他完美達成保護早苗的任務。

沒逮到女賊為次要，岩瀨一心為女兒獲救而感謝明智，毫不吝惜地大力讚揚他的本領。更何況事態會演變至此，大半得歸咎於岩瀨。深信變裝的黑蜥蜴是自己的女兒、儘管睡在一旁卻未及時識破賊人的詭計，追根究柢，這些都是岩瀨的疏失。

然而，明智一點也不感到欣慰。想到竟栽在一名弱女子手中，他便懊惱不已。

尤其，從監視的部下口中得知對方迅速變裝逃逸時，他甚至沉不住氣地動怒。

「岩瀨先生，我輸了。如此厲害的對手竟從未出現在我的黑名單裡，著實不可思議，真不該小看敵手。我不會重蹈覆轍。岩瀨先生，我以自己的名譽發誓，今後女賊若又興起綁架令嬡的意圖，我也絕對不會落敗。只要我活著，令嬡必定安全無虞。此事我得向你言明。」

明智信誓旦旦，蒼白的臉上顯現驚人的熱忱。面對稀世強敵，他的鬥志熊熊燃燒。

各位讀者，請勞記明智這番話。他真能謹守諾言，不會再次挫敗嗎？倘使同樣的事再度發生，他等於自斷偵探生涯。

翌日，岩瀨父女臨時更動行程，倉促返回大阪自宅。一路上，兩人惶惶不安，但與其繼續留宿飯店，他們更想盡速回到大阪，在家人陪伴下才能感到安心。

明智小五郎當然也贊成，並在旅途中肩負護衛的責任。無論自飯店到車站的轎車裡、火車上、由大阪家中來迎接的車內等，賊人不曉得會從哪伸出魔爪，所以不管身在何處，他都親自擔起再周全不過的戒備工作。

最後，早苗一行總算平安返抵大阪。想當然耳，明智仍留在岩瀨宅邸，形影不離地保護早苗。接下來幾天，沒任何突發狀況，一如往常地過去。

好了，各位讀者，作者在此要轉換舞台，描述先前未曾提及的一名女子的奇妙經歷。乍看之下，這或許與黑蜥蜴或早苗、明智小五郎都毫無關聯，但敏感的讀者一定能輕易察覺她不尋常的人生體驗，對本案有何深刻的意義。

這是早苗剛回到大阪不久，某天夜裡發生的事。一名女子瀏覽著街道兩側的櫥窗，隨興漫步在大阪市S町鬧區的大馬路上。

女子身穿衣領與袖口皆滾有皮草的外套，十分適合她。即便穿著高跟鞋，她的腳步依舊輕盈。然而，她出眾的面容不知為何顯得鬱鬱寡歡，流露些許自暴自棄、隨波逐流的神色，因此容易被誤認是流鶯之類。

實際上，不曉得是不是這緣故，打前一刻起，有個人便不著痕跡地尾隨她。對方是位老紳士，頭上一頂軟呢褐帽、身穿厚重的褐大衣，拄著粗藤拐杖，戴著大大的粗框眼鏡，頭髮、鬍子雪白，一張臉卻相當紅潤，樣貌非常詭異。

少女其實早就發現老人在跟蹤她，卻沒逃走。她甚至利用櫥窗當鏡子，好奇地觀察老人。

從S町明亮的大馬路彎進一條幽暗小巷，有家以香醇咖啡聞名的咖啡廳。少女恍若倏然想起那家店，稍微回頭瞄一眼尾隨她的老紳士，便步入店內。而後，她選擇有棕櫚盆栽遮蔽的角落包廂坐下，大膽點了兩杯咖啡。另一杯當然是給跟進來的老紳士。

不出所料，老人踏入咖啡廳，接著便在昏暗的店裡東張西望。發現少女的所在後，他隨即厚臉皮地走近包廂。

「啊，不好意思，一個人嗎？」老人邊問候，邊在少女對面坐下。

「我猜想老先生一定會進來，所以順便幫您點好咖啡。」少女以遠勝老人的膽識應道。

老紳士似乎頗感驚訝，但很快露出滿意的神色，微笑打量少女美麗的容貌，並問起旁人難以理解的話：

「失業的感覺如何？」

這下反倒是少女不知所措。只見她脹紅臉，支支吾吾地回答：

「哎呀，您怎麼曉得？您是哪位呢？」

「呵呵呵呵，只是個妳完全不認識的老頭。不過，我知道一些有關妳的事，不如我來猜猜吧。妳是櫻山葉子，曾是關西商事株式會社的打字員。由於和上司起爭執，今天剛被開除。哈哈哈哈哈，如何？我猜對了吧？」

「嗯，沒錯，您簡直像個偵探。」

不一會兒，葉子又恢復方才那自暴自棄的神情，一副處變不驚的口吻，全然不在意地附和。

「我還沒說完。今天下午三點左右，妳離開公司後，直到現在都沒回家，也不去找朋友，只在大阪街頭四處遊蕩。但接下來，妳打算怎麼辦？」

老人對一切瞭若指掌。想必從午後三點到天黑，他都跟著葉子。究竟為何要如此大費周章？

「問這些做什麼？倘使今晚起，我淪為流鶯……」少女面露自我放逐的冷笑。

「哈哈哈哈哈，我像那類居心不良的老人嗎？不，絕對不是，更何況妳做不出那種事。妳以為我毫不知情嗎？就在兩小時前，妳曾進藥房買東西。」

老紳士一臉得意地緊盯葉子。

「呵呵呵呵，您是指這個嗎？這是安眠藥。」

葉子說著從手提包取出兩盒阿達林[1]。

1 Adalin，成分為二乙溴乙酰脲，乃非巴比妥酸誘導體的安眠藥。1910年由拜耳公司開發，取名「阿達林」販售。為白色結晶性粉末，用於安眠，一次劑量約0.5-1.5公克。據說即使一次服用10-12公克也不會致死。

「妳這麼年輕就患失眠症嗎？不可能吧。況且，兩盒阿達林……」

「您以為我想自殺嗎？」

「嗯，雖身為男人，不過我還算了解少女心。那是大人無法想像的青春世界。年輕人把死亡看得美麗，是想以純潔肉體死去的處女純情。而與純潔比鄰的，則是義無反顧地讓肉體墮入泥沼的被虐心理。兩思緒形影相依。妳會脫口要墮入風塵及買阿達林，全是青春在造孽啊。」

「所以，您是在對我說教？」葉子興致缺缺地冷淡應道。

「不，我才不做這樣不識好歹的事。這不是說教，我只是想幫妳脫離困境。」

「呵呵呵呵，噯，我猜也是如此。謝謝，那麼能請您救救我嗎？」不知是否仍誤解老人的意思，少女一味打趣地說。

「不，不能講這麼沒教養的話。我可是很認真地與妳商量，從未興起包養妳之類的邪念。但是，妳願意在我底下工作嗎？」

「對不起，您是說真的嗎？」葉子總算明白老人的真意。

「當然。不過，恕我冒昧，關西商事株式會社支付妳多少薪水？」

「四十圓而已……」

「嗯，很好。那我一個月給妳兩百圓。此外，不管是住所、三餐或服裝，都由我負擔。還有，雖然是工作，但妳只需到處遊樂就行。」

「呵呵呵呵，那豈不是太輕鬆了嗎？」

「不，若妳當成玩笑可傷腦筋。這其中的隱情複雜，就雇主而言，這樣的待遇其實仍嫌不足。話說回來，妳雙親呢？」

「我無父無母。要是他們還活著，我也不致心生如此悲哀的念頭。」

「那妳現在……」

「我一個人住公寓。」

「嗯，很好，一切都非常完美。方便立刻跟我走嗎？妳住的公寓，晚點我會善後。」

這樣不尋常的要求，若是平常葉子絕不可能答應。但此時她已動念出賣貞操，甚至考慮過自殺，自暴自棄的心情讓她不禁點頭同意。

離開咖啡廳後，老紳士攔下計程車，帶她到陌生城郊一間老舊香菸店的二樓。毫無裝飾的房內鋪著褪色的榻榻米，約莫三坪大，家具僅有角落的小鏡台及一只行李箱。

老人的行動益發費解，但沿途葉子已從他口中得知這奇怪的雇用契約某種程度的祕密，早就不再坐立難安，反倒對自身扮演的角色萌生極大的興趣。

「先換裝吧，這也是雇用妳的條件之一。」

老紳士從行李箱取出一襲符合葉子年齡、花紋華麗的和服，還有腰帶、長襯衣、領口鑲著皮草的黑大衣，甚至連草鞋都一應俱全。

「鏡面有點小，不過請將就一下吧。」

交代完，老人便隨即下樓。葉子依照囑咐著裝，換上昂貴和服後，感覺所有不快瞬間消散。

「很好、很好，這樣就行了，非常適合妳。」

不知不覺間，老紳士已上樓，若有所思地注視著她的背影。

「可是，短髮配上這身和服總覺得怪怪的。」葉子看著鏡子，面露羞赧地說。

「我早有準備，喏，戴上這個吧。」

老人自行李箱裡取出白布包裹的物品。解開後，冒出一團乍看有些恐怖的頭髮。原來是頂沒有芯板、全往後梳的假髮。

老人繞到葉子面前，熟練地為她套上。朝鏡中一瞧，葉子根本像變了個人。

「還有，雖然這有點度數，不過請稍微忍耐。」

老紳士遞出一副無框眼鏡。葉子並未多問，直接戴上。

「唔，來不及了，立刻出發吧。約定的時間是十點整。」

老人連聲催促，葉子只得慌忙捲起脫下的衣服，塞進行李箱後迅速下樓。

離開香菸店，步行一會兒後，便瞧見路上停著一輛轎車。那顯然不是剛才搭乘的計程車。儘管是舊車，但司機外表相當體面，似乎也與老紳士相識。

兩人一上車，不待指示，車子就開了出去。在路燈明亮的大道上轉幾個彎後，不久即來到幽暗的郊外。

「抵達目的地。時間上沒問題吧？」司機轉頭問。

「嗯，剛好十點整。那麼，熄燈吧。」

司機聞言轉動開關，將車頭、車尾及客座的所有燈光全熄滅。漆黑的車子在伸手不見五指的暗夜裡疾馳。

不一會兒，車子沿著某棟大宅邸的水泥圍牆徐徐前行。靠著約半町一盞的路燈微光，葉子才勉強辨識出周遭環境。

「葉子小姐，準備好，迅速行動。明白嗎？」老人像在鼓舞競賽選手似地交代。

「嗯，我知道。」面對未知的冒險，葉子顯得異常緊張，卻仍精力十足地回答。

驀地，車子在疑似宅邸通行門之處停下，接著有人從外面迅速打開車門，低聲吩咐：「快！」

葉子默默無語，忘我地衝出車子，依計畫奔進眼前的小門。

此時，某人如皮球般自小門內側竄出，與葉子擦肩而過，隨即跳進葉子剛剛乘坐的轎車。

轉瞬之間，葉子憑藉遠處電燈的微光瞥見對方，不由得毛骨悚然。

那是幻影嗎？抑或直至方才，一切皆是驚心的噩夢？

葉子看到另一個葉子。以前聽過離魂病[1]，莫非自己罹患傳聞中的怪病？當前出現兩個櫻山葉子，分別潛入屋裡、躍上轎車。世上竟有從髮型到衣著都這樣相似的人嗎？不不不，不僅如此。讓葉子打骨子裡戰慄的，是對方連容貌都與她若出一轍。

可是，載著另一個女人的轎車，無視葉子內心深不見底的恐懼，黑旋風般直往來時路揚長而去。

「好了，往這兒來吧。」

一回神，先前打開車門的男子黑影，就著暗夜湊近她耳邊悄聲指示。

## 蜘蛛與蝴蝶

大阪南郊，南海電車沿線的H町，坐落著知名寶石商岩瀨庄兵衛的宅邸。此時，只見宅邸的水泥圍牆頂端嵌上一整排的玻璃碎片。

「怎麼回事？岩瀨先生應該不是這種高利貸作風的人啊。」鄰近居民無不感到詫異。

然而，岩瀨邸的轉變不僅於此。首先，門長屋[2]以往住著岩瀨商行的資深店員，如今搬來某巡警一家。據說該員警是當地警局的劍道高手。

1 一種傳說中的疾病，據聞靈魂會脫離身體四處遊蕩，且病患將目擊到另一個自己，也就是西洋所所謂的Doppelgänger（替身）。依隨筆〈怪談入門〉（1949，收錄於《幻影城》），亂步知曉最古老的文獻為中國的《搜神後記》。其傳至日本後，為許多怪談書提及。

2 設於大門兩側的連棟屋舍，多為僕傭的住處。

庭園各處則立起柱子，裝上明亮的戶外燈，建築物出入要衝的窗戶也都嵌上牢固的鐵欄杆。另外，除了原本的書生❖1，還有兩名魁梧的青年保鏢入住。

現下，岩瀨邸儼然成為一座小型堡壘。

他們究竟在害怕什麼，為何要大費周章地防範？理由無他，只因他們預感有女亞森．羅蘋之稱的惡賊「黑蜥蜴」即將來襲。而岩瀨摯愛的掌上明珠，安危備受威脅。

在東京的K飯店時，由於受到名偵探明智小五郎的阻撓，女賊的綁架計畫以失敗告終。想當然耳，女賊不甘心就此罷休，她揚言絕對會設法得到早苗。無論如何，她大概早就潛入大阪，搞不好已逼近H町的岩瀨宅邸。

在K飯店一案中，領教過女賊那宛若魔術師的高超身手後，即便不是岩瀨庄兵衛，肯定也不得不進行這番嚴密的防備。

至於可憐的早苗，待在大宅深處一個安上鐵欄杆的房間，形同遭到囚禁。與早苗親近的婆子住在隔壁，前一間則是從東京來的明智小五郎，玄關旁還有三名書生駐守。此外，亦有數名男女僕傭遠遠守護著早苗，時時摩拳擦掌戒備，一旦發現情況不對勁便會蜂擁而上。

早苗如坐牢籠，一步都沒外出。縱使偶爾到庭園散心，身旁也一定有明智或書生陪同。

就算是魔術師黑蜥蜴，碰上這樣固若金湯的戒備，恐怕亦難以出手。或許真是

1 寄宿在有親戚關係的學者、資產家或政治家的住所，邊幫忙打理家務邊做學問的學生。

如此，早苗一行回到宅邸已過半個月餘，卻完全察覺不到女賊的氣息。

「我似乎太過膽小，錯把那傢伙的恐嚇信以為真，而有些反應過度。還是那傢伙得知我們的防禦滴水不漏，幾經盤算後發現無從下手，只好放棄？」

庄兵衛的想法逐漸改變。

然而，對賊人的憂慮淡去後，他反倒擔心起女兒。

「或許我防範得太誇張，實在不該像關罪犯那樣軟禁早苗。她本就有點惶惶不安，眼下更受到嚴重驚嚇。這陣子她簡直變了個人，總面色蒼白、悶悶不樂。即使和她說話，她也一副不願理睬的樣子，甚至別開臉，不肯正視我。得想想辦法，至少讓她振作一些。」

煩惱之際，庄兵衛腦海驀地浮現今天剛送至會客室的西式家具。

「嗯，對了，看到那些家具，她一定會很開心。」

所謂的西式家具，便是成組的豪華座椅。一個月前訂製時，布料即是早苗挑選的。

思及此，庄兵衛精神一振，迫不及待地前往大宅深處的早苗房間。

「早苗，依妳的設計訂做的椅子已擺放在會客室，要不要去瞧瞧？成品比預期精緻呢。」

庄兵衛拉開紙門，邊留意房內的情況，邊輕喚早苗。只見倚在書桌旁的早苗驚愕地回頭，旋即又垂下目光。

「這樣啊，可是我……」她意興闌珊地應道。

「別這麼冷淡，總之過來看看吧。阿婆，我帶早苗出去一下。」

庄兵衛向鄰房的婆子交代一聲後，便牽起無精打采的早苗離開。

至於婆子隔壁的明智則房門大敞，裡頭一片空蕩。為處理迫不得已的要事，明智一早便出門，至今尚未歸來。當然，確認過庄兵衛在家，同時不厭其煩地交代僕傭不可輕忽早苗的安全後，他才放心外出。

很快地，早苗跟著父親踏進寬敞的會客室。

「怎麼樣？是不是超乎想像的華麗？」

庄兵衛說著，往其中一張新椅子坐下。

圓桌周圍闊氣地擺放著沙發、扶手椅、專為婦人設計的無背座椅、木製靠背凳等，共七件的套椅。

「哎呀，好美……」

這段日子始終沉默寡言的早苗總算開口，彷彿十分中意眼前的家具。接著，她在沙發落坐。

「有點硬。」

和一般的沙發感覺不太一樣。

「剛做好不久，硬一點是難免的，過一陣子就會舒適許多。」

若庄兵衛與早苗同坐在沙發上，肯定也會為這異樣感心生疑惑。可惜，他一味安坐於扶手椅，壓根沒想到要試試別張椅子。

此時，一名傭人從門外探頭告知大阪的門市來電，於是庄兵衛急忙前往客廳接聽。但他仍相當謹慎，並未忘記先到書生房間，叮囑他們留心會客室裡的早苗。兩名書生隨即到走廊監視。走廊盡頭就是會客室的門，若不經由書生面前，誰都不得而入。

當然，會客室亦有幾扇面對庭院的窗，但全嚴密地嵌上鐵欄杆。不管是循庭院或走廊，可接近早苗的通道都被封死。否則，無論是再緊急的電話，庄兵衛也不可能留下早苗先行離開。

結束通話，岩瀨必須火速趕往大阪門市。他飛快更衣，在夫人與傭人目送下來到玄關。

「多留意早苗。現下她待在會客室，我已囑咐過書生，但妳也要提高警覺。」

僕傭服侍岩瀨綁鞋帶時，他一再叮嚀夫人。

看著丈夫上車後，夫人隨即走向會客室，打算確認女兒的情況，卻忽然聽見鋼琴樂聲。

「哎呀，最近都不見早苗彈琴。這樣才好，我還是別去打擾她。」

夫人鬆了口氣，交代書生留心守護、不許鬆懈後，便折回起居室。

父親外出後，早苗逐一試坐每張椅子，或起身遠眺窗外風景。不久，她打開鋼琴蓋，隨意敲奏。漸漸地，興致一來，她索性彈起童謠，不知不覺又彈起歌劇的某一節。

沉迷於彈琴好一會兒，早苗心生倦怠，便想回房。剛要轉身步向門口，眼前卻意外出現懾人的景象，嚇得她愣在原地。

啊啊，怎麼會發生這種事？包括窗戶及走廊，能夠潛入會客室的通道全遭阻絕，鋼琴、沙發和其餘家具後方皆無足以匿伏的空隙，而近旁的矮凳底下根本藏不了人。直到剛才，會客室裡除早苗外，連隻小貓也沒有。

儘管如此，眼前不就站著一個舉止怪異的人嗎？對方一頭亂髮，頰面上盡是黑壓壓的鬍碴，眸中灼灼閃爍著難以輕忽的凶光，身上的骯髒西裝處處破損……雖不知是從哪裡、怎麼進來的，但無須多揣測，這宛若怪物的男子肯定是女賊「黑蜥蜴」的手下。

啊啊，預料中的危機終於上演。敵方看準眾人鬆懈之際乘虛而入，魔術師般的怪賊輕易突破防線，幽靈似地溜進門縫。

「噢，別出聲。我不會動粗，畢竟妳也是我們寶貝的大小姐嘛。」歹徒低聲威脅。

然而，根本用不著警告，可憐的早苗已渾身癱軟、動彈不得，連出聲的力氣都沒有。

賊人面露陰險的微笑，及時繞到早苗後方，從口袋取出一團似是手帕的布製品，倏地撲向前，摀住她的嘴巴。

霎時，恍若毒蛇纏身，一股猥褻的壓力自肩膀傳至早苗胸口。由於嘴巴被摀住，不一會兒便覺呼吸困難，這下她再也無法任憑擺布。纖弱少女使盡全力，掙扎著想逃離歹徒的魔掌。她就像落入蜘蛛網的美麗蝴蝶，悲慘地瘋狂舞動。

很快地，她激烈反抗的手腳漸失力量，頹然安靜下來，顯然是麻醉藥生效了。歹徒輕輕將不再振翅的蝴蝶安放在地毯上，並為她合攏敞開的和服裙襬。而後，緊盯著沉睡的嬌顏，又露出懾人的邪惡微笑。

## 千金變身

琴聲已停歇超過三十分鐘，早苗卻彷彿無意離開。前一刻，會客室裡還傳出物體移動的聲響。然而，現下連那些細瑣的動靜都消失，門扉彼端一片死寂。

「喂，也太久了吧。小姐怎麼還不回自己的房間？」

「話說回來，裡頭未免過於安靜，總覺得有點不對勁啊。」

負責守衛的書生按捺不住、開始竊竊私議之際，同樣擔心小姐安危的婆子走近。

「小姐還在會客室嗎？老爺陪在旁邊吧？」婆子似乎不曉得主人已外出。

「不，老爺不久前接到分店電話，便連忙趕去大阪。」

「哎呀，那小姐不就落單啦？這怎麼行？」婆子一臉不悅。

「所以我們才守在這兒。可是，小姐一直待在裡面，且安靜得出奇，我們正覺納悶呢。」

「我進去看看。」

婆子大步走向會客室門口，不假思索地打開窺探。豈料，她瞥一眼隨即關上門，匆匆跑回書生站崗處，臉色莫名慘白。

「情況不妙，你們快去瞧瞧，沙發上睡著一個奇怪的傢伙，小姐根本不在裡面。趕緊把那傢伙攆走。哎喲，真是可怕。」

書生當然不相信這番胡言亂語，當下懷疑婆子神智不清。但出於無奈，他們也只能前往查看。

冷不防打開門，衝進會客室後，他們詫異地發現婆子所言不假，沙發上確實躺著睡得像死人般的陌生男子。對方一身破爛西裝，臉上布滿鬍碴，活像個乞丐。

「喂，你是誰！」

柔道一段、膽識過人的書生，毫不客氣地抓住歹徒肩膀猛力搖晃。

「哇，真受不了。這傢伙醉到不醒人事，竟然吐得整張沙發都是。」

書生反應誇張地跳開，緊緊捏著鼻子。

原來如此，男子臉色異常蒼白，且長椅下滾落一只威士忌空酒瓶。然而，若是在會客室裡喝酒，男子應該沒待太久，怎會醉得這麼快？可惜，慌亂之際，幾名書生根本沒注意到此事。

被吵醒的歹徒微微睜眼，以紅舌舔舐髒兮兮的嘴角，搖搖晃晃地撐起上半身。

「抱歉，我不行啦。好難受，實在喝不下。」

莫非他把這間招待紳商的會客室誤認成酒吧？男子渾然不覺地胡言亂語，醉話連篇。

「混帳，你以為這是哪裡？還有，你怎麼進來的？」

「咦……唔，怎麼進來？還用說嗎？蛇有蛇道，我自然曉得啥地方藏著美酒。嘿嘿嘿嘿嘿。」

「先別管這些，喂，沒看到小姐，是不是這傢伙搞的鬼？」

另一名書生驚覺不對勁，趕緊提醒道。

匪夷所思的是，兩人仔細找遍會客室後，除這來歷不明的醉漢外，不見半個人影。究竟發生什麼事？難不成短短三十分鐘內，彷若女魔術師天勝的魔術，年輕貌美的千金居然變身為骯髒的醉漢？在不知中間經過的情況下，不管再荒唐，也只能如此推測。

「喂，你是何時闖入的？原本應該有個美麗的小姐待在這裡，你有沒有瞧見？欸，給我講清楚啊。」

雖然書生抓著男子肩膀不停搖晃，男子仍毫無反應。

「哦，美麗的小姐？真懷念哪，帶來讓我見見。好久沒見過什麼美麗的小姐，給我開開眼界吧。快，快把她帶來這兒。哇哈哈哈哈。」

真是醉得神智不清。

「跟這種傢伙問啥都沒用，總之先打電話報案，交由警方處置吧。留著他，只會弄得到處是穢物。」

接獲婆子的通知後，岩瀨夫人驚慌趕來。然而，比常人更難忍受不潔的她，得知有個乞丐般的男子在裡頭頻頻嘔吐，根本沒勇氣踏進會客室，只敢在女傭包圍下，從門外戰戰兢兢地窺看。於是，聽到書生這番話後，她立刻指示：

「嗯，就這麼辦。來人啊，快報警。」

最後，此一莫名奇妙的無賴漢被扔進當地警局的拘留室。兩個警察制住歹徒的雙手，拖也似地帶走他，徒留盡是穢物的淒慘沙發，及滿室刺鼻的臭氣。

「沙發才剛做好，真糟蹋。」婆子板著臉，退避三舍地說。「哎呀，不止嘔吐物，多怵目驚心的裂痕哪。好恐怖，那傢伙還帶著刀子嗎？沙發竟被割出這麼大的破洞。」

「討厭，難得新訂製。這種東西不能繼續擱在會客室，誰去聯絡家具行，請他們來搬走，布面得換過才行。」

異常潔癖的岩瀨夫人，一刻都無法忍受骯髒的家具擺在家中。

醉鬼騷動告一段落後，大夥總算有心思擔憂早苗。不必說，早就緊急通知主人庄兵衛這突發狀況。而明智曾交代今日的去處，眾人便致電要他即刻返回。

同時，邸內展開一場大搜索。警局派遣的三名警察與書生等僕傭總動員，將會客室及早苗的房間，樓上、樓下、庭院，甚至是緣廊地板下，都毫不遺漏地搜遍。

只是，迷人的千金小姐該不會如朝陽下的葉尖露水般，化為水氣蒸發？這簡直荒唐至極，理應在屋內的早苗竟消失得無影無蹤。

## 魔術師的絕技

醉漢騷動發生約兩小時後，接獲急報的庄兵衛及明智小五郎分別從大阪趕回，在起居室裡匆匆談起這樁離奇事件。岩瀨夫人和婆子守在一側，負責監視的兩名書生也被喚來，在一旁待命。

「真是失策，我又疏忽了。」明智十分內疚。

「不不不，不是你的錯，都怪我不好。見女兒實在太消沉，我不禁心生憐憫，便帶她到會客室，這簡直是大錯特錯。若要說大意，我才過於掉以輕心。」

「我們也有疏漏，不該理所當然地把責任交給書生。」岩瀨夫人附和。

「如今，再多的自責皆是枉然。重要的是，必須先確定令嬡何時離開會客室，又被帶往何處。」像要打斷無濟於事的懊悔，明智提醒道。

「是啊，這就是問題的癥結。我怎樣都無法理解……喂，倉田，你們當時根本心不在焉吧？你們該不會沒注意到小姐離開房間？」

聽著庄兵衛的話，名喚倉田的書生面露些許憤慨地反駁：

「不，絕無此事。我們一直緊盯著門口，何況要從會客室前往其他房間，一定得通過我們面前的走廊。若小姐行經，我們不可能沒看見。」

「哼，既然這麼有把握，小姐又怎會失蹤？難不成你們要辯稱小姐衝破牢固的鐵欄杆飛奔出去？說啊，鐵欄杆有任何毀損嗎？」

顯然庄兵衛情緒一激動便會口出惡語。

兩名書生頓時一陣惶惶不安，只能搔搔頭，愣愣回答明擺著的事實：

「不，別說是鐵欄杆，連玻璃窗的鎖都沒打開的跡象。」

「瞧瞧，那不就表示是你們怠忽職守？」

「噯，先別忙著下定論，我實在不認為是他們的疏失。畢竟不止小姐，他們連那醉鬼潛進會客室都不知情。就算再粗心大意，也不可能對出入的兩個人皆毫無所覺吧。」明智邊思索邊解釋。

「還真是匪夷所思，不過事情就是發生了。」

明智沒理會庄兵衛的毒舌，繼續道：

「既然鐵欄杆未遭破壞，書生也沒分心，那麼結論只有一個，即根本無人進出會客室。」

「哈哈，不然是早苗變身成那醉漢嗎？開什麼玩笑，小女可不是陰陽人。」

「岩瀨先生，你說是特地讓令嬡欣賞新訂製的椅子吧？那些椅子是今天送到的嗎？」

「沒錯，就在你出門後沒多久。」

「真奇怪，你不認為那些椅子與令嬡的失蹤之間，有什麼非偶然性的關聯嗎？我總覺得……」

還沒講完，明智便瞇起眼，暫時陷入沉思。不一會兒，他赫然抬頭，脫口說出意義不明的話：

「人椅……那種小說家的妄想，真的能夠實行嗎？」

接著，他倏地起身，一副興奮的模樣，也不向眾人打聲招呼，轉眼就離開起居室。

望著名偵探突兀的舉動，大夥一陣錯愕，半晌無人開口，僅茫然面面相覷。不久，伴隨著明智匆忙返回的腳步聲，走廊傳來怒吼：

「沙發呢？怎麼沒放在會客室？」

「噯，明智先生，請冷靜一下。沙發根本無關緊要，眼前該擔心的是小女的安危啊。」

庄兵衛直言。然而，踏進起居室的明智仍重複同一個問題：

「不，我只想知道沙發的下落。究竟在哪？」

於是，其中一名書生回應：

「方才已由家具行的師傅搬走，因為夫人交代要更換布面。」

「夫人，這是真的嗎？」

「嗯，沙發遭醉鬼弄得又破又髒，實在慘不忍睹，我便趕緊請人處理。」岩瀨夫人仍未察覺不對勁，一本正經地解釋。

「原來如此。啊啊，這下不妙，恐怕為時已晚。不，或許……對，或許只是我誤會……抱歉，借用一下電話。」

明智發瘋般喃喃自語，突然又撲向桌上的話機。抓起話筒後，他望著書生喊道：

「喂，告訴我家具行的號碼。」

書生立刻答覆，明智便大聲對接線生轉述。

「N家具行嗎？這裡是岩瀨宅邸。不曉得剛剛你們搬走的沙發是否已順利送抵？」

「哦，沙發嗎？我知道。抱歉讓老爺久等，我正要派店裡的人過去。」

話筒彼端傳來教人詫異的回答。

「咦，正要派人過來？你說的是真的嗎？但沙發早就交給你們了啊！」明智焦急地怒吼。

「咦，怎麼可能？我們根本還沒前往府上。」

「你是老闆嗎？好好問清楚。該不會其實有人來過，只是你不知情？」

「不，不可能。我並未告訴員工今天要造訪貴府，沒道理會有人上門。」

獲得此一訊息，明智「鏘」地掛斷電話，立刻就要動身前往某處，但他心念一轉，再次拿起話筒，撥至當地警局，並請司法主任接聽。入住岩瀨家的那天，明智便與司法主任打過招呼。遇到眼前這種緊急時刻，兩人的交情可是大有助益。

「我是明智，有人假冒家具行的名義，把那張被醉鬼弄髒的沙發從岩瀨邸搬上卡車後便迅速逃逸。我不清楚卡車開往何方，能請你緊急動員人手攔阻嗎？……是的，就是那張沙發……人椅，對，就是人間椅子。不，怎會是玩笑……嗯，應該吧，此外別無可能。那麼，萬事拜託。我的推測絕對沒錯，晚點再告訴你詳情。」

明智剛要結束通話時，對方轉達另一則重大消息。

「咦，逃亡了？這可是重大疏失……誤以為他是醉鬼而大意？嗯，這也難怪，不過那傢伙手段真高明，肯定是黑蜥蜴的手下，實在可惜呀。還沒逮到嗎？……總之，請全力以赴，人命關天……兩件事都是。沙發和醉漢都是……那麼，再聯絡。」

話筒「喀鏘」地掛上，大失所望的明智不禁當場蹲下。眾人皆神情緊張地聆聽明智的應對，隨著他的每一句話，逐漸明白名偵探這突兀行為的理由。

「明智先生，從剛才的通話內容，我已大致了解狀況。你的明察秋毫，真教人讚歎。不，比起你的洞察力，賊人大膽的魔法，更是令我備受震撼。換句話說，藏有那名偽醉漢的特殊機關沙發，在某處與家具行訂製好的沙發對調後，送至會客室，靜待早苗進門……男子伺機現身，把我的女兒……啊啊，明智先生，那傢伙該不會將小女……」庄兵衛一陣心驚，再也無法言語。

「不，他們絕對不會殺害令嬡。從K飯店一案足以判斷，黑蜥蜴要的是活生生的獵物。」明智安撫道。

「嗯，我也這麼認為……那傢伙把失去意識的小女放進他原本蟄伏的沙發，再蓋上坐墊。接著，他躺在沙發上，開始佯裝出各種醉鬼行徑。可是，那些嘔吐物……」

「嗯，真出色，岩瀨先生是不遜於黑蜥蜴的幻想家呢。我的推論也是如此……那傢伙的驚人之處，就在敢滿不在乎地執行看似荒謬的高明詭計。這完全是模仿名為〈人間椅子〉❖1的小說，內容描述歹徒躲進沙發為惡，而黑蜥蜴竟徹底實踐作者荒誕無稽的妄想。同樣地，你剛才提到的嘔吐物，則是賊人預備好裝有類似液體的瓶子，潑到沙發上的。沒錯，穢物來自瓶子，不是嘴巴。喏，調查一下那個威士忌酒瓶，裡頭肯定充滿噁心的氣味。其實，這樣的情節亦曾出現在古早的歐洲寓言❖2。不過，在那篇故事裡，裝的不是嘔吐物，而是更骯髒的不潔之物。」

「但那醉漢已從拘留所逃走？」

「嗯，是的。醉漢和沙發都如同故事發展，不知消失到哪去。」明智忍不住苦笑，隨即正色補充道：「可是，岩瀨先生，我並未忘記先前在K飯店的約定。儘管放心，縱使賭上性命，我也會保護令嬡。我直覺情況還不到無可挽回的地步，請務必相信我……瞧，我的面色蒼白嗎？看得出絲毫擔憂的神色嗎？沒有吧。我異常冷靜，如你所見，冷靜無比。」

語畢，明智露出爽朗的笑容，一點也不像在虛張聲勢。那是發自心底的笑，於是，眾人滿是信賴地仰望名偵探開朗的神情。

1 此即亂步初期的短篇代表作(1925)。在〈吸血鬼〉(1930-31)中，與〈人間椅子〉相同題材的小說亦給了歹徒靈感。

2 亂步戰後的作品〈影男〉(1955)中有這麼一段：「西洋有則故事，某個無所不能的聰明人，接連解開國王出的難題，並達成不可能的任務。有一回，國王要求他在一晚內，偷出其身下的床單。於是，聰明人串通侍女，在廚房調出咖哩般濃稠的黃色液體，悄悄灑在國王的床單上。國王半夜醒來，驚覺腰際一片濕黏，起身查看後，發現床單沾滿黃稠液體，不禁暗想：哎呀，我竟然出這種洋相，好臭呀。最後，國王忍不住捏著鼻子，捲起被單，扔到窗外。翌晨，聰明人呈上撿到的床單，稟道：「如您所見，已順利到手。」此處提及的，應是指這則故事，可惜出典不明。《格林童話》的〈神偷〉中，同樣有篇竊取伯爵床單的故事，但主角是利用屍體騙出伯爵後，再模仿伯爵的嗓音，請求伯爵夫人丟出床單。

# 「埃及之星」

寶石商千金綁票案登上隔天的報紙，轟動全國。當地警局自不必說，大阪府警搜查課亦傾全力搜索早苗的下落。而百貨公司陳列處、家具行的櫥窗、各車站的貨物倉庫所擺放的沙發，皆不免遭人投以懷疑的恐懼眼神。較神經質者，甚至連自家客廳的沙發都得先檢查過底部，才敢落坐。

案發後整整一天，據傳藏著人的沙發仍下落不明。早苗到底是生是死？甜美的早苗，恍若從世間消失。

岩瀨夫婦是多麼哀慟欲絕，當然不須贅言。不管是置早苗於險境，或錯放惡賊，都是他倆的疏失，無法歸咎任何人。只是，在過度悲憤的情況下，往往會不自覺地失去分寸，怪罪明智的草率外出。

想當然耳，明智不可能沒察覺他們的心境。賭上名偵探信譽的他也頗自責，並為這無可挽回的大意深感懊悔。儘管如此，不愧是身經百戰的勇將，他心底彷彿有所確信，絲毫未顯慌亂。

「岩瀨先生，相信我，令嬡安全無虞，我保證平安救回她。倘使真落入賊人手中，她也絕不會遭遇危險。對方一定會視早苗小姐為珍寶，小心呵護。他們有不得不的理由，請不必太過擔憂。」明智再三安撫岩瀨夫婦。

「明智先生，你說要救回小女，但如今她在哪裡？難道你曉得她的下落？」庄兵衛又語帶嘲諷。

「是的，這麼說也沒錯。」明智完全不為所動。

「哼，那為何不盡速行動？打昨天起，你似乎就把責任全推給警方，什麼也不做，只是袖手旁觀。假若你確實掌握事態，真希望你及時採取適切的對策哪。」

「我在等待。」

「咦，等啥？」

「黑蜥蜴的通知。」

「通知？簡直可笑。賊人會來通知你？恭請偵探先生領回小姐？」庄兵衛惡毒反譏，甚至哼哼嘲笑兩聲。

「嗯，是啊。」名偵探孩童般天真無邪地應道，「那傢伙或許會通知我們去領回小姐。」

「咦、咦，此話當真？再怎麼想，賊人也不可能做這種事……明智先生，眼下可容不得你開玩笑。」寶石王怏怏抱怨。

「我沒開玩笑，你很快就會明白……啊，搞不好通知信便混在其中。」

此時，三人正坐在早苗遭綁架的會客室裡，一名書生剛巧送來當天第三批信件。

「這裡頭有賊人的通知信？」

庄兵衛從書生手中接過幾封信，帶著備感荒唐的神情，心不在焉地回話。豈料，逐一檢查寄件者後，他錯愕叫道：

「呃，這是什麼？這到底是什麼圖案？」

那是只高級西式信封，仔細一看，背面沒有寄件人的名字，僅左下角精巧地畫著一隻漆黑的蜥蜴。

「是黑蜥蜴。」

明智毫不訝異，一副「你看吧」的態度。

「原來是黑蜥蜴，郵戳則是大阪市內。」不愧是商人，庄兵衛目光十分敏銳。「啊啊，明智先生，你怎麼有辦法洞燭機先？這的確是賊人的通知信。唔，這實在……」

他欽佩萬分地凝視著名偵探。這老人雖易怒，但脾氣消得也快。

「打開瞧瞧，黑蜥蜴想必提出了要求。」

岩瀨聽從明智的建議，小心地拆封，取出信箋攤開。只見沒有任何印記的純白紙張上，笨拙的字跡（感覺是刻意的）寫著以下內容：

岩瀨庄兵衛先生：

昨日驚擾，誠屬惶恐。令嬡已在我手中。目前我將她藏在警方絕對搜不著的安全處所。

不知您是否願意贖回令嬡？若能答應左列條件，我或可考慮進行協商。

（金額）您所收藏的「埃及之星」（一枚）。

（交易日期）明日午後五時整。

（交易地點）T公園通天閣❖1頂樓展望台。

（交易方式）在約定時間前，由岩瀨庄兵衛單獨攜指定物品至通天閣。

如發生任何違背右述條件的情況、通報警方，或交易後我遭到逮捕，將以令嬡之死做為回報。

要是能確實履行，當晚即將令嬡送還府上。倘使同意，無須回信。明日若未於指定時間、地點赴約，此次協商便不成立，我會立刻按原定計畫行動。

肅此

黑蜥蜴

一月十九日

1 T公園是指1909年在第五屆國內產業獎勵博覽會的場地東側興建的天王寺公園。1915年，坐落其中的天王寺動物園開幕，其餘土地則於1912年設立歡樂場「新世界」。北半部是以通天閣為中心的鬧區，南半部則興建遊樂園露那公園（1923年關閉）。通天閣的造形融合巴黎凱旋門及艾菲爾鐵塔，廣受歡迎。可惜1943年發生火災後，配合政府金屬徵收政策而拆除。1956年，由日立製作所出資，重建目前所見的高103公尺的通天閣（原先高約75公尺）。新世界的熱鬧，曾被比擬為東京的淺草六區。

讀完信後，庄兵衛面露猶豫之色，陷入沉思。

「對方想要埃及之星嗎？」明智察覺他的憂慮，出聲問道。

「沒錯。這下不妙，埃及之星雖是我的私藏，卻是堪稱國寶級的珍品，我實在不願交給可恨的賊人。」

「聽說埃及之星非常昂貴？」

「時價二十五萬圓。即便如此，也是二十五萬圓換不到的寶物。你曉得那寶石的來歷嗎？」

「嗯，略有耳聞。」

目前，這個國家最大、最珍貴的鑽石「埃及之星」產於南非，為三十幾克拉的多面鑽石。如同其名，過去曾是埃及王室的收藏品，而後在歐洲各國的貴族之間輾轉流離。大戰期間，因故落入寶石商之手，幾經曲折，數年前由岩瀨商會的巴黎分店購得，現屬大阪總店的資產。

「這個來歷特殊的寶石，重要性僅次於我的生命。在防盜方面，當然是費盡心力。店員自不必提，連內人都不曉得保存於何處。」

「換言之，與其直接偷寶石，綁走活生生的人更能水到渠成。」明智頻頻點頭。

「可以這麼說。埃及之星一直是眾盜賊覬覦的目標，多年來屢屢遇襲，我益發謹慎戒備。最後，藏匿地點成為只屬於我的祕密。畢竟再厲害的神偷，也無法竊取我腦中的祕密……豈料，我的苦心轉眼就要付諸流水。我壓根沒料到會有這一招，竟要我拿寶石贖回小女……明智先生，不管是何種稀世珍寶，都無法取代生命。雖然遺憾，我也只能死心，放棄寶石。」庄兵衛黯然地表達決心。

「沒必要放棄。嗳，那樣的恐嚇信，放著不理也無所謂，絕不會危及令嬡安全的。」

明智懇切地安慰，可惜頑固的庄兵衛不相信。

「不不不，冷血的綁匪不曉得會幹出什麼事。寶石再昂貴，終究不過是個礦石。礦石不足惜，但小女若有萬一，便無可挽回。我還是答應歹徒的要求吧。」

「既然你有這般決心，我就不阻止你。假裝落入敵人圈套，交出寶石，或許也是種對策。從偵探的角度來看，毋寧更方便行事。可是，岩瀨先生，你完全不必擔心。我保證，絕對會奪回令嬡與寶石，頂多讓敵人空歡喜一場罷了。」

不知哪來的自信，明智竟篤定宣告。

# 通天閣上的黑蜥蜴

第二天，在約定的五點前，岩瀨庄兵衛依黑蜥蜴的要求，未告知明智以外的任何人，獨自來到離T公園入口不遠的那座高聳入雲的鐵塔下。

提到T公園，舉凡地域之廣、每日遊客之多，都不愧為大阪市內首屈一指的遊樂區。放眼望去，觸目可見櫛比鱗次的劇場、電影院、餐飲店，人群如織，空氣中充斥著樂隊演奏聲、攤販叫賣聲、氣笛聲響、孩童哭喊聲、數以萬計的木屐踩踏出的交響樂，以及飛揚的沙塵。而園區正中央，仿造巴黎艾菲爾鐵塔的通天閣鋼筋，則俯瞰著大阪，聳立天際。

啊啊，多麼狂妄，多麼目中無人。女賊黑蜥蜴不選別處，竟挑中此一大歡樂場的中心。在眾目睽睽的塔上接收贖金，如此放肆的冒險作風，若非那名黑衣婦人，著實不可能這麼膽大妄為。

身為豪商的庄兵衛，向來以膽識過人著稱，但一想到終於要與惡賊對峙，仍無法克制內心的不安。他舉止僵硬地進入通往塔頂的電梯。

隨著電梯上升，大阪城鎮迅速下沉。此刻，冬季的太陽逼近地平線，眼下所有屋頂一側盡皆化為黑影，形成美麗的棋盤花紋。

總算抵達塔頂，來到可俯瞰四面的展望台後，在塔下感覺並不強勁的寒風便猛烈撲上臉頰。冬天的通天閣不太受歡迎，加上已近黃昏，展望台上連一個遊客也沒有。

環顧四周，只見拉起帆布擋風，販賣糖果、水果及明信片等的小商店裡，老闆夫妻狀似寒冷地坐著。除此之外全無人影，好似闖進遠離塵世的無人之境，景象蕭條至極。

憑欄俯視下方，人群雜沓與塔頂的冷清形成對比，宛若數千隻螞蟻在腳底不停蠕動。

岩瀨在寒風中等了一會兒後，下一班電梯抵達。伴隨鐵門喀啦喀啦開啟的聲響，一名戴著金邊眼鏡的圓髻貴婦出現在展望台，微笑著走近他。

這樣的時間，如此嫻雅的婦人獨自來到冷清的塔頂，顯得格外突兀。

「奇怪的女人。」

岩瀨的目光漫不經心地掃過，豈料對方忽然向他搭話：

「呵呵呵呵，岩瀨先生，不認得我嗎？我是曾在東京的飯店受你關照的綠川。」

啊啊，那麼這女人就是綠川夫人，也就是黑蜥蜴？真是變幻莫測的怪物。不過是換上和服、加戴眼鏡，再綁起圓髻，彷彿就變成另一個人。誰能料到，眼前嫻淑的婦人便是女賊黑蜥蜴。

「…………」對方目中無人的親熱，撩起庄兵衛內心強烈的憎惡。他默然瞪視那張美麗的臉孔。

「抱歉驚動您。」她貴婦般優雅行禮。

「我跟妳沒什麼好說的。我已依約履行妳提出的種種條件，妳會把小女還給我吧？」岩瀨不理會對方的矯情作戲，僅冷冷道出要事。

「嗯，當然……令嫒目前非常安全，請放心。那麼，說好的贖金帶來了嗎？」

「是的。喏，就是這個，妳檢查看看吧。」

岩瀨自懷裡取出一只銀製小盒，橫下心似地遞到婦人面前。

「啊啊，謝謝您。容我拜見一下……」

黑蜥蜴泰然接過，以袖子為掩護打開盒蓋，仔細端詳放在白天鵝絨台座上的巨大鑽石。

「啊啊，真不可思議……」

她的歡喜溢於言表。稀世鑽石的神祕魅力，甚至讓戴鐵面具般的女賊興奮得雙頰泛紅。

「五彩火焰，就像五彩火焰熊熊燃燒。啊啊，我是多麼渴望得到它。與埃及之星相比，我長年蒐集的近百顆鑽石，簡直形同石礫。實在感謝不盡。」

她再次恭敬行禮。

望著雀躍不已的對方，想到僅次於生命的珍貴收藏品就此落入她手中，儘管早有心理準備，岩瀨內心仍湧起一股說不出的不捨，益發覺得這裝模作樣的女人可恨至極。於是，即便屈居下風，岩瀨惡毒的老毛病還是發作，禁不住反諷：

「好了，贖金已付，接著就等妳送小女回來。但我真能相信妳嗎？畢竟妳是個小偷嘛，我居然先付款後交貨，風險未免過高。」

「呵呵呵呵，這您不必擔心……那麼，請先行，我慢走一步。」女人無視岩瀨的譏嘲，打算結束危機四伏的會面。

「哦，意思是鑽石到手就沒事了嗎？……不過，和我一起離開有何不可？妳就那麼不願意跟我共乘一部電梯？」

「嗯，雖然我也想，但再怎麼說，我都是受人追捕之身，得好好地送走您才成……」

「擔心有危險嗎？以為我會跟蹤妳？哈哈哈哈哈，簡直可笑。原來妳怕我？妳這麼膽小，還敢約在如此冷清的地方，我畢竟是個男人哪。萬一，我說萬一，我決定犧牲小女，逮住妳這毒害人間的女賊，那可是易如反掌。」

面對女人那張教人憎恨的臉孔，庄兵衛忍不住多諷刺幾句。

「是啊，所以我早有萬全的準備。」

出乎庄兵衛的意料，她沒掏出手槍，反而大步走向一旁的商家，拿起店頭陳列的出租望遠鏡，又重新折返。

「那是一間澡堂的煙囪，請看看後面的屋頂。」她指示方向，並將望遠鏡遞給岩瀨。

「哦，屋頂上有什麼嗎？」庄兵衛好奇地舉起望遠鏡。

鏡頭另一端是離通天閣約三町遠的連棟平房屋頂。澡堂的煙囪後方便是曬衣台。此時，可清楚看到一名貌似勞工的男子蹲在那兒。

「曬衣台上有個穿西服的男子吧？」

「嗯，那又如何？」

「請仔細瞧瞧，對方在幹啥？」

「咦，奇怪，他也拿望遠鏡對著這邊。」

「那麼，他另一隻手上是不是有東西？」

「唔，很像一塊紅布。他似乎在看我們。」

「對，沒錯。那是我的部下。打一開始，他便監視著我倆的一舉一動，察覺我陷入危機，就會揮起紅布，通報在別處監看屋頂的另一個部下。隨後，那名部下將立即致電藏匿令嫒的遠處巢穴，一取得聯繫，她當下就會沒命。這便是我的布署。呵呵呵呵呵，身為賊人，連這點小事都得大費周章地安排妥當，才不致失算。」

原來如此，確實計畫嚴密，這就是女賊挑選不便的塔頂為交易地點的緣由。要派人在安全無虞的遠處監視，平地上是辦不到的。

「哼，真是有勞妳啦。」

庄兵衛不服輸地咒罵，內心卻禁不住為女賊滴水不漏的戒備讚歎不已。

## 突兀的私奔情侶

只是，當岩瀨依言先行步下塔頂、坐上等在稍遠處的車子離去後，黑蜥蜴仍無法安心。

對方可是有明智小五郎這號麻煩人物當靠山。那傢伙不曉得會運用智慧，構思出何等令人措不及防的陷阱。

她執起望遠鏡，靠著欄杆眺望塔下萬頭攢動的遊客，專注地觀察有無形跡可疑的人。看得眼花撩亂之際，她不由得敗給內心的懦弱，為一股不明就理的忐忑所惱。

那邊停步仰望塔頂的西裝男子，說不定是刑警。自前一刻起，就蹲在此處動也不動的流浪漢好詭異，該不會是明智的部下變裝的？不不不，或許明智小五郎根本是親自上陣，混進為數驚人的遊客中。

煩躁不安的她，直將望遠鏡深按在眼前，在展望台上不停來回踱步。

她一點都不擔心會被逮捕。敵人應該也很清楚，一日這麼做，他們最寶貝的早苗就會香消玉殞。她怕的是跟蹤。若遇上高手，不管再機警行動，也難以順利甩開對方。不巧，明智小五郎正是名副其實的跟蹤高手。若明智混入群眾，神不知鬼不覺地尾隨她，找到祕密基地……思及此，女賊不禁毛骨悚然。

「還是使出絕招吧，小心為上。」

她徑直走到商店前，向老闆娘出聲喚道：

「不好意思，方便幫個忙嗎？」

縮在櫃台後方、對著火盆取暖的夫婦嚇一大跳，慌張抬起頭。

「需要什麼呢？」綁著圓髻的可愛老闆娘親切笑問。

「哦，我不是要買東西，我想請妳幫個忙。剛剛我不是在那邊和一名男子交談嗎？其實他是個大惡徒，我受他威脅，就要遭殃。能救救我嗎？方才我好說歹說，讓他先回去了，可是，他肯定仍在底下埋伏，等著抓我。求求妳，暫時當我的替身站在那道欄杆旁，好嗎？我們可以在那片布幕後頭交換衣物，老闆娘扮成我，我扮成老闆娘。幸好我倆年紀差不多，髮型也一模一樣，肯定行得通。然後老闆，真的很不好意思，能勞煩你護送喬裝為嫂夫人的我到那一帶嗎？我會好好答謝兩位的。做為報酬，我願意將身上的錢財全數奉送。好嗎？拜託你們。」

她煞有介事地懇求，並取出錢包，硬把七張十圓紙鈔塞進不斷推辭的老闆娘手中。

夫婦倆低聲商量好一會兒，終究捨不得這筆意外之財，於是毫無疑心地應允她突兀的請求。

店家立時圍起擋風帆布，讓兩人安心在裡頭互換衣物。

膚色白皙的老闆娘穿上黑蜥蜴輕柔的衣裳，梳理好凌亂的頭髮，再戴上金框眼鏡後，不覺抬頭挺胸，登時蛻變為高雅貴婦。

至於黑蜥蜴，變裝原本就是她的拿手好戲。只見她解開圓髻、拂亂鬢髮，隨手一抹灰塵，往臉上擦拭幾下，立刻化身為道地的底層商人太太。而條紋棉袍、條紋圍裙，及縫縫補補的深藍布襪，更讓她幾可亂真。

「呵呵呵呵，真順利，怎樣？適合嗎？」

「不得了，我家的黃臉婆竟自以為是貴婦，裝模作樣起來，夫人卻一下變得好俗氣。太完美啦。這樣的話，就算是剛剛那位老爺也絕對認不出。」

老闆交互看著兩人，一副難以置信的表情。

「啊啊，妳本來戴著口罩。正好，口罩借我吧。」

黑蜥蜴以黑緞口罩遮住半張臉。

「那麼，老闆娘，麻煩站在那邊的欄杆旁，舉起望遠鏡觀看。」

接著，偽裝成老闆娘的女賊和老闆一起搭乘電梯，來到人群雜沓的地面。

「快走吧，被發現可不妙。」

兩人穿越群眾，經過電影街、公園的樹木間，不斷往冷清的地方走去。

「謝謝，已經安全了……哎呀，真好笑，我們簡直像私奔的情侶。」

確實，他們活脫是對突兀的亡命鴛鴦。男人不曉得是不是耳朵受傷，頭頂到下巴層層纏繞繃帶，還戴著骯髒的鴨舌帽，木綿條紋和服上披黑呢絨外套，腰際繫有皮帶，腳下則是雙木板底草鞋。而女方就如前述的老闆娘打扮，兩人皆面蒙土里土氣的口罩。男人牽著女人的手，避耳目般穿梭林間，小跑步地趕路。

「嘿嘿嘿嘿嘿，不好意思。」

男子意識到她的話，不禁鬆手，羞赧地笑道。

「別在意……你頭上的繃帶是怎麼回事？」

由於脫離險境，黑蜥蜴心生感激，便隨口關切。

「哦，中耳炎。不過已好得差不多。」

「哎呀，那得多保重。不過，你有個好老婆，真是幸福。夫妻倆一起做生意，肯定很快樂吧。」

「嘿嘿嘿嘿嘿，瞧您說的，那傢伙沒啥好的啦。」

這人有點老實過頭，黑蜥蜴直覺好笑。

「那麼我們在這兒分手吧。麻煩代我問候嫂夫人，我絕不會忘記這份恩情……啊啊，那雖是舊衣，不過請轉告嫂夫人，說就送給她吧。」

一離開樹林，便見縱貫公園的大馬路上停著一輛車。黑蜥蜴與男子分道揚鑣後，迅速跑過去。

司機彷彿等待已久，隨即打開車門。女賊立刻消失在門的另一端，說了句暗號般的話語後，車子馬上開走。想必這司機是黑蜥蜴的部下，他們早計畫好在此接應首領。

商店老闆目睹女賊的座車發動後，不知在磨蹭些什麼，也不返回塔頂，倏然奔向大馬路，東張西望。瞧見行經的計程車，連忙舉手攔住，飛跳上去，以迥異於前一刻的清晰口吻交代：

「追上那輛車。我是警方人員，車資不會虧待你，加速。」

於是，計程車隔著適當距離緊跟前方的車。

「小心別讓對方察覺。」

他半弓著腰，偶爾下達指示，宛若勇猛的騎士，專心凝視前方。

自稱「警方人員」的他，真的是刑警或巡查嗎？實在不像。他的話聲帶著我們熟悉的語調，不，不止嗓音，那層層纏繞的繃帶下直瞅著前方的銳眼，不是有種似曾相識的感覺嗎？

# 追蹤

陰沉的冬日、幽暗的黃昏，南北縱貫大阪市的S幹道[1]上，兩輛汽車混入洶湧的計程車流中，時刻維持一定距離，進行不可思議的追蹤行動。

前方車內，一名年輕貌美的女子掩人耳目地坐在後座角落。她綁著圓髻，身穿條紋棉袍及圍裙，一副小商店的老闆娘模樣。

乍看之下，她打扮寒酸，壓根不像搭得起計程車的身分。其實，她正是變裝後的稀世女賊黑蜥蜴。

即便是這般惡名昭彰的女賊也料想不到，有輛車如飢腸轆轆的大野狼般，鍥而不捨地緊追在後。那輛車裡，半張臉纏著繃帶、同樣是底層商人打扮的窘迫男子，表情嚴肅地緊盯前頭的車，不時厲聲命令司機「再快一點」或「慢一些」。

這名男子究竟是何方神聖？

他目光瞬也不瞬地脫掉呢絨外套與條紋和服，底下竟是骯髒的卡其服和卡其褲。小商人轉眼化身為工人。

緊接著，他隨手扯下繃帶，露出隱蔽的半張臉。顯然他根本沒得中耳炎，只是裝病以巧妙掩飾外貌。

1 疑指堺筋。這是從大阪市北區天神橋一丁目至浪速區惠美須東三丁目，長5.2公里的大馬路，在前述的第五屆國內產業獎勵博覽會時期整建，並於1912年開設市電。沿途坐落許多百貨公司，為大阪經濟中心，但其後地位遭1937年修建完成的御堂筋取代。

於是，熠熠生輝的雙眸、濃濃的劍眉，洩露這個神祕人物真面目。是明智，明智小五郎。

原來他將計就計，喬裝成塔頂的小商店老闆，摩拳擦掌地伺機而動，決心今天定要揭穿黑蜥蜴的祕密，揪出她的窠穴。

毫不知情的女賊落入明智的圈套，甚至請求他幫忙逃亡。只要明智願意，隨時都能逮捕女賊，但尚未確認早苗的下落及賊窟所在前，不能貿然出手。他得壓抑焦急的思緒，耐心追蹤，直到奪回早苗與鑽石，並將黑蜥蜴移送有關當局。這就是他的計畫。

此時，外頭已是一片漆黑。伴隨不斷向後離去的路燈，兩輛車在大阪的馬路上迂迴奔馳，持續著匪夷所思的追逐戰。

不知何時，女賊座車內的燈盡皆熄滅，只能藉偶爾掠過的路燈微光，從後車窗隱約瞧見她的髮髻。明智不得不拉近距離到危險邊緣。

車子在某個街角轉彎，附近有條著名的運河流過。運河一側是已過營業時間的批發街，另一側則直接面河。為方便卸貨，河岸多處呈緩坡傾斜。這條街在夜裡總是黯淡無光，教人詫異市內竟有如此蕭條的地區。

女賊的車不知為何在幽暗中緩緩行進，來到稍前方的橋頭時，倏然在明亮的路燈下停住。

「啊，不好，快停車！」

明智連忙要司機煞車時，對方已掉頭折返。

仔細一看，擋風玻璃上閃著「空車」的紅色標識。不覺間，車內燈再次亮起，卻不見乘客蹤影。

明智還無暇思考，可疑的車子已逼近眼前。只見駕駛悠哉地鳴著喇叭，慢慢錯身而過。

雙方只差一尺之際，明智清楚瞧見車內空蕩蕩的，前一刻仍安坐的女人消失無蹤。

顯然，駕駛必是賊人手下，車子也是賊人私有，不過是為避開有關當局耳目，才若無其事地佯裝成計程車。

要抓住司機嗎？不，那只會壞事。得先找到黑蜥蜴，再查出匪穴。

不過，女賊究竟是躲去哪？在橋頭暫停時，沒有任何人下車。藉著前方光亮的路燈，明智不可能錯看。此外，彎向岸邊時，黑蜥蜴確實在車內，路旁微光曾映出她的圓髻。

那麼，女賊應是趁車子徐徐轉至橋頭那短短半町的黑暗，跳車藏身到某處。但她會逃到什麼地方？一側櫛比鱗次的商家大門深鎖，悄然無聲，另一側則是湍湍流過的黑色運河。明智走下車，在那可疑的半町路段反覆巡視，可惜搜遍任一角落，別說是人，連條狗都沒有。

「真奇怪，總不會跳進河裡吧？」明智返回時，司機疑惑地喃喃道。

「嗯，河裡啊，倒不無可能。」

明智說著，望向岸邊的卸貨區下方、一艘停泊在黑暗中的日本船。

船上不見人影，但尾端船腹上的油紙門❖1隱隱透出火光，應該住著船東一家。定睛一看，連接岸上的搭板還架著，難不成、難不成女賊黑蜥蜴正屏息潛伏在那紅色油紙門後？

或許這是異想天開的猜測，但除此之外，女賊根本無所遁逃。何況黑蜥蜴的行動不能以常理忖度，因而盡量荒唐揣想，絕不失為明智之舉。

「能拜託你一件事嗎？」

明智塞給司機一張紙鈔，在他耳畔悄聲交代。

「那艘船上有扇亮著燈的紙門吧？熄滅車頭燈，調轉至方便讓光直接照在紙門上。接著，這要求有點難，我想請你高喊『救命』，愈大聲愈好，再突然打亮車頭燈，辦得到嗎？」

「哦，要演這麼一齣離奇的戲……唔，我明白。好，我試試。」

有錢能使鬼推磨，司機當下爽快答應。他關掉車頭燈，靜靜調整車子方位。

同時，一身工人裝扮的明智抱起附近的大石塊，經過緩坡卸貨區，步下河岸。



1 又稱雨紙門，為塗上油、具防水性的紙門，使用於面對戶外之處。

「救命，哇，救命啊！」

驀地，司機扯開喉嚨高吼。他的演出相當逼真，彷彿就要慘遭殺害。

岸邊隨即響起「噗通」地驚人水聲。原來是明智抓準時機把石頭扔進水中，光聽聲音，一定會以為有人跳河。

不出所料，這場騷動立刻引得船上的油紙門打開。只見探出頭的某人迎面對上車頭燈，不禁大驚失色地藏回門後。明智瞧得一清二楚，那是黑蜥蜴，綁著圓髻的黑蜥蜴。

當然，對方看不見明智，也完全沒發覺一路遭到跟蹤，否則絕不可能露面。

不久，受到驚擾的商家雇工，紛紛跑出來一探究竟。

「怎麼，發生啥狀況？」

「是不是吵架？有人被殺嗎？」

「我聽到奇怪的水聲。」

但此刻司機早迅速變換方向，駛離半町之遠。

而明智也跑過伸手不見五指的河岸，來到橋頭的公共電話亭。

敵方顯然想利用水路。不曉得能繼續追蹤到幾時，他得先對同夥指示後續行動。

# 怪談

隔日，天還未明，大阪河口處一艘不滿兩百噸的汽船悄悄出海。幸好這是個風平浪靜、適合航行的日子，汽船以超乎其噸位的速度駛過海原，下午便抵達紀伊半島南端。然而，船沒在任何一處靠港，一逕略過伊勢灣，穿越太平洋中央，飛快往遠州灘前進。儘管是艘小船，卻大膽選擇遠洋汽船的航線。

外表平凡無奇的漆黑貨船內，竟不見半處貨艙。下甲板後，迥異於寒酸的外表，裡頭是整排豪華房艙。原來這是偽裝成貨船的客船，不，毋寧說更接近一幢奢侈的住宅。

尤其是靠近船尾的一室，不論格局或裝潢，都格外富麗堂皇。想必這就是船東休息室。

其內不僅鋪著昂貴的波斯地毯、天花板漆成純白色、懸吊著不像船上擺設的精緻水晶燈，還有裝飾性質的櫥櫃、覆蓋織品的圓桌、沙發和幾張扶手椅。

當中，有座花紋不同於周遭家具的沙發，破壞了房間的和諧，被擱置在角落，彷彿暫居此地。

咦，為何感覺似曾相識？哦，上面明顯有修補過的痕跡，確實是三天前擺在岩瀨宅邸的會客室，後來裝著寶石商千金早苗、遭歹徒運走的沙發。但是，怎會放在這兒？

噢，既然沙發在此，莫非……不，沒什麼好懷疑的。我們光注意沙發，完全忽視了坐在上頭的人。對方穿著亮面黑絲綢洋裝，耳垂、胸口、手指上皆點綴著閃耀的珠寶飾品，美貌散發出不尋常的氣勢，豐滿的軀體若隱若現。她便是讓人一眼難忘的黑蜥蜴，亦是躲在日本船的油紙門彼端，渾然不知短短一晝夜前，自己曾遭明智偵探跟蹤的女賊。

女賊約莫是乘著日本船，趁夜順支流駛入大河後，才改搭停泊在河口的這艘汽船。

那麼，這究竟是什麼樣的船？若是普通商船，不可能讓一名女賊肆無忌憚地占據最上等的房艙。難道是黑蜥蜴的私有資產？

果真如此，就能解釋那座「人椅」的出現。更進一步推想，原本被關在裡面的早苗，是不是也監禁於某處？

這疑點姑且不論，我們得先把視線轉至站在門口的另一個人物。

那名男子頭戴別有金緞帶徽章的船員帽，穿著鑲黑邊的高領服。一般而言，這應是事務長的裝扮，只是此人十分眼熟。鼻子扁塌、體格魁梧，乍看像拳擊手……啊啊，想起來了，是在東京K飯店化身為山川博士，綁架早苗的不良拳擊手。換句話說，就是將生命獻給黑蜥蜴的手下之一，雨宮潤一——阿潤的變裝。

「哎呀，連你都在煩惱那種事嗎？真是的，這麼一個大男人，居然怕鬼？」

黑蜥蜴悠哉地靠坐沙發，妖豔的臉龐浮現一抹嘲笑。

「很恐怖哪，畢竟狀況離奇。而且其他人都迷信得要命，妳若聽過那些竊竊私語的內容，一定也會心底發毛。」

阿潤喬裝的事務長隨船隻的晃動左右踉蹌，神情頗為驚恐。

室內如同前述，天花板上懸著燦亮的水晶燈，但鐵板牆外，天色已暗，放眼所及盡是漆黑的大海、漆黑的天空。雖說安靜，不過每隔一會兒，就會有如山的巨浪席捲上來。而一受大浪侵襲，可憐的小船便似在無垠黑暗中漂蕩的落葉，無依無靠地任憑搖晃。

「究竟怎麼回事？仔細告訴我。誰看到鬼？」

「沒人親眼目睹。可是，北村和合田在不同時間，分別聽到鬼的聲音。一個人就算了，但他倆都聽見同樣的怪聲。」

「在哪裡？」

「那位嬌客的房間。」

「哎呀，早苗小姐的房間？」

「沒錯。今天中午北村經過時，忽然傳出陣陣低語。當時，妳、我及其他人都在餐廳，且早苗小姐和平常一樣被塞住嘴巴，壓根不可能說話。北村猜想，搞不好是有人企圖對早苗小姐不軌，便打算進去查看，不料門從外面鎖得好好的。他直覺不對勁，連忙拿鑰匙開門。」

「會不會是堵嘴的布團掉落？其實是早苗小姐在喃喃詛咒吧。」

「但布團塞得嚴嚴實實的，綁住雙手的繩索也沒鬆脫。當然，房內除早苗小姐外，空無一人，害北村嚇得渾身發涼。」

「他問過早苗小姐吧？」

「嗯，拿下堵嘴物詢問，反倒是早苗小姐嚇一大跳，表示根本沒聽見任何聲響。」

「這麼詭異，是真的嗎？」

「起先我也十分懷疑，認為是北村耳朵有毛病，並未太在意。不料，一小時前，全員聚集在餐廳時，換合田聽到那聲音。他隨即取鑰匙開門探看，沒想到與北村遇到的情形一模一樣，既不見早苗小姐之外的人，她口中的布團也毫無異狀。很快地，這兩次離奇事件傳遍整艘船，終於被渲染成說書先生最拿手的鬼故事。」

「他們怎麼講？」

「這些傢伙心中全藏著不可告人的隱情，有凶殺前科的更不止兩三個，所以認為有怨靈出沒。聽聞船上遭死靈作祟，就算是我，也覺得不大舒服。」

此際，又一道大浪猛地撲來，船身發出異樣聲響，高高浮起，旋即下沉，彷彿落進萬丈深淵。

不巧，不知是否發電機故障，水晶燈光瞬間轉褐，像在打信號般，莫名地不停閃爍。

「真是毛骨悚然的夜晚。」

潤一畏懼地喃喃自語，怯懦瞅著恍若在喘息的水晶燈。

「一個大男人怎麼膽小成這副德性？呵呵呵……」

黑衣婦人的笑聲反彈在鐵牆上，四周倏地充斥詭譎的迴響。

而後，猶如笑聲拖出的餘韻，某樣白色物體悄悄開門潛進。白色的大黑頭巾[1]、白色高領服、白色圍裙，福神般肥胖的面孔極為緊張，他便是隨船的廚師。

「噢，是你啊。怎麼突然冒出來，嚇我一跳。」

潤一不住責備道。只見廚師壓低嗓音，口吻像在報告重大事故：

「又發生奇異的狀況。那怪物竟然溜進廚房，一整隻雞消失不見。」

「雞？」黑衣婦人詫異地反問。

「哦，是死雞。原本準備中餐時，七隻拔光毛、汆燙過的雞，確實都掛在櫃子裡。但剛剛一看，居然少一隻，只剩下六隻。」

「可是，晚餐的菜色沒有雞肉。」





1 狀似七福神之一的大黑天所戴的頭巾。外邊渾圓而中央扁平，周圍隆起，故又稱圓頭巾。

「嗯，就是這樣才怪。這艘船上沒半個貪吃鬼，除非是怪物，否則應該沒人會偷。」

「會不會是你記錯？」

「不可能，我的記性算是很好的。」

「這倒挺匪夷所思的。阿潤，不如和大夥一起分頭檢查船上？或許真的有什麼不對勁。」

接連發生教人摸不著頭緒的事，惹得女賊也心生不安。

「嗯，我也這麼打算。不管是死靈或生人，只要會說話、竊取食物，必定是有形的物體。仔細徹查，或許能揪出怪物的真面目。」

於是，潤一事務長匆匆離開，令眾人即刻搜索船內。

「啊，還有，那位嬌客有話要我轉達。」廚師忽然想起似地稟報黑蜥蜴。

「咦，早苗小姐嗎？」

「是的。剛剛送飯過去，幫她解開繩子、拿下堵嘴物後，不知為何，她竟津津有味地吃光所有飯菜。接著，她便保證不再掙扎大叫，要求我別再綁她。」

「她說會安靜待著？」黑衣婦人語氣相當意外。

「嗯，還一派輕鬆地宣稱她已想開，和昨天簡直判若兩人。」

「這太反常，叫北村帶她過來。」

廚師領旨後告退，不一會兒，名喚北村的船員便牽著鬆綁的早苗入內。

## 駭人的謎團

眼前的早苗憔悴萬分。被綁架時身上穿的居家銘仙[1]和服如今皺巴巴的，不僅頭髮散亂，垂落的髮絲遮住蒼白的前額，且雙頰凹陷，突顯鼻子格外高挺，而框架歪斜的眼鏡則可笑地掛在鼻梁上。

「早苗小姐，感覺如何？別光站在那兒，過來坐吧。」

黑衣婦人指著沙發柔聲勸道。

「好。」

早苗順從地上前幾步。不過，當她意識到黑衣婦人所待的沙發為何物後，隨即見鬼般浮現懼怕之色，不住後退。

人椅，人椅，三天前被強塞進其中的驚恐記憶仍歷歷在目。

「哦，妳害怕這座沙發嗎？倒也難怪。不然，妳坐那邊的扶手椅吧。」

早苗戰戰兢兢地在她指定的椅子落坐。

「對不起，先前我不該那樣激烈反抗。今後，我會百依百順，還請妳原諒。」早

1 一種用於製作衣物、寢具、坐墊等的實用布料。

苗低著頭，幽幽道歉。

「總算認命啦？這才對嘛。事已至此，老實點也是為自己好……不過，真不可思議，昨天妳那麼抗拒，怎會突然如此乖順，發生啥事？有何特殊的理由？」

「不，沒什麼……」

女賊銳利如芒刺的目光，緊盯垂著頭的早苗，繼續提問：

「北村和合田說，妳房間傳出陌生人的聲音。有誰出入嗎？能不能坦白告訴我？」

「不，我毫無所覺，半點聲響也沒聽見。」

「早苗小姐，妳在撒謊吧？」

「不，絕對沒有……」

「…………」

黑蜥蜴直瞅著早苗，兀自沉思不語。緊繃的沉默持續好一會兒。

「請問，這艘船究竟要開到哪？」

良久，早苗怯生生地出聲。

「這艘船？」女賊赫然自冥想中回神。「要我告訴妳目的地嗎？現下，我們正經過遠州灘，往東京前進。東京某個祕密場所，設有我的私人美術館。呵呵呵呵，真想讓早苗小姐瞧瞧那收藏豐富的美術館……為早一步將妳與埃及之星陳列在那兒，才這樣日以繼夜地趕路。」

「……」

「當然，搭火車快上許多，但有妳這活生生的貨物，風險實在太高，根本沒辦法走陸路。坐船的確慢了點，至少安全無虞。早苗小姐，這是我的私人船隻。黑蜥蜴大姊連蒸汽船都有，妳很驚訝吧？我擁有的資產，可是足以隨意取得這樣的船呢。陸路不通時，我們總是利用這艘船。若失去如此方便的交通工具，便難以長期躲過有關當局的耳目。」

「可是我……」早苗露出些許倔強的神情，抬眼瞥了黑衣婦人一眼。

「可是什麼？」

「我不想到那種地方。」

「嗯，我也不認為妳會心甘情願前往東京。可惜，就算妳不樂意，我仍要把妳帶去。」

「不，我絕不去……」

「哎喲，瞧妳這堅決的態度，妳以為能逃離這艘船嗎？」

「嗯，我相信，一定會有人來救我。我一點也不怕。」

聽著早苗肯定的語氣，黑衣婦人不由得心頭一凜。

「相信？相信誰？誰會來救妳？」

「不明白嗎？」

早苗的口吻意味深長，且隱含強烈的自信。究竟是誰讓原本孱弱的千金小姐變得這般堅強？

莫非……黑衣婦人的臉色倏地慘白。

「唔，我也不是不曉得，讓我猜猜……明智小五郎！」

「哎呀……」

早苗大感意外，反倒顯得有些狼狽。

「喏，猜中啦？潛進房內悄悄安慰妳的是明智小五郎吧。雖然聽見的人認為是鬼魂作祟，但鬼魂根本不可能開口。那個偵探答應會救妳，是嗎？」

「不，沒那回事……」

「別想打馬虎眼。好了，我和妳已無話可說。」

黑衣婦人面色鐵青，倏然起身。

「北村，把這女孩綁好、堵住嘴巴，關進房間後，從內側上鎖。沒接獲進一步的指示前，你就待在裡頭監視。手槍準備好了吧？不管發生什麼狀況，若讓她逃走，我唯你是問。」

「遵命。」

待北村拖也似地帶離早苗，黑蜥蜴連忙奔出走廊，恰巧撞上剛搜索完畢、正要折返的潤一事務長。

「啊，阿潤，鬼怪的真面目是明智小五郎。他不曉得透過什麼方法，目前似乎潛伏在船裡。再派人搜查一遍，快！」

於是，大夥重新展開地毯式搜索。十名船員分頭持手電筒查看，甲板、房艙、機關室不必提，連通風口、貯炭室底部都徹底搜過。離奇的是，別說是可疑的人影，連半點線索都沒發現。

## 水葬

黑衣婦人無功而返，無力地癱坐在沙發上。為釐清這樁難解之謎，她不禁陷入沉思。

引擎不受紛紛擾擾的雜事影響，不斷運轉，船隻劃破黑暗天際與水面，全速向東前進。

微微震動整艘船的引擎聲、不停拍打船舷的波濤聲，才覺平靜又忽然襲來的大浪那駭人的振盪。黑蜥蜴單手倚著沙發，凝視表面修補過的裂痕，彷彿瞧見令人膽寒的景象。

不管再怎麼努力，她都甩不開湧上心頭的恐怖疑惑。除此之外，不是別無可能了嗎？每個角落都仔細檢查過，獨漏正中思緒盲點、讓人不自覺忽略的這座沙發內部。

一靜下心，皮膚便感受到一股異於引擎震動的幽微鼓動，從坐墊下傳來。

是人類的脈搏。她聽見潛伏在沙發下的某人心跳聲。

她面色倏地慘白，咬緊牙關，竭力忍住拔腿逃跑的衝動。

豈料，就在她力持鎮定之際，沙發中傳出的心跳震幅，一刻比一刻明顯。她已聽不見浪濤和引擎聲，唯有臀部下那神祕的脈動，宛若太鼓聲般逐漸響徹耳畔。

她再也按捺不住。誰要逃？誰會逃？即便那傢伙就潛伏在此，還不是甕中鱉、袋中鼠嗎？沒啥好怕的，一點都不可怕。

「明智先生、明智先生。」

她心一橫，索性大聲呼喚，並敲敲身下的軟墊。

於是，啊啊，沙發裡果真發出陰鬱的回應：

「我就像影子，一直與妳形影不離。妳製作的機關道具，幫了我很大的忙。」

那好似穿透地底或牆壁的陰沉嗓音，讓黑衣婦人不禁渾身一顫。

「明智先生，你不擔心嗎？這裡全是我的手下，且是警方無法干涉的海上，你難道不懼怕？」

「畏怯的是妳吧，呵呵呵……」

啊啊，多麼殘酷的笑聲。他也不從沙發出來，仍滿不在乎地繼續躲著，真是個難以捉摸的人。

「我倒是不怕，但由衷感到佩服。你怎麼找到這艘船的？」

「事前我根本不曉得船的存在，但我緊跟在妳身邊，自然就來到這裡。」

「跟在我身邊？我不懂。」

「能夠自通天閣上跟蹤妳的，應該只有一個人。」

「哎呀，原來那是你嗎？真厲害，值得稱讚。小商店的老闆就是明智小五郎，我怎會這麼傻，居然相信纏著繃帶是因為中耳炎，你一定覺得很可笑。」

黑衣婦人莫名一陣感動，陷入矛盾的錯覺，彷彿此刻躺在她臀下的不是敵手，而是情人。

「嗯，是啊。看著妳那自認能順利瞞天過海，卻遭反將一軍的神情，的確頗為痛快。」

突然間，房門倏地打開，打斷了這段奇妙的交談，事務長打扮的雨宮潤一緊接著進來。他聽見室內似有不尋常的話聲，立刻萌生疑念。

黑蜥蜴在對方開口前，迅速伸指抵住嘴唇，暗示不要出聲。然後，她悄悄向潤一青年招手，要他自一旁桌上的提包中取出鉛筆和筆記本，嘴上若無其事地與明智交談，手則忙著寫字。

（筆記本上的文字）明智小五郎在這座沙發裡。

「當時S橋的岸邊，有人高喊救命，還傳來跳水聲，莫非都是你的傑作？」

（筆記本上的文字）快集合大家，並拿粗繩過來。

「妳猜得沒錯。假如妳沒探出油紙門，事態或許就不會演變至此。」

「果然。那之後你又是怎麼跟蹤我的？」

兩人仍在對話，潤一已躡手躡腳地離開。

「我借了輛腳踏車，為避免追丟妳的船，從陸上一處河岸趕到另一處河岸。等到夜深，再藉小舟划向這艘母船，猶如在黑暗中表演特技，總算爬上甲板。」

「可是，甲板上有人監視啊。」

「所以我耗費一番工夫，才潛進船艙。為找到監禁早苗小姐的房間，又花了極大的心力，好不容易尋得時，哈哈哈……真不像話，船早已出港。」

「那麼，你為何不快點逃走？躲在這種地方，肯定會被抓到的。」

「噯，我的泳技沒那麼高竿，可不想在大寒天裡游泳。躺在這溫暖的椅墊下，不曉得要舒服多少倍。」

真是場破天荒的交談。一個人待在漆黑的沙發內，另一個人隔著椅墊，等於是坐在對方身上，幾乎能感受到彼此的體溫。儘管是有著深仇大恨的仇敵，猶如逮到機會就互相咬緊喉嚨的兩頭猛虎，言談間卻異常溫柔，恍若夫妻在枕邊情話綿綿。

「欸，晚餐後我就躺在這裡，實在有點膩。而且，我也想好好欣賞妳美麗的容顏，我能出來嗎？」

不知懷著怎樣的鬼謀神算，明智益發狂妄大膽。

「噓，不行，最好不要。萬一被其他人發現，小心沒命。再靜靜待一會兒吧。」

「咦，妳是在保護我嗎？」

「沒錯，我可不想失去勁敵。」

此時，潤一領著五名船員，帶著長長的繩索，輕手輕腳地進房。

（筆記本上的文字）讓明智躺在沙發內，拿繩子從外面捆起，再自甲板扔入大海。

幾名男人默默遵照命令，由沙發一端悄悄纏繞繩子。黑衣婦人得意地笑著起身，以免妨礙作業。

「喂，怎麼啦？有人進來嗎？」

毫不知情的明智，對沙發外的動靜興起天真的疑念。

「嗯，在綁繩子。」

繩索幾乎緊捆整座沙發。

「繩子？」

「對啊，我們正把名偵探五花大綁，呵呵呵……」

黑蜥蜴完全暴露邪惡本性，黑鬼般矗立在沙發前，以不若女子的凶悍口吻下達指令：

「好，各位，扛起沙發上甲板……」

六名男子輕易抬起層層捆縛的沙發，從走廊趕往樓梯之際，感覺得到可憐的偵探像落網的魚般猛烈掙扎。

甲板上是不見半點星辰的闇夜，天際和水面盡是一片黝黑。其間，夜光蟲被捲進螺旋槳攪起的泡沫，燐光化成一條長帶，拖出刺目亮白的長尾。

六道人影肩扛猶如棺材的沙發，站在船舷。

「一、二、三！」

隨著吆喝聲，一抹黑影滑下船舷，「噗通」濺起燐光水煙。啊啊，名偵探明智小五郎葬身海底，過程簡單得教人難以置信。

## 地底寶庫

瞬間，裝載著明智的沙發好似生物，在船尾翻湧的燐光中旋轉。但不一會兒，那抹黑影便沒入深淵。

「這就是所謂的水葬吧。這下，我們的絆腳石終於從世上消失。不過，想到一向活躍的明智偵探竟如此輕易葬身大海，欸，夫人，不禁教我有些同情呢。」

雨宮潤一窺探著黑蜥蜴的神色，惡毒地諷道。

「別多嘴，快點退下。」

黑衣婦人喝斥道。把手下趕進船艙後，她靠在船尾的欄杆上，俯視方才吞沒沙發的海面。

重覆著相同節奏的螺旋槳聲、循一樣軌跡流逝的浪頭、翻湧的夜光蟲燐光。究竟是船在前行，還是海水在流動？眼前只有永恆不變的律動冷漠地循環而已。

寒風中，黑衣婦人動也不動地佇立將近三十分鐘。總算回到船艙時，明亮燈光下的她，面孔蒼白得駭人，雙頰甚至殘留斑斑淚痕。

踏入自己的寢室後，她彷彿待不住似地，又來到走廊，搖搖晃晃走向監禁早苗的房間。

她輕輕一敲，北村隨即應門。

「你出去一下吧，早苗換我看守。」

支開北村後，她步入房中。

可憐的早苗雙手反綁，口裡塞著布團，頹然倒在一隅。黑蜥蜴拿下她的堵嘴物，出聲道：

「早苗小姐，我得告訴妳一個非常糟糕的消息。妳一定會難過落淚。」

早苗連忙起身，充滿敵意地瞪著女賊，根本不打算回話。

「妳曉得是什麼事嗎？」

「……」

「呵呵呵呵呵，明智小五郎，妳的守護神明智小五郎已死。他連同藏身的沙發，遭層層捆綁，直接扔進海中。就在前一刻，甲板上為他舉行水葬。呵呵呵呵呵。」

早苗怔住，直瞅著眼前這歇斯底里大笑的黑衣婦人。

「真的嗎？」

「妳以為我會為謊言如此興奮？瞧瞧我的表情，我可是高興得很。不過，妳想必十分失望。失去唯一的同夥，賴以活命的救命繩斷裂，世界再廣，也沒人救得了妳。妳將關在我的美術館裡，永不見天日。」

早苗觀察著對方的臉色，漸漸明白這噩耗並非謊言。而名偵探之死意味著什麼，她也瞬間瞭然。

是絕望。有多信賴明智，絕望的滋味就愈錐心刺骨。她強烈體認到，現下自己是孤伶伶地陷在恐怖的敵陣中。

她緊咬嘴唇，竭力忍耐好一會兒，卻還是承受不住。雙手遭反綁的她，頭垂落膝上，埋著臉嗚咽啜泣，熱淚不停滴下。

「別哭啦，哭什麼，真不像話。沒出息，太沒出息了。」

黑蜥蜴見狀，以異常尖銳的語調斥責道。然而，不知不覺間，妖婦也跪伏在早苗身旁，淚水不斷淌下頰面。

是失去世上獨一無二勁敵的寂寞？還是出於迥然不同的理由？女賊竟深受無法言喻的悲傷折磨。

莫名地，綁匪與人質、黑蜥蜴與其餌食，敵對雙方竟情同姊妹般，執著手一塊哭泣。兩人的哀傷雖各不相同，但悲慟的程度一樣深切、一樣激烈。

黑衣婦人號啕痛哭，宛若五、六歲的孩子。情緒受影響的早苗，亦隨之放聲大哭。多麼出人意料、超乎常理的情景啊。現下，她倆只是一對童稚的幼女，或兩個天真無邪的原始人。一切理智及情感皆斂聲屏氣，僅強烈地釋放出內心的哀慟。

這不可思議的哀切合唱與單調的引擎響融合，毫無間歇。兩人難以自抑地哭泣，直到女賊心中素習的邪惡甦醒為止、直到早苗心中的仇恨萌生為止。

翌日傍晚，汽船駛入東京灣，在T海埔新生地的海岸附近落錨，待夜深後才放下小艇。幾個人搭上小艇，划至鮮有人煙的海埔新生地一隅。

最後，三名槳手留在艇上，而黑衣婦人、早苗及雨宮潤一陸續登陸。早苗不僅雙手反綁、嘴巴被堵住，眼睛甚至蒙上厚布。大概是終於接近黑蜥蜴的巢窟，必須慎防早苗暗記路線。同時，雨宮脫掉船員服，換穿卡其色工人服，利用假鬍鬚遮住臉，打扮成機械工廠的工頭。

T海埔新生地是片遼闊的廠區，幾乎不見半幢住宅。在不景氣的當下，夜間罕有工廠開工，因而除了稀稀落落的蒼白路燈外，連盞燈火也沒有，宛如一處廢墟。

三人穿過連接海岸的廣闊草原，在廠區的道路彎來繞去，最後踏入一座廢工廠。只見圍牆破損、門柱傾頹，大門內雜草叢生，彷若鬼屋，自然沒半點燈火。於是，黑衣婦人打開準備好的手電筒，默默照亮地面，踏過雜草領頭前行。後方身穿工人服的雨宮，則摟著蒙眼的早苗跟上。

從大門走進約五、六間❖1的距離後，可見一棟壯觀的木造建築物。手電筒光線撫摸似地滑過建築物的側面。牆上鑲著許多玻璃窗，只是玻璃盡皆碎裂，無一完好。黑衣婦人使勁扳開建築物的破門，步入滿是蜘蛛網的屋內。

手電筒光線接連掠過毀壞的機械、攀附天花板的生鏽鐵軸、動輪、斷裂的皮帶等，最後停留在建築物一隅，疑似監工辦公室的小房間。打開破掉的玻璃門後，三人踏上木地板。

「咚咚、咚咚咚、咚咚……」

黑衣婦人以鞋跟敲出節奏。那想必不是尋常的摩斯密碼，但肯定是某種信號。鞋聲一停，手電筒圓光照射的地板，便悄然往一邊挪開，眼前出現約三尺見方的空

1 1間約為1.8182公尺。

間，依稀可見水泥地面。更教人驚訝的是，那地面本身即為一扇猶如倉庫大門的厚重門扉，逐漸下沉後，浮現一處漆黑的地下道入口。

「夫人嗎？」地底傳來低沉的詢問。

「對，今天我帶了貴客過來。」

而後，雨宮默然摟著早苗，一階階小心步下樓梯，黑衣婦人的身影也隨之消失。緊接著，水泥密門與木板地恢復原狀，徒留一座好似什麼事都沒發生過的黑暗廢工廠。

## 恐怖美術館

從母船換乘小艇的過程中，早苗的雙眼始終密實地蒙著。她根本無從想像小艇停泊何處、上陸後曾行經哪些地方、循什麼途徑，目的地究竟位於地面還是地下。

「早苗小姐，真是委屈妳了。好，沒問題。阿潤，全幫她解開吧。」

黑蜥蜴溫柔的話音剛落，蒙眼布、堵嘴物、雙手的繩索便依序鬆脫，早苗的視野驟亮。由於長時間處於黑暗，乍見的景象甚至令她備感刺眼。

此處的天花板、地板及左右牆壁皆塗上水泥，是一處蜿蜒如長廊的空間。天花板垂掛著華麗的切割玻璃水晶燈，而在那璨爛奪目的燈光照耀下，可見左右壁邊擺放著成排的玻璃陳列台。其內五花八門、形狀各異的珠寶，宛若無數星辰閃閃發亮。

望著這樣非凡的絢爛與豪奢，早苗瞬間遺忘自身的處境，忍不住感嘆。連寶石商千金都不由得驚歎，應當不須再贅述此處收藏的珠寶質量有多麼出色。

「哎呀，妳也備受感動嗎？這裡是我的美術館，不，只是入口而已。和店內陳列的相比如何？毫不遜色吧。這些可是十幾年來，我賭上性命、絞盡腦汁，甘冒一切危險蒐羅到手的。數量之多，恐怕全世界最高貴的名門望族的寶庫也無法媲美。」

黑衣婦人自豪地說明，邊打開小心翼翼抱在懷裡的提包，取出裝著「埃及之星」的銀盒。

「雖然對令尊有些抱歉，不過這是我長年來的心願。如今，『埃及之星』終於成為我的美術館展示品之一。」

小盒蓋一掀開，水晶燈光下的寶石，猶如熊熊燃燒的五彩火焰。黑蜥蜴一臉滿足地左右端詳，不久後，從提包掏出一串鑰匙，轉開裝飾台的玻璃門，直接將『埃及之星』連盒安置在中央。

「瞧，多美啊，其他寶石簡直都成了小石頭。我的美術館又增添一種收藏名品，早苗小姐，真感謝妳。」

黑蜥蜴絕非諷刺，但早苗能如何回答？她悲傷地低下頭，沉默不語。

「好了，我們再往裡走吧。我還有許多珍藏品想讓妳親眼見識。」

一行人接著深入地底迴廊。首先映入眼簾的是一整區的古董名畫，旁邊是成群佛像，再過去則是西洋大理石像、感覺頗有來歷的古代工藝品，展示品極為豐富，美術館的名號當之無愧。

根據黑衣婦人的說明，這些大多是將保存在各地博物館、美術館、貴族富豪寶庫中的名作，以精巧的贗品掉包所得。

倘使這是事實，等於其他博物館正風光展覽仿造品、貴族富豪則將贗品視為傳家寶珍藏。何況，別說持有者，一般民眾更絲毫未曾起疑，可見是多麼驚人的詐術。

「不過，這樣頂多算是座不錯的私人博物館。只消略有頭腦、財力雄厚的盜賊，任誰都能仿效。我一點都不想炫耀這些收藏品，要讓早苗小姐欣賞的寶物，還在後頭呢。」

接著，一群人經過迴廊轉角，眼前展開一片異於方才的震懾景象。

咦，那不是蠟像嗎？但作工好精緻。

約三間長的牆壁鑲著整面玻璃，宛若展示櫥窗。其中有西洋女性、黑人男性、日本青年與少女各一人。四名男女或站、或蹲、或躺，全赤身裸體。

黑人交抱著節骨分明的胳膊佇立，像極拳擊手。金髮女性兩肘撐在蹲下的膝上，托著腮幫子。日本少女趴伏在地，濃密黑髮披落肩膀，下巴擱在交疊的手背上，直瞅著早苗一行。日本青年擺出擲鐵餅的姿勢，全身肌肉隆起。這些男女無論容貌或軀體，都可謂完美無缺、舉世無雙。

「呵呵呵呵，很精巧的活人偶[1]吧？可是，不覺得太過細緻嗎？妳再靠近玻璃瞧瞧，喏，他們身上皆有細細的寒毛，對不對？沒聽過活人偶長著寒毛的呢。」

早苗忽然一陣好奇，不由得靠近玻璃。眼前的人偶散發出難以抗拒的魅力，她頓時忘掉自身面臨的恐怖命運。

哎呀，確實長著寒毛，甚至看得出皮膚的色澤及細小的皺紋。怎會有如此逼真的臘像？

「早苗小姐，妳以為這是蠟像？」

黑衣婦人帶著詭異的微笑，賣關子似地問道。不知為何，這句話讓早苗倏然一驚。

「與人偶不太一樣，它們有些部分逼真得可怕吧？早苗小姐，妳看過動物標本嗎？倘使能發明一種方法，將人類美麗的姿態像標本般永遠保存下來，不覺得很棒嗎？這也是同樣的道理。我的部下研究出製作人類標本的方法，眼前展示的，就是

1 也寫為生人偶，江戶時代末期開始製作，是等身大的寫實人偶工藝品，多用於展覽。

他的試作品。儘管不盡完美，卻不似蠟像那樣的死物。瞧，是不是非常栩栩如生？這些標本的體內，填塞的雖也是蠟，但皮膚和毛髮都貨真價實。那上面依附著靈魂、殘留著生命的氣味，不是挺令人興奮的？把年輕貌美的男女製成標本，凍結注定逐漸逝去的青春，不論哪間博物館都無法模仿，也想像不到。」

黑衣婦人受自己的話鼓動，不自覺地愈來愈口若懸河。

「好了，過來這邊，裡頭有更精采的。縱使這些蠟像再逼真，甚至擁有靈魂，也沒辦法隨意活動，但後面的展示品可是生氣勃勃、行動自如。」

早苗順著引領，又彎過一處轉角。迥異於方才安靜的情景，此處皆為會動的美術品。

前方像用來關獅子或老虎的粗重鐵柵欄裡，擺放著熊熊燃燒的電暖爐，還圈禁了一個人類。

那是約二十四、五歲的日本美青年，長得極似名為T的電影明星。他赤裸著勻稱苗條的肉體，猶如美麗的野獸。

他雙手搔抓濃密的頭髮，在籠裡煩躁地來回踱步，一見到黑衣婦人，便像動物園裡的猴子，不住搖晃柵欄，大聲吵嚷。

「站住，毒婦。妳想把我逼瘋嗎？不如一刀給我痛快，我不想在這牢籠多待一天。喂，開門，放我出去！」

他白皙的胳膊從鐵欄杆之間奮力伸出，企圖抓住女賊的黑衣。

「哎呀，何必生這麼大的氣，真是糟蹋英俊的臉龐。好，我依你，很快就賜你安息。然後，讓你和先前同居籠裡的K子一樣，成為永遠不會老的人偶。呵呵呵呵呵……」黑衣婦人殘酷諷笑道。

「咦，什麼？K子變成人偶？妳這個畜生，居然殺死她，還製成標本……誰、誰要變成人偶，我不是妳的玩具。敢靠近一步試試，不管是誰，來一個、我殺一個，絕不留情。我要咬破你們的喉嚨，取你們的性命！」

「呵呵呵呵，嗳，趁現在盡情掙扎吧。等你被製成人偶，就只能是一尊動彈不得的石像。何況，觀賞這麼完美的男人頑強抵抗，簡直是種享受。呵呵呵呵呵。」

黑衣婦人玩味著青年的苦悶，又揭露更深層的恐怖。

「K子不在，你一定很寂寞吧。無論是哪間動物園，關猛獸的籠裡大都是雌雄一對。我斟酌許久，得幫你找個新娘子才行，所以總四處留意。今天，我終於帶你的新娘子過來。瞧瞧，多美麗的新娘。如何，喜歡嗎？」

聽到這番話，早苗渾身一陣惡寒，下巴難以自抑地打顫。

黑蜥蜴邪惡的企圖，此刻總算顯現出全貌。女賊就是為了脫光年輕的早苗、扔進籠裡，而後等待適當時機，活剝她的皮，製成維妙維肖的恐怖標本，裝飾在惡魔的美術館中，才煞費苦心綁架她。

「哎呀，早苗小姐，妳怎麼啦？在發抖嗎？簡直像顫動不止的蘆葦葉。妳明白自己的角色了？不過，這個新郎不錯吧。還是妳不中意他？可惜，不管妳是否中意，我都已決定，請多多忍耐。」

由於超越極限的驚恐與駭人情境，早苗連說話的力氣也沒有，站都快站不住。她的腦袋頓時一片空白，感覺自己就要癱軟倒地。

## 大水槽

「早苗小姐，還有東西要讓妳看。好了，過來吧。這次不是動物園，而是水族館。我最引以為傲的水族館。」

語畢，黑蜥蜴牽起戰慄不止的早苗，彎過下一個轉角。

這條漫長地下道的盡頭，設有一座巨大的玻璃水槽。水槽上方裝著明亮無比的電燈，所以可透過正面的厚玻璃板，清楚觀賞水中的景象。

水槽長、寬、高各約一間，底部遍布奇形怪狀的海草，猶如無數糾結搖擺的蛇。此處怎會是水族館？除海草外，根本不見任何魚的蹤影。

「沒看到魚吧？不過，沒啥好大驚小怪的。我的動物園不收獸類，所以水族館少了魚，一點都不奇怪。」

黑衣婦人不住冷笑，並高談闊論起駭聽的話題。

「水槽也要裝人類進去，供我賞玩。比起魚，這不知有趣多少倍。在籠中激烈反抗的人類確實很美，但被扔入水槽、痛苦掙扎的人類，更教我動心。早苗小姐，妳曉得豔舞的魅力吧？可惜仍有其限制——腳無法離開地面。然而，水中舞蹈沒這種拘束，四肢皆能自在浮游，全身毫無遮掩，且可盡情翻滾。倘若舞者……對啊，倘若舞者是早苗小姐這樣的美女，該有多吸引人。

噯，試著想像苦悶的水中舞蹈。妳能體會那種苦悶之美嗎？人類受困掙扎的表情、姿態，再沒有比這些更美的事物。把赤裸的妙齡少女，嘩啦一聲，拋進玻璃箱中，蛇般的海藻便會高高抬頭表示歡迎。而少女潔白的軀體周圍，無數珍珠般的泡沫絢爛湧升。

很快地，少女將漸漸缺氧，手腳不意間帶著殘虐的韻律，恍若分屬不同的奇妙生物似地猛烈揮舞。腰腹亦誘人的不停扭動，全身各處的渾圓部位如蒼白滑潤的果實般顫抖。還有少女的臉龐，啊啊，年輕女孩瘋狂苦悶的神情多麼迷人。」

黑衣婦人像在描述眼前上演的光景，陶醉地吟唱她的幻想詩歌。

不知不覺間，早苗也聽得入神，彷彿她就是在水中奮力掙扎的裸女，隨著黑蜥蜴的一言一語，或蹙眉、或喘息、或雙手浮游空中、或扭動上身，無意識地擺出苦悶的姿態。

「瞬間，少女的臉孔貼附在正面的玻璃上，如同電影特寫畫面，連最細微的皺紋都一清二楚地呈現眼前。喏，瞧瞧，糾結的兩道眉毛、瞠得幾乎快蹦出的瞳眸、寫滿恐懼的兩顆眼珠。還有，仔細看那張嘴。皓齒外曝，顫抖的唇描繪出煎熬的瀕死曲線，舌頭化為生物不停跳動，幾乎能窺見喉嚨最深處。

每回吸氣，大量的水便一口又一口地灌進咽喉。於是，她以快捏破乳房的力道猛烈抵抗，痛楚翻滾。痛楚翻滾哪。噯，不覺得相當刺激嗎？多麼精采的一場表演。舉凡名畫、雕刻，甚至所謂的舞蹈天才，都表現不出這等淒美。這是以性命為代價的藝術啊……」

然而，早苗再也無法承受，遭幻想中駭人的洪水吞沒。掙扎到最後一刻，她終於筋疲力盡，被超越極限的恐怖與苦悶擊垮，當下暈厥。

黑衣婦人留意到不對勁，想伸手攙扶時，早苗已像水母般渾身癱軟，倒伏在水泥地上。

# 白色野獸

雖不清楚究竟經過多久，但早苗恢復意識、睜開眼睛時，首先察覺自己直接暴露在空氣中。輕輕撫觸，全身平滑無比，毫無任何蔽體之物。換句話說，她被脫得精光，赤裸躺臥在地。

定睛一看，數根粗大的鐵棒像條紋般豎立眼前。啊啊，原來如此，她在籠裡。暈厥之際，她被關進牢籠。

沒錯，一定是她昏倒前參觀過的、關著年輕男子的牢籠。那麼，這裡想必不止她一人。附近應該有個同樣渾身赤裸的美青年。

思及此，早苗頓時失去環顧四周的勇氣。啊啊，怎麼辦？如今她一絲不掛，還以這般丟人現眼的模樣躺在對方眼前。

別說是羞紅臉，早苗簡直是面色慘白。她倏地起身，隨即像括猿娃娃[1]般縮成一團，迅速退到角落，竭力別開視線。但這畢竟是個小籠子，根本無法避免對方的身影映入視野。她還是撞見那名赤身裸體的男子。

宛若伊甸園的亞當與夏娃，兩人在地底的牢獄中四目相對。怎麼做才好？該說些什麼？由於備感羞恥，早苗如孩童般噙滿淚水。閃閃淚光包裹住男子白皙的身

1將填入棉花的方布塊當做猴子的胴體，另外縫上頭部而成的娃娃。除用於端午節的旗幟裝飾，也為娼妓攬客的幸運物。

軀，像在不規則發亮。

「妳還好吧？」

清朗的男低音驟然傳來，青年率先打破沉默。

早苗詫異地直眨眼，望著他。

只見一張彷彿抹上油的光滑淨臉。高而寬的額頭、濃密的黑髮、雙眼皮下有著清澈大眼、希臘雕像般的挺鼻、鮮紅緊實的唇。正因對方是美男子，早苗心中更是惶恐。

黑蜥蜴不是把她比喻成青年的新娘嗎？青年是不是也這麼打算？想到這裡，兩人同關在這無處可逃的牢籠中裸裎相對的情況，讓她羞恥到幾乎全身血液倒流。

「啊，請別擔心。雖然我這副模樣，但絕非野蠻人。」

彷彿十分難以啟齒，青年結結巴巴地安撫早苗。原來他也感到困窘，早苗聞言總算鬆口氣。

不一會兒，他們漸漸了解彼此的性格，並談起各自的遭遇，一塊忿恨詛咒女賊瘋狂的行徑。從旁看來，就像一對親密的白色雌雄動物，依偎著不停交頭接耳。

不知不覺間，天亮了，地窖深處也開始感覺到人們的躁動。不久後，黑蜥蜴手下那些粗俗的男人，成群結隊地湧進來參觀牢籠裡的新客。

早苗如何遭到這些粗暴的觀眾羞辱、青年如何像頭野獸般怒號、眾多賊人吐出多麼不堪入耳的侮辱言詞，這些情景就任憑讀者自行想像。正當住在地下室的四、五個部下吵吵鬧鬧之際，隱約傳來摩斯密碼般的暗號聲響，未幾，一名貌似船員的男子面色愀然地出現。

## 人偶丕變

那名貌似船員的男子一向待在汽船上，也是黑蜥蜴的部下。只見他走到地下道深處的黑蜥蜴房前，同樣以暗號般的節奏敲門。

「請進。」

出於首領的權威，縱使處在粗魯的男人堆中，女賊也不做鎖門這種沒意義的事。不論三更半夜或任何時刻，只要她一句「請進」，門隨時都能打開。

「哎呀，一大清早的，怎麼?不是才六點?」

黑蜥蜴毫不避諱地趴在白床鋪上，僅穿著白絲綢睡衣。她瞥向進房的男子，點燃紙卷菸，豐滿的身軀隔著柔滑的白絹，根本一覽無遺。每次撞見首領這副裝扮，眾多男部下總頓時手足無措。

「發生一些怪事，所以我趕緊來通知。」男子盡量目不斜視，扭扭捏捏地報告。

「怪事？怎麼說？」

「船上的火夫阿松，自昨晚起就不見蹤影。我們翻遍整艘船，卻完全找不到人。他總不可能逃走，所以我們擔心他會不會落入警網。」

「哦，你們讓阿松上陸了嗎？」

「不，絕對沒有。昨夜阿潤不是曾上船一趟，又回來這裡嗎？那時小艇的槳手之一就是阿松。不料，小艇折返母船之際，只有阿松消失不見。我懷疑是大夥記錯，於是找遍整艘船，又到這兒打聽，阿松卻根本沒來。那傢伙該不會跑到附近鎮上閒晃，讓警察抓住？」

「傷腦筋。阿松傻愣愣的，派不上什麼用場，當初勉強才讓他當火夫。萬一那笨傢伙被逮，八成會不自覺地將一些不該說的全盤托出。」

黑蜥蜴忍不住從床上起身，皺眉盤算如何處置。此時，又傳來另一個莫名奇妙的消息。

房門不期然打開，三名部下探進頭，其中一人匆匆稟報：

「夫人，請來看一下。好奇怪，人偶全穿上衣服，還掛滿珠寶，閃閃發亮。我們問過其他人，到底是誰開這種玩笑，大夥都說不知道。總不會是夫人您的傑作吧？」

「真的嗎？」

「當然。阿潤嚇到講不出話，現下還在那兒發愣哩。」

竟然連續發生難以想像的變故。雖不曉得阿松的失蹤與此事有何關聯，但在這節骨眼上同時迸發，地底王國的女王再也無法保持冷靜。她遣退眾人，迅速換上平日的黑洋裝，趕往標本人偶陳列室。

到場一看，這景象果真教人一頭霧水。佇立的黑人穿著流浪漢般的卡其服，胸前戴著的「埃及之星」宛若一級勳章，綻放萬丈光芒。在膝上托著腮幫子的金髮女孩穿上日本少女的長袖和服，腕間及足踝如手銬腳鐐般地戴滿鑽石項鍊、珍珠首飾。而躺在地上的日本少女裹著舊毯，濃密黑髮上垂掛著各種寶石好似瓔珞，竊竊賊笑。至於擲圓盤的日本青年，則穿著骯髒的底衫，戴著寶石首飾及手環，熠熠生輝。

黑衣婦人與僵立的雨宮面面相覷，震驚得一時語塞。

這惡作劇簡直欺人太甚。標本人偶的奇裝異服中，長袖和服是早苗昨晚還穿著的，其餘皆是黑蜥蜴眾多男手下的衣服。可見有人偷出臥房櫃子或箱子裡的衣物，套在人偶身上。此外，珠寶想必是從寶石陳列室取出的，如今那些玻璃櫃內幾乎空無一物。

「是誰幹的無聊事？」

「目前毫無頭緒。除了我，現場僅有五個人，全是能信賴的傢伙。我逐一盤問過，沒人找到線索。」
「入口處的值夜守衛沒問題嗎？」
「嗯，沒任何異狀。何況，就算是擅闖的不速之客，入口的掀蓋也只能從內側打開。惡作劇的人根本不可能從外面入侵。」
低聲交談一陣後，兩人再次默默對望。未久，黑衣婦人乍然想起似地呢喃著「啊，或許是那樣」，倏然臉色大變，連忙趕至鐵籠前。可惜，檢查牢籠狹小的出入口，鎖頭並未損毀。
「是不是你們的鬼主意？給我老實說，惡作劇的就是你們吧？」
黑衣婦人不住厲聲質問。鐵籠裡的亞當與夏娃原本正和睦低語，女賊猝不及防地前來，令他們反射性地提高戒備。早苗馬上躲到角落，縮成一團，青年則冷不防起身，揮舞著拳頭接近黑衣婦人。
「為何不答話？幫人偶穿上衣服的就是你吧？」
「妳在胡扯什麼？我不是關在籠子裡嗎？妳是不是瘋啦？」青年忿忿不平地怒吼。
「呵呵呵呵，還想逞威風。不是就好，我自有辦法。是說，你中意新娘子嗎？」
黑衣婦人突然轉移話題。見青年沉默不語，她再次追問：
「到底中不中意？」

青年與角落的早苗互望一眼。

「嗯，我喜歡她。所以一定會拚命保護她，絕不讓妳碰她一根寒毛。」青年不住嘶喊。

「呵呵呵呵，我就猜八成會這樣。那你就努力保護她吧。」

黑衣婦人嘲笑著，回頭交代剛過來的雨宮。

「阿潤，拖出那女孩，扔進水槽。」

她厲聲命令，接著自口袋掏出鑰匙，遞給阿潤。

「會不會太快？才過一個晚上。」雨宮那黏滿假鬍子的臉上，雙眼瞠得老大。

「沒關係，我的反覆無常也不是今天才開始。你立刻照辦……聽好，我在房裡吃飯，這段時間任你處置。還有，派人把那些珠寶收回陳列櫃。麻煩嘍。」

吩咐完，黑衣婦人便頭也不回地離去。

顯然她怒火中燒。人偶莫名不變惹得她極度不快，加上目睹籠中男女親密交談，更讓她情緒失控。

女賊絕非真心想讓早苗嫁給青年，只是要嚇唬、羞辱她，欣賞她恐懼悲傷的模樣，藉以取樂。豈料，她的如意算盤落空，青年竟挺身保護早苗，而早苗也一副理所當然的態度，且難掩感激地注視著他。莫怪黑衣婦人胸口湧現一股近似嫉妒的不快。

接下麻煩差事的潤一略顯猶豫，隨即無奈走近牢籠。

「你這混帳，想對她做什麼！」

鐵籠裡的青年神情駭人地怒吼，一副要拚死阻擋的態勢堵在入口。然而，不愧是拳擊手雨宮，不見絲毫畏懼。以鑰匙解鎖後，他迅速開門跳進籠裡。

滿臉鬍子、身穿工人服的雨宮與全裸的美青年互相攫住手臂，凶狠對視。

「站住，別想得逞。只要我活著，不准你碰她一根寒毛。有辦法拖她出去就試試看，在那之前，小心被我掐死！」

青年的雙手拚命襲向雨宮潤一的頸脖。

匪夷所思的是，雨宮竟毫不抵抗，任青年抓住。他只管往青年耳邊一靠，低聲呢喃。

起初，青年猛搖頭，不願仔細聆聽。不一會兒，他臉上浮現說不出的驚愕，而後溫馴得判若兩人，掐住對方脖子的雙手亦無力垂落。

## 離魂病

雨宮潤一究竟以什麼樣的花言巧語，說服籠中憤怒的青年？不一會兒，他抱起癱軟的全裸少女，走到玻璃大水槽前方，接著攀上一旁的梯子，站在頂端踏腳處，鮮開鐵蓋，將少女拋進水中。闔上槽蓋、爬下梯子後，他到黑蜥蜴房前，微開門縫稟告：

「夫人，我已照妳的吩咐處理妥當。早苗小姐正在水槽裡掙扎，請盡速過去觀賞。」

接著，他從工人服口袋中取出一張折得小小的報紙，攤平後悄悄擱在水槽旁的椅子上，匆匆步向走廊。

雨宮潤一離開後，房門隨即打開，黑衣婦人現身，大步前往水槽。

水槽裡微藍的水在玻璃板另一邊激烈翻滾，底部形形色色的海藻像無數水蛇高舉著頭，忙碌地左右搖晃，其間可見裸女痛苦扭曲的身影……前晚黑衣婦人幻想的情景，眼下如實呈現。

她的瞳眸閃爍著殘虐的光芒，蒼白的臉頰興奮得顫抖，緊握拳頭，神情緊繃地直瞅著水槽。驀地，她察覺裸女不若往常激烈抵抗。別說是激烈，她根本不是在掙扎。少女白皙的軀體只是隨著水波蕩漾載浮載沉罷了。

難不成是膽小的早苗在被丟入水槽前便已昏厥，才免受水刑折磨嗎？可是，情況似乎不僅如此。耐心觀察，水中的女孩慢慢回旋，原本背對的臉孔轉向正面的玻璃板。咦，這是早苗嗎？不不不，縱然在水中，容貌也不可能遽變。啊啊，原來如此，她根本不是早苗。這不就是裝飾在人偶陳列處的日本少女標本嗎？可是，怎會出這種差錯？

「來人啊，有誰在嗎？阿潤呢？」

黑衣婦人失控地大聲叫喚。於是，眾手下吵吵嚷嚷地自標本人偶陳列室趕來。那邊的情形似乎也不太對勁，只見大夥神色驚恐。

「夫人，又發生怪事，人偶不見一尊。不久前，幫標本脫衣服、收拾珠寶時還在，但剛才猛一看，喏，只剩躺在地上的少女，另一具少女標本消失無蹤。」

其中一人驚慌失措地稟報，但黑衣婦人已心裡有數。

「有沒有檢查牢籠？早苗小姐還在嗎？」

「不，只看見那個男的。阿潤不是把她扔進水槽了嗎？」

「哦，可是扔的不是早苗，仔細瞧瞧，是你們在找的標本啊。」

大夥紛紛望向水槽，漂浮在水中的，果然是那具失蹤的少女標本。

「咦，真詭異，究竟是誰幹的好事？」

「當然是阿潤。你們沒碰到他嗎？剛才他還在這裡。」

「沒有。他今天火氣很大，一副嫌我們礙事的樣子，動不動就把我們趕到別地方。」

「哦，這倒奇怪。不過他到底上哪去？他不可能外出，你們再找找。見著他，立刻叫他過來。」

眾部下離開後，黑衣婦人似乎頗為不安，直盯著半空不停思考。

這究竟是怎麼回事？汽船的火夫下落不明、標本人偶出現異狀，而理應是早苗的女孩居然變成標本。種種異狀之間該不會相互關聯？有沒有一絲不若巧合之處？總覺得有股超乎現實的可怕力量在幕後操縱，那究竟是什麼？啊啊，難道……不不不，怎麼可能有如此荒唐的事，絕不可能。

黑衣婦人竭力壓抑那不斷湧上心頭、猶如大怪物般的恐懼。連稀世女賊也承受不住駭人的不安，渾身冷汗涔涔。

一會兒過後，她想在一旁的椅子坐下時，瞥見上面擱著一份報紙。那就是方才雨宮潤一特意擺放的報紙。

黑衣婦人漫不經心地瀏覽，不久便被其中一則報導吸引，神情倏地嚴肅起來。

「明智偵探大獲全勝——岩瀨早苗小姐平安返家——寶石王一家歡欣雀躍——」

三段式的大標題映入眼簾，女賊一時無法理解其中的意義。她急忙拾起報紙，坐著專心閱讀。報導內容大致如下：

「遭怪賊黑蜥蜴綁架的寶石王岩瀨之愛女早苗小姐，昨二十一日午後平安返回岩瀨本邸。據聞，岩瀨以稀世鑽石『埃及之星』為贖金交付賊人，因此賊人遵守約定，釋放千金。記者接獲此訊，親自採訪岩瀨庄兵衛及早苗小姐，意外的是，兩人俱稱此皆私家偵探明智小五郎的功勞，絕非賊人守信之舉。但詳情暫時無法透露，懇請記者不要繼續探問。怪賊黑蜥蜴究竟潛伏何處？明智偵探隻身追蹤黑蜥蜴，目前行蹤不明。名偵探與怪賊的一對一決戰，勝利到底屬於何方？而名鑽『埃及之星』能否再次回到岩瀨手中？吾等懷著無限忐忑，期待後續發展。」

緊接在報導後的，是一張標題為「重聚的父女」的照片，清楚印著庄兵衛與早苗坐在會客室的椅子上，笑容滿面的模樣。

讀到這則難以置信、形同怪談的報導，再看到照片，女賊美麗的臉龐，罕見地浮現狼狽之色。與其說是狼狽，更接近難以言喻的恐懼。這是大阪地區發行量最大的報紙，日期是昨天，而報導中的「昨二十一日」，正好是前天黑蜥蜴的汽船駛過大阪灣之際。那天早苗確實在船中，不，不止那天，昨天、今天，甚至直到剛才，早苗不都裸身在牢籠裡不住顫抖嗎？

究竟是什麼情況？這樣的頭條，不可能是誤報。不，那張照片便是最好的證據。應該囚禁於船中的早苗，同一天卻微笑端坐在大阪郊外的岩瀨家裡，世上豈有如此離奇的事？

任黑衣婦人再聰穎，也想不透箇中奧妙。生平頭一遭被未知的恐怖擊倒，她臉色蒼白如死人，額頭不斷冒出豆大的汗珠。

驀地，腦中浮現「離魂病」這個不尋常的詞彙。此乃源自一個人分裂成兩個人後，各自行動的不可思議傳說，她在古老的故事書及國外的心靈學雜誌上看過。雖然她是不信靈異現象的現實主義者，但眼下除接受這超乎常識的說法，找不到其他合理的解釋。

此時，伴隨著一陣喧鬧，分頭搜尋雨宮的眾手下無功而返。

「目前守在門口的是誰？」黑衣婦人氣若游絲地問。

「是北村。他說沒人進出，那傢伙的話錯不了。」

「果真如此，阿潤肯定還在這裡，總不可能像煙霧般憑空消失，再仔細找找。還有早苗也是。水槽中的若不是早苗，那女孩應該仍躲在某處。」

大夥狐疑望著臉色蒼白的首領，不情不願地折回走廊另一頭。

「啊，等一等。留下兩個人，把水槽裡的人偶搬出來。慎重起見，我想親自檢查。」

於是，兩名部下爬上梯子，從水中抱出標本人偶後，平放在地。不必說，再怎麼看，頹軟無力的人偶都不可能是早苗，遑論勘驗出解謎的蛛絲馬跡。

黑衣婦人煩躁地來回踱步，忍不住又坐下重讀報導。只是，不管讀多少遍都一樣，如今有兩個早苗。照片上的確實也是早苗。

「夫人。」正當她迷惘之際，背後突然傳來一聲呼喚。

黑衣婦人訝異回頭，只見一名男子佇立原地。

「哎呀，阿潤，你跑去哪裡？」她不禁責備道。「還有，這情況你要怎麼交代？命令你把早苗丟進水槽，你竟然換成標本，惡作劇也該有個限度。」

然而，雨宮依舊默默站著，一聲不吭。至多賣關子似地微微一笑，直瞅著黑衣婦人。

## 分身

「為何悶不吭聲？是不是遇上什麼狀況？你簡直像變了個人。怎麼？難道你想忤逆我？」

潤一的態度實在太過傲慢，黑衣婦人不由得粗聲粗氣起來。更何況，先前種種怪事已惹得她煩躁不堪。

「早苗在哪？你總不會不曉得吧？」

「嗯，我真的不清楚。她沒在牢籠裡嗎？」

阿潤終於回話，語氣卻異常冷淡。

「什麼牢籠，你不是把她抓出來了嗎？」

「實在是一頭霧水，我去看一下。」

說完，潤一便慢吞吞地離開，似乎真打算要檢查鐵籠。這傢伙神智不清嗎？還是有別的理由？黑衣婦人莫名感到不安，於是監視著阿潤的一舉一動，隨後跟上。

走到鐵籠的柵欄前一看，出入口還插著鑰匙。

「你今天是怎麼啦？居然把鑰匙留在上頭。」

黑衣婦人忍不住低聲責備，目光轉向幽暗的籠內。

「早苗根本不在裡面嘛。」

角落孤單地蹲著一名裸男。不知怎地，今天他一點精神也沒有，無力垂著頭。莫非睡著了？

「問問他吧。」

阿潤喃喃自語著，逕自推開柵欄，踏入鐵籠。他的舉動簡直脫離常軌。

「喂，香川，曉不曉得早苗上哪去？」

香川就是被關在鐵籠裡的美青年。

「喂，香川，你睡著啦？醒一醒。」

不管潤一怎麼呼喊，都得不到回應。於是，潤一索性抓住香川的肩膀，用力搖晃。然而，對方竟毫不抵抗，一點反應也沒有。

「夫人，不對勁，這傢伙是不是死啦？」

一股不妙的預感湧上心頭，黑衣婦人不禁一懍。究竟發生什麼事？

「該不會是自殺吧？」她走近香川。「抬起他的頭。」

「像這樣嗎？」

阿潤抓住香川的下巴，用力扳起。

「啊啊，這張臉！」

女賊黑蜥蜴不禁尖叫出聲，踉蹌後退。噩夢，這根本是噩夢。

蜷縮在角落的男子不是香川。出乎意料，鐵籠裡也神不知鬼不覺地遭到掉包。那麼，眼前的裸男究竟是誰？

黑衣婦人極為不安，渾身不住發顫。世上若真有將一個物體看成兩個的精神病症，或許她已被這種恐怖的疾病纏上。

眼前遭潤一強迫抬起頭的男子，確實是潤一。赤裸的阿潤，及穿工人服、貼著假鬍子的阿潤。阿潤居然有分身？必定是空中隱形的大鏡子誤導黑衣婦人，此外別無可能。不過，哪個是本尊，哪個是倒影？

不久前，早苗也鬧雙胞，但那只是報紙上的照片，這次可是真人，而且兩個阿潤還同時現身。

現實中不可能發生如此荒誕的情況，一定隱藏著未知的機關。只是，這樣破天荒的機關，究竟是誰設計的？目的又是什麼？

可恨的是，黏著假鬍子的阿潤像在嘲笑怔住的黑衣婦人，露出怪物般的笑容。

不知有啥好笑的，該驚恐的是他才對。然而，他反倒如發狂的痴呆，沒神經地傻笑個不停。

潤一笑著繼續猛烈搖晃裸體的阿潤。不一會兒，被搖得七葷八素的阿潤發出呻吟，倏地睜眼。

「啊，總算醒啦。振作點，你在這兒幹嘛？」工人打扮的潤一竟莫名其妙地問道。

赤裸的阿潤一時還搞不清楚狀況，睏倦地直眨眼。瞥見站在面前的黑衣婦人，他彷彿嗅到醒腦藥，登時恢復神智。

「噢，夫人，我碰上離奇的事……啊啊，就是這傢伙。混帳！」

見到工人裝扮的潤一，他立刻瘋狂撲上前。阿潤抓著另一個阿潤，展開殘暴的格鬥。

不過，這場噩夢般的打鬥並未持續太久。轉眼間，裸體的一方便被打倒在水泥地上。

「混帳，混帳，竟敢假冒我。夫人，千萬不能大意，這傢伙是狡獪的叛徒。他是火夫阿松偽裝的。這傢伙是阿松啊！」

裸體阿潤被摔得癱倒在地，卻仍大聲吵嚷。

「喂，那邊的，把手舉起來。阿潤說話時，你最好別妄動。」

黑衣婦人察覺事態嚴重，立即緊握預備的手槍，瞄準工人打扮的潤一。語調雖然平靜，但灼灼閃爍的眼神顯現出她堅定的決心。

穿工人服的潤一順從地舉起雙手，卻仍一臉輕浮，教人非常不舒服。

「好了，阿潤，快告訴我，到底怎麼回事？」

赤裸的阿潤頓覺羞恥，只好縮著身體，和盤托出：

「夫人也曉得，昨晚大夥抵達這裡後，我又回母船一趟。處理完雜事，我搭小艇上陸。不知何時，這傢伙——火夫阿松居然摸黑尾隨著我。我不禁發出怒吼，豈料，他竟猛然撲上來。

阿松的身手意外敏捷，我當下吃了大虧。最後，他狠狠一撞，我登時失去意識。經過許久，當我清醒時，已手腳俱縛，一絲不掛地倒在儲藏室。剛想放聲大喊，嘴巴卻被堵住，根本無計可施。奮力掙扎之際，這傢伙跑進來。仔細一瞧，他竟穿著我的工人服，還貼上假鬍子。他的變裝技巧怎會如此高明？外表簡直跟我一模一樣。

哈哈，這傢伙想假冒我圖謀不軌吧。真是人不可貌相，沒料到阿松居然是個俐落惡賊。我雖然察覺不對勁，可惜被死死綁住，束手無策。更過分的是，這傢伙要我再忍耐一下，接著又打昏我。說來挺窩囊，但直到前一刻，我才總算恢復神智。

喂，阿松，嘗到報應了吧。如今你已走投無路，等會兒看我怎麼回敬你，還不洗好脖子等著。」

聽完阿潤的敘述，黑衣婦人壓抑著愕然的思緒，狀似輕鬆地笑道：

「呵呵呵呵，真有一手，阿松竟是這麼一個不容小覷的惡人，實在佩服。那麼，剛剛那一連串怪事，都是你的傑作嘍？把人偶拋進水槽、讓標本穿上可笑的衣服，究竟有何目的？我不生氣，你儘管說。欸，別笑個不停，回句話吧？」

「不回答又怎樣？」對方語帶嘲弄。

「不如就取你的命。看來，你還不了解主人的性情。你的主人最喜歡見血了。」

「意思是，妳要用那把手槍射穿我吧？哈哈哈哈哈。」一身工人服的陌生男子竟狂妄大笑。

仔細一看，不覺間他已放下雙手，慵懶地插在褲袋裡。

黑衣婦人意外遭受部下侮辱，忿恨得咬牙切齒。

她終於忍無可忍。

「你再笑，就吃下我這顆子彈！」

黑衣婦人一吼，猛然舉起手槍瞄準，並用力扣下扳機。

# 人偶二度歪變

身穿工人服的男子就因無聊的毒舌，輕易丟掉小命？不不不，絕無此事。眼前他依然雙手插著口袋，打趣地笑著。

扳機的確已扣下，卻只聞「喀嚓」聲，並未發射出子彈。

「咦，怎麼有怪聲？槍是不是壞啦？」

黑衣婦人遭到嘲笑，竟自亂陣腳。她第二發、第三發地接連扣下扳機，然而，依舊僅傳出「喀嚓」、「喀嚓」的空虛聲響。

「混帳東西，是你取下子彈的嗎？」

「哈哈哈哈哈，妳總算猜到了。沒錯，如妳所說，喏，子彈在這兒。」

他抽出右手，攤開的掌心放著幾顆子彈，宛若精巧的小彈珠。

此時，鐵籠外響起倉促的腳步聲，黑蜥蜴的部下橫衝直撞地闖入。

「夫人，不好啦，看守入口的北村被綁起來了！」

「不但被綁起來，還昏迷不醒！」

想必這也是阿松的傑作。但為何只捆住北村，任憑其他人自由活動？難不成有什麼特殊理由？

「咦，這傢伙是誰？」

來人發覺現場有兩個潤一，吃驚得睜大眼睛。

「是火夫阿松。一切全是他幹的好事，快抓住他。」見援軍趕到，黑衣婦人連忙高聲命令。

「阿松？混帳東西，竟敢搗亂！」

眾莽漢一窩蜂擁入鐵籠，企圖制服阿松。豈料，他的身手異常矯健，輕巧閃過接連撲擊而來的敵人，轉眼便溜出鐵籠外。他依舊放肆訕笑，招招手示意「來這兒」，慢條斯理地後退，簡直膽大包天。

黑衣婦人與部下紛紛被引出鐵籠，一步步追上。當前景象宛若詭異的移動攝影，水泥牆地下道裡，逃亡者逐步後退，追捕者憤怒得面目猙獰，毛絨胳膊擺出拳擊手般的戒備姿勢，節節進逼。

很快地，這支不可思議的隊伍來到標本人偶陳列室前，阿松驟然停下腳步。

「欸，你們曉得北村為什麼被綁起來嗎？」

他雙手仍悠哉地插著口袋，提出令人不快的問題。

「讓開，我有話要問他。」

黑衣婦人不知有何打算，排開眾人，徑直走到阿松面前。

「倘使你是阿松，我為沒看出你是這等豪傑由衷道歉。但你真的是阿松嗎？我愈想愈難以置信。你根本不是什麼阿松吧，否則何必頂著一臉大鬍子？不如撕下瞧瞧。快撕下假鬍子！」說到最後，她竟語帶哀求。

「哈哈哈哈，不管拿不拿掉，妳都猜到了吧？只是不敢說出我的名字而已。光看妳面色慘白得像幽靈，我便心知肚明。」

他果然不是阿松，此刻連口氣都不似盜賊的手下。何況，聽那嗓音！那清晰的語調，不是有種熟悉的感覺嗎？

由於過度激動，黑衣婦人難以抑制地渾身猛顫。

「那麼、那麼，你是……」

「不必客氣，沒啥好猶豫的，大膽地說啊。」

對方斂起笑意，全身散發懾人的氣息。

黑衣婦人感到冰冷的液體不斷自腋下滲出。

「明智小五郎……你是明智吧？」黑衣婦人橫下心問，頓覺鬆一口氣。

「沒錯。其實妳早就發現了吧？只不過，妳的怯懦硬是壓抑住這個念頭。」

身穿工人服的男人撕下一大片假鬍子，露出的臉龐雖化妝成近似阿潤的膚色，但毫無疑問，他就是明智小五郎，我們懷念不已的明智小五郎。

「不過，為什麼？這怎麼可能……」

「妳一定很疑惑，被拋入遠州灘中央的我，怎麼可能得救吧？哈哈哈哈，妳以為扔進大海的，真的是我嗎？那徹徹底底是錯覺啊。當時，我根本不在沙發內，裡頭裝的是可憐的阿松哪。我沒料到事態會如此發展，原先只是為方便調查而變裝成火夫。我捆綁阿松，並堵住他的嘴，把他藏在最佳的隱匿處——那張人椅中，反倒害阿松丟掉小命，我十分過意不去。」

「哎呀，落海的原來是阿松嗎？而你假冒阿松，一直待在機械室？」

女賊聽得瞠目結舌，口吻不自覺變得如貴婦般溫婉。

「這是真的嗎？但阿松被堵住嘴，怎麼有辦法說話？那時，我們不是隔著椅墊交談嗎？」

「說話的確實是我。」

「咦……」

「那房艙不是有座大衣櫃？我就躲在裡面。只是聽在妳耳中，像從沙發底傳出。不過，沙發內有個動來動去的傢伙，難怪妳誤會。」

「那麼、那麼……藏起早苗，及刻意將報紙放在椅子上的，也都是你？」

「沒錯。」

「哎呀，你未免太慎重其事，居然還偽造報紙嚇唬我？」

「偽造？說什麼傻話，那樣的報紙怎能輕易偽造？報導和照片，皆是如假包換的事實。」

「呵呵呵呵，再怎麼說，世上都不會有兩個早苗，這簡直荒唐……」

「早苗小姐並無分身，遭綁票的是冒牌貨啊。為尋覓早苗小姐的替身，我可是煞費苦心。儘管有自信能平安救出她，但我實在不願讓摯友的獨生女涉險。妳深信是早苗小姐的女孩，本名叫櫻山葉子。雖是無父無母的孤女，卻是富冒險精神的新時代女性。正因如此，才有辦法演出這樣的重頭戲。碰上緊要關頭時，也才有勇氣堅持到最後。即使一路哭哭啼啼，葉子仍完全信任我，堅信我會來救她。」

各位讀者，還記得故事前半的〈奇怪的老人〉一節吧。其實，名偵探明智小五郎當時已展開瞞天過海的計畫，而怪老頭即是明智所喬裝。打那天晚上起，真正的早苗就藏匿到只有明智知曉的地點，取而代之，化身為早苗的櫻山葉子住進岩瀨家。

自隔天起，早苗便關在房裡，表現出連家人都不想見的態度。岩瀨夫婦認定早苗是受到黑蜥蜴連日來的迫害，而陷入憂鬱，甚至未曾懷疑她其實並非女兒。葉子的演技當時便已十分出類拔萃。

聽著名偵探出人意表的縝密敘述，黑衣婦人由衷折服於眼前的大敵。她甚至不禁崇拜起明智小五郎這位遙不可及的大人物。

然而，她的手下，那群蒙昧無知的莽漢絕不可能崇拜明智。不僅如此，他們還視明智為欺騙首領的十惡不赦罪人，及讓同伴阿松葬身海底的仇敵，對他心懷無止境的憤恨。

滿心不耐地聽著漫長的說明，見問答告一段落，他們便再也忍無可忍。

「煩死啦，殺了他！」

其中一人的怒吼成為導火線，四個壯漢瞬間撲向孤立無援的名偵探。即使憑藉女賊的威嚴，也難以遏阻這場血氣衝突。

有人從後方掐住明智的喉嚨、有人扭轉他的雙手，有人企圖摺倒他。就算是明智小五郎，面對這些拚上老命、絕不善罷干休的對手，也無從發揮實力。眼前的情勢可謂千鈞一髮，好不容易努力到這一步，難道會在最後關頭出現逆轉嗎？一代名偵探竟要命喪這群莽夫之手？

然而，出乎意料地，在劍拔弩張的氣氛下，竟突兀響起一陣旁若無人的爽朗哄笑。且笑聲的源頭，不就是遭四個男人壓制的明智小五郎？噯，究竟怎麼回事？

「哇哈哈哈哈，你們沒長眼睛嗎？喏，仔細瞧瞧這片玻璃內。」

想必他是指展示標本人偶的櫥窗玻璃。

大夥不禁轉頭望去。沒料到，他們竟糊塗得連櫥窗發生異狀都毫無所覺。想當然耳，一方面是被憤怒沖昏頭，一方面則是雙方打鬥的地點位於陳列處斜前方，形成視線的死角。

定睛一看，玻璃彼端又發生驚人的變化——所有標本這回全換上西裝。儘管維持原先的姿勢，卻不分男女皆套上一板一眼的西裝，十足裝模作樣。

當然，無疑這又是明智的傑作，但一次就算了，竟然還有第二次，簡直是無聊至極的惡作劇。不過，且慢，明智這般深謀遠慮，不可能平白讓同樣的惡作劇重演。這場不明所以的變裝秀，背後是否隱藏著駭人的意義？

不愧是黑蜥蜴，立刻察覺明智的意圖。

「啊，不好！」

她一陣錯愕，還不及逃走，玻璃櫥窗裡的人偶已蠢蠢欲動。原來不止服裝，連人偶都遭調包。那些不是標本，而是活生生的人。他們擺出人偶的姿勢，耐心等待時機。瞧，那些西裝男子全握著槍，且槍口不正對準這群盜賊？

霎時間，伴隨「鏘」地碎裂聲，櫥窗玻璃破了大洞，西裝男子飛奔而出。

「不准動，黑蜥蜴快束手就擒！」

陳腔爛調到極點的斥喝聲響起。新時代的警察，意外地經常使用這般效果十足的緝捕台詞。不消說，他們是明智早先帶進地底的警視廳菁英。

先前明智曾問眾人，是否明白只有北村被縛的原因，其實是在暗示有警力來援。明智早一步致電警視廳，通知入口處的暗號，於是員警輕易地潛進地下。抵達入口時，他們立即適當處置守門的北村。想當然耳，明智接著便與警方裡應外合。

一切都發生在阿潤消失期間，既然如此，他們為何不馬上逮捕黑蜥蜴？顯然這是明智的指示，他希望讓這場逮捕行動更具效果。看來刑警也不全是些不解風情的木頭人。

可想而知，勢必還有其他支援部隊與水上署合作，前往追緝海上的賊船。如今，黑蜥蜴的部下與汽船上的那些餘黨，肯定是一個不留，全被一網打盡。

沒多久，地底的賊人亦降伏於刑警的槍口之下。饒是再暴戾的莽漢，碰上猶如噩夢般的突襲，恐怕也無力招架。當然，連全裸的阿潤也不例外。

然而，不愧是首領，唯有黑蜥蜴及時悟出西裝人偶的把戲。她敏捷甩開抓住她手臂的員警，如飛鳥般奔向走廊深處的房間，並自裡面上鎖。

## 蠕動的黑蜥蜴

身為地底王國的女王，自尊怎容她忍受遭綁縛的屈辱。雖說終究是無法逃脫的命運，但至少想關在密室裡，果決地自我了斷。明智小五郎察覺她的想法，旋即遠離亂烘烘的逮捕現場，隻身趕往她的私室。

「喂，開門，我是明智！我有話想對妳說，請開門！」

明智焦急叫喊，室內傳出虛弱的回答：

「明智先生，若只有你一人……」

「嗯，只有我。快點開門。」

於是，門隨著轉鎖聲打開。

「啊，慢一步……妳服下毒藥了？」

一踏進房裡，明智急問道。只見黑衣婦人勉強應門後，便倒地不起。

明智跪坐著，將女賊的上半身扶到自己的腿上，試著減輕她臨死前的痛苦。

「如今說什麼都無濟於事，安心沉眠吧。因為妳，我曾面臨生死交關的險境。但就我的職業而言，也算一番難得的經驗。我不再恨妳，甚至同情妳……啊啊，對了，有件事我得告訴妳。雖然妳煞費苦心，我仍會帶走岩瀨先生的『埃及之星』。當然，這是要物歸原主。」

明智說著從口袋取出寶石，呈到女賊面前。黑蜥蜴奮力露出微笑，點點頭。

「早苗小姐呢？」她溫順問道。

「早苗小姐？哦，妳是指櫻山葉子吧。放心，她和香川一起離開這座地窖，此時正接受警方保護。那女孩也吃不少苦，回到大阪後，我會要求岩瀨先生好好答謝她。」

「我輸給你，輸得一塌糊塗。」

不止在雙方較勁中落敗。言外之意，她在其他意義上也輸給明智。說完，她不禁啜泣起來。逐漸翻白的眼裡，淚水不停滑落。

「我躺在你懷裡呢……好開心……從未想過能夠死得這麼幸福。」

明智並非不懂她的情意，對那股難以言喻的情感也非毫無所覺。只是，他無法明確回答。

女賊垂死的告白就如同謎團般神祕。難道，她在連自己都沒有意識到的狀況下，一直深愛著眼前的仇敵？所以，在黑暗的海上葬送明智時，她才會遭激烈的情感侵襲，號哭不止？

「明智先生，再會……臨別之際，方便答應我一個請求嗎？請你吻我，吻我……」

黑衣婦人的四肢不住痙攣。終於來到最後一刻，她雖是女賊，但明智實在不忍心拒絕她可悲的請求。

明智默默無語，輕輕將嘴唇印在黑蜥蜴冰涼的額前，為曾一心一意除掉他的殺人魔，獻上告別之吻。女賊浮現衷心的微笑，一抹笑意就此凝結，再也沒有任何反應。

此時，逮捕一干賊人的員警嘈雜地闖入，撞見這幕匪夷所思的情景，全愣在門口。被稱為魔鬼的刑警也有感情，他們紛紛為說不出的神聖氛圍撼動，半晌無法言語。

震撼當代的稀世女賊黑蜥蜴，已然嚥氣。她枕在名偵探明智小五郎的膝上，帶著滿足的笑容，離開人世。

忽而一看，或許是先前甩開員警逃走時不慎扯破衣袖，露出美麗的手臂。只見她綽號由來的黑蜥蜴刺青依舊栩栩如生，彷彿為與主人別離而傷悲，幽幽地，幽幽地蠕動。

〈黑蜥蜴〉發表於一九三四年

# 地獄風景

# 奇幻遊樂園

M縣[1]南部的Y市，古樸而陰沉，彷彿遭世間遺棄。其工商業並不鼎盛，也非交通要衝，只因是舊幕府時代的城下町[2]，人口眾多，因而逐漸形成一座城市罷了。

一名男子在這沉眠般的Y市郊外建起一座荒唐無稽的遊樂園。世上有時會突然發生難以解釋、如幻夢般離奇的事件，那或許是地球罹患的熱病，化為鮮紅的腫瘤爆開吧。

遊樂園的建造者，是Y市數一數二的望族，人稱億萬富翁的喜多川家獨子。名字十分特別，叫治良右衛門。

以他的身分而言，目前的景況相當罕見——喜多川治良右衛門沒有家人。他的父母幾年前過世，沒任何兄弟姊妹。儘管已屆三十三歲，卻仍未娶妻。除眾多僕傭外，毫無家累。

親戚雖多，但能夠干涉他所作所為的嚴肅叔伯們，老早就都死絕。因此，他根本不必擔心家族長輩會囉嗦地抗議。

那座荒唐的遊樂園，正是有他這般雄厚的資產、高貴的身世，才可能計畫興

1〈帕諾拉馬島綺譚〉的舞台M縣顯然是三重縣，但此篇有都會獵奇名士雲集，或許更接近東京。

2 以封建制領主的居城為中心而發展起來的城市。

建。

不僅如此，他的身邊還聚集一群流浪漢般的男女損友，成天唆使慫恿他。不，更糟的是，治良右衛門本身就恍若被離奇的熱病纏上。

倘使地球感染熱病，其病源或可說是喜多川治良右衛門與他身邊的眾多損友吧。

他投下百萬資產，耗時三年，在地殼上打造出一座巨大的膿疱。患了睡病的城下町Y市郊，不期然開出一朵猶如五彩人造花般的斑斕腫瘤花朵。

約三萬坪的廣大土地上，原本蘊含天然的山川池水。豈料，治良右衛門將這自然的風景，以集世界之詭奇、猶如打翻怪奇百寶箱般不可思議到極點的建築物完全覆蓋。蓊鬱的樹木包圍遊樂園的入口兩側，其間僅容一條小河，河上有山茶樹自兩岸伸出，形成天然的拱門。

青黑色的山茶樹葉之間，處處綻放著鮮紅花朵。仔細觀察，恐怕會驚覺那是以假花點綴，且排列成一串文字：

**治良遊樂園**

想必這是取「治良右衛門」的「治良」二字所命名的。

經園長精挑細選後邀請而來的一群獵奇紳士淑女，乘坐在畸形的平底小舟上，由扮裝成惡魔的船夫操縱船篙，首先穿過山茶花拱門。

濃密的綠葉隔開視野，小河迂迴曲折地流向園區中心。惡魔船夫幾乎不必使力，小舟便順著水流靜靜前行。

來到小河盡頭處，卻見一座狀如蝌蚪頭般，呈圓形擴展的池子。池中的裸身男女與高采烈地嬉戲游泳。斷崖上一大群肉塊躍入池子，從小舟上可見人魚悠遊於清透的水間，而男男女女激出波紋，正玩著老鷹捉小雞的遊戲。滑水梯❖1上由人類形成的急流沖下，濺起水花……賓客已然感覺此處是宛若夢境的異世界。

一上岸，在群山包夾的谷間小徑漫步一會兒，便見一座通往地下的隧道，邊緣由老式紅磚瓦鑲嵌而成，張著黝黑大口，簡直就像通往坑道一般。

一旦鼓起勇氣走下去，地底的黑暗中浮現魑魅魍魎蠕動的地獄景觀與水族館。由於膽怯而不小心走進岔路，翻過險峻的山嶺後，卻是從山頂墜落般、令人銷魂的下坡路。彎彎曲曲的軌道上，猶如箱子的交通工具不停橫倒、逆轉、翻滾。

不，若依此逐一記述，實在是沒完沒了。關於每一處景物，隨著故事進展，還有機會細細描述，在這兒便省去一切說明，僅列舉園內主要的建築物：

大車輪般在空中旋轉的摩天輪

隨時可攀爬繩梯上去的飛行船

將不復存在的淺草十二階❖2移建至此的摩天閣




1 一種遊樂設備。遊客乘船從斜梯滑降，激起水花降落池中，著水時站在船首的船夫會高高跳起，非常有名。1903年，在大阪第五屆國內產業獎勵博覽會初次亮相，很長一段時間，都是東京豐島園的著名設施。

2 1890年由駐日英國技師W・K・巴頓所設計建造的觀景設施，正式名稱為凌雲閣。直到關東大地震時受損拆除前，都是淺草的名勝。從〈帶著貼畫旅行的人〉起，就是亂步鍾愛的建築物。

令人懷念的明治時期帕諾拉馬館[1]
大鯨魚體腔
機關人偶布置而成的地獄極樂[2]、地底水族館
配合樂隊[3]的樂聲歡快迴繞的旋轉木馬，等等、等等。

光從右述設施，便看得出這座遊樂園非比尋常。但簡單來說，就是把大型博覽會的遊樂場規模擴充許多倍，再將這些設施不按牌理出牌地建在天然的山谷森林間。然而，每種設施的構造絕非一般，全透過園長治良右衛門那天才的想像力，矯情製作得好似噩夢中的風景、西洋童話的怪誕插圖，甚或聖誕節的蛋糕製宮殿。

## 大迷宮

這些建築物中，治良右衛門傾注最多心血、無疑也是園裡最別出心裁的設計，便是那座人造迷宮。迷宮由密實的樹木排列形成，假如隨意進入，必定迷失其間，且短短一、兩個小時內絕不可能找到出口。

若是紙上迷宮，只要執鉛筆順著走，便能輕鬆抵達中心，然後折返入口。不

1 在半球形的圓頂內畫上背景、擺上立體模型，使參觀者身歷其境的全景觀覽設施。1890年在日本上野、淺草首次展出，但因電影發達等因素而衰退。

2 一種遊覽佛教中地獄及極樂世界的景觀設施，但重點主要放在地獄，極樂世界僅為點綴。

3 泛指明治、大正時期的職業吹奏樂隊，以軍樂隊出身者為主要成員。當時，許多樂隊活躍在各種活動中，後來更進一步大眾化，用於各種宣傳、馬戲團、電影伴奏等，但昭和初期為交響樂團取代，因而逐漸衰退。

過，真正的迷宮，包括另類展覽活動中的「八幡不知藪」❖1在內，一旦擅闖，就無法輕易脫離。

此一迷宮便是為了讓人迷失其中而精心打造。以沒有半點空隙的高大樹牆隔出通道，在面積僅一町四見方左右的土地上，規畫出近一里的迂迴窄道。縱然是通曉世界迷宮史的專家，想抵達中央，並再次返回起點，也是難如登天。

知名的漢普頓宮的扇形迷宮、凡爾賽宮的方形迷宮等，亦遠不及此。執意要比較的話，大概只有留在歷史學家雄偉幻想中的古代埃及大拉比林斯迷宮足堪相擬吧❖2。雖無法和其上下共三千個房間的浩瀚規模匹敵，但在設計上的巧妙與複雜度，治良遊樂園毋寧更勝一籌。

至於這篇荒誕的故事，便是發端於上述難解迷宮中的一場離奇命案。但敘述這樁命案前，得先讓登場人物亮相才行。

時值初夏，蔚藍澄澈的天空中未見一抹雲朵，太陽將遊樂園裡各座山谷和詭奇建築物染上黑白分明的陰影，全景乍看彷彿隨著蒸騰的熱氣，投影在如鏡的晴空一般。

剛開園時期賓客如織的熱鬧場面已過，現下的治良遊樂園成為只有真正的好友可無拘無束玩樂的場所。

不必再引導遊客的惡魔船夫將平底舟靠岸，到椎樹下午睡小憩。至此遊樂園出



1 千葉縣市川市八幡往昔有處被稱為「八幡不知藪」的竹林，據說誤闖其中便難以逃出，故藉此形容一進去就找不到出口的竹林或迷宮。此外，不單指迷宮，有時也把各處安插恐怖情景或以活人偶表現幽靈場面的迷宮稱為八幡不知藪。

2 1515年沃爾西主教建於倫敦郊外，獻給國王亨利八世的宮殿，也以英國的代表性庭園聞名。其中的迷宮為威廉三世時期所建，是西洋迷宮庭園的代表作，亂步的隨筆集《惡人志願》中收錄的〈迷宮的魅力〉中曾刊登其平面圖。

而凡爾賽宮為路易十四世建於巴黎郊外的離宮，其豪華象徵了波旁王朝的絕對君主制。當中的小公園裡有座知名迷宮，為排遣在迷宮內探險時的無聊，處處置有雕像、長椅或噴泉等設施，是當時的特色。值得一提的是依伊索寓言設計、以水壓活動的39組雕像。

入口的交通可謂完全斷絕，不需擔心礙事者會誤闖，獵奇的同好總算能夠盡情狂歡。

這些同好以園長喜多川治良右衛門為首，加上左列的一群男女損友：

木下鮎子——治良右衛門的女友，二十歲，個性像湍流中的香魚般活潑爽朗。

諸口智滿子——治良右衛門的另一名女友，二十一歲，才華洋溢，兼具浪漫詩人與畫家的身分，也曾協助設計樂園。

大野雷藏——治良右衛門自少年時期認識的摯友，三十五歲，是不見容世俗的劇作家、怪奇幻想家。

人見折枝——雷藏的女友，十九歲，罌粟花般美麗無邪的資產家千金。

湯本讓次——治良右衛門的朋友，有綁架婦女前科，對各種獵奇事物充滿興趣的不良男子，二十九歲。

原田麗子——湯本的女友，甘於承受湯本非人的毒打，毋寧是樂在其中的獵奇少女，二十三歲，體型豐滿壯碩。

三谷二郎——十六歲，長相如洋娃娃的美少年，個性有點狂妄，是這些同好的寵男。

埃及的拉比林斯大迷宮則是希臘歷史家希羅多德筆下的記載。他當年只造訪樓上，但氣勢仍舊驚人。此外，禁止外人進入的地下迷宮深處，據說有建造迷宮的國王與聖鱷的墓地。1888年，佩托里教授發現遺跡，面積約東西千呎、南北八百呎。

其餘還有十幾名男女損友，但在故事中至多是配角，故不列出名字，只在必要時加以介紹。另外，還有遊樂設施的操控員、清掃員、嚮導、樂師等數十名雇傭，必要時亦會詳加介紹，但當中有名人物必須特別留意：

餌差宗助——嚴重畸型的佝僂侏儒，擁有十四、五歲的孩童軀體，卻頂著一張突兀的成人臉孔。這名乍看分辨不出是青年或老人的怪物，擔任治良右衛門的祕書兼園內總監督的要職，是可媲美伊索[1]的聰明人。

為羅列上述人名，不得不中斷故事。話說回來，這天如方才所提，初夏的藍空萬里無雲。案發約一小時前，右述的主要人物聚集在園內的天然泳池（即不久前描述的小河最後注入的池子），全身赤裸地盡情享樂。

「準備好了嗎？我要跳嘍。」

天然岩石的跳躍台上，人見折枝天真無邪的高亢嗓音響徹晴朗的藍空。她雙手舉向頭頂，一副隨時要入水的姿勢。青黑色的岩石、亮眼的白色肉體及披散肩頭的黑髮，情景好似名畫《岩間處女》[2]。

「好，快跳啊。」

有人在水中應道。依鮎子、治良右衛門、智滿子、雷藏、麗子、讓次、二郎的

1 Aisopos，生卒年不詳，為人們所熟悉的《伊索寓言》作者，西元前6世紀前半葉的希臘人艾索波斯的英文讀名。傳說他是個容貌異常的奴隸，因創作動物寓言，才智備受肯定，甚至被延攬到克羅伊斯王的宮廷。

2 作者或許聯想到達文西的《岩間聖母》，但聖母瑪利亞不可能跳水，與其說是構圖相似，不如說只是岩石上正好站著一名處女。

順序，他們各搭著前一人的大腿，連成一長串漂浮。結實的男性肌肉與柔軟的女性肉體交織成串珠，搖搖晃晃地彷彿海蛇般恣意漂蕩。

「來嘍！」

折枝的話音留在空中，身體像皮球般不停旋轉，「啪」地墜落濺起一片水花。

她潛進水底，輕巧浮起。一探出頭，正好面對蛇頭的鮎子。鮎子左右阻擋不讓她通過，折枝則靈巧地見縫就鑽，企圖抓住蛇尾的美少年二郎。原來是水中版的「老鷹捉小雞」。

此時，巨大的海蛇擺動全身，為了不被攫獲尾巴而載浮載沉，從水面到池底，再從池底到水面，描繪出誘人的肉體波紋，嬌豔地翻滾起伏。

人見折枝化身為消滅水蛇的女勇士。她攻破敵人的阻擋，或立泳、或蛙泳，或狗爬式、或側單手泳式，極盡一切展現美麗的肌肉運動，在美少年後方不停追趕。

岸上的男女也一樣裸身摟肩，互相牽著手，恣意觀賞眼前的景象。

這是野外水中舞蹈的一幕。

終於，二郎被折枝抓住腳，吐著泡沫沉沒。堅持不鬆手的折枝，與獵物一同自水面消失。

迷人的少年、少女在水底瘋狂纏鬥，透過清澈的池水，可清楚瞧見那扭曲的情景。

隨著「哇、哇」地起鬨聲，遭扯下尾巴的蛇四分五裂，眾人邊游開邊觀看池底上演的格鬥戲碼。

勝負已定，用盡呼吸的二郎不敢投降。

「好，這次換二郎當鬼。」折枝浮出水面，氣喘吁吁地叫道。

「不，別玩了吧。我不是護著二郎，只是有些疲憊，想去天空床休息一會兒。」治良右衛門說著已到池邊，迅速往山上走去。所謂的天空床，是指摩天輪包廂裡的軟墊。他習慣在那懸浮半空的窄室入睡。

「我也不玩了。我要到夢殿，繼續先前的美夢。」

諸口智滿子接著上岸。她說的夢殿，是迷宮中心「奧之院」[1]的一座長椅。她想靜靜坐著，自耽於冥思。

「那麼，大夥要不要一起玩旋轉木馬？我們再盡情鬧一場吧。」

麗子提議，其他人皆表贊成。於是，赤身裸體、膚色紅白相間的男女成群結隊奔向山丘。他們在陡急的下坡滑行道上橫轉翻滾，像燕子般吱吱喳喳，朝目的地趕去。



1 原指寺院中比本堂更深、更隱密的地方，被視為最尊貴之處，一般皆安置靈佛或開山祖師之靈。

# 第一起命案

約一小時過後，帕諾拉馬館的入口處，大野雷藏與女友人見折枝踩著畫在地上的線，雙手撐在身前、高高蹺起臀部，以極其可笑的姿勢直盯著前方。

「好了嗎？預備，一、二、三！」

雷藏一聲令下，兩人猛地往前衝。這會兒，他們要分別進入森林另一邊的兩處迷宮入口，誰先抵達中心的「奧之院」，誰就獲勝，算是場障礙物競走。

若是一般賽跑，折枝根本贏不過雷藏。而實際上，剛出發沒多久，雷藏已領先好幾公尺。但是，折枝有信心憑智慧率先抵達目的地。她自認比粗枝大葉的男人更熟悉迷宮。

眼下她顯然大幅落後雷藏，卻未面露沮喪。她依舊遵守規則，從東邊的入口跑進迷宮。

約半間寬的蜿蜒窄道兩側是丈餘高的籬笆，參天蔽日。形容為籬笆並不正確，因礙於枝葉緊密交織的大樹，甚至無法從窄道上窺見另一頭。樹上荊棘與藤蔓密布，別說是分開枝葉試圖穿過，連想翻越都不可能。更何況，若真能藉此脫離，便喪失迷宮的樂趣了。

折枝踏進迷宮，或許是高大樹牆的陰影幢幢，四周幽暗得宛如黃昏，清冷無比，處處瀰漫著莫名充滿壓迫的寂靜。不曉得是誰在園內的煙火場惡作劇，不時傳來「咚」地發射聲響，此外一片闃然。縱使自以為熟悉，也會不知不覺迷失方向。若走個一、兩次便能摸透所有路徑，哪算得上迷宮。正因會迷路，才稱之為迷宮。仰望高聳的籬笆切割出的狹窄天空，依稀看得到太陽、飛行船及摩天輪的一部分，還有天際盛開的煙火那像龍一般俯衝而下的黃色煙霧。但即便有這些景象為標記，畢竟不是行走在視野寬闊的平地上，根本毫無助益。又或者淨盯著天空往中心走，也會在不意間走進死巷，進退不得。

迂迴曲折、漫無止境的夢中小徑。不管怎麼走，都永遠到不了盡頭的瘋狂小徑。折枝不禁心生恐慌，挫折感一旦湧現，就再難遏止，後頸寒毛猛地倒豎，冷風如冰水般灌進張開的毛孔。

她的步伐隨心跳加遽益發凌亂。噠噠、噠噠，折枝聽著自己悚然的腳步聲，匆匆趕路。

不久，步調迥異的另一道足音摻雜進來。是回音嗎？抑或是心理作用？不，不對。那確實是人類的腳步聲，是男性強勁的腳步聲。啊啊，是大野，是他在樹葉牆的彼端，兩人的路線偶然相鄰。

「大野嗎？」

折枝忍不住開口喚道，對方戛然止步。儘管無法窺見另一側的情景，但終歸是樹葉形成的牆，至少聲音很清楚。

「是小枝嗎？」果然是大野雷藏。

「嗯，我迷路了。」

「我也是，好像從剛才起，就一直在原地打轉……妳有辦法過來嗎？」

「不行，那樣反而會愈走愈遠。」實際上，縱使想循聲源處彎去，路途也會像發狂似地轉往意想不到的方向。「不過，我還是想試試看。你也是吧，有什麼好主意嗎？」

於是，兩人找起相隔不到一尺的對方。可惜，果然愈急著接近，就離得更遠，不覺間，已聽不見彼此的話聲。

由於太過焦急害怕，折枝汗流浹背，漫無目的地在同一條小徑上失神徘徊。驟然間，早被折枝遺忘的煙火又「砰」、「砰」地發射，嚇得她心臟差點蹦出喉嚨。

不一會兒，她突然倒抽口氣，倏然停步。有道不尋常的聲音。不是耳鳴，的確是人聲，且顯然是瀕死前苦悶而駭人的呻吟。

起先是「嗚嗚」悲痛沉吟，隔一、兩秒後，便「咕、咕、咕」地傳來似咬牙切齒，又似嗚咽的低沉嗓音。

折枝毛骨悚然，頓時說不出話。待喉嚨總算恢復正常後，她忍不住呼喚：

「大野！」

「喂……」

遙遠彼端傳來男人的回應。啊啊，剛才發出呻吟的果然不是大野。那麼，除了她和大野外，迷宮裡還有別人？聽那呻吟，情況絕不尋常，會是急病發作嗎？不不不，似乎不是。莫非那個人碰上什麼恐怖的事？

「折枝，妳在哪裡？」

這次，從較近的地方響起大野的詢問。

「我在這邊。」

「妳有沒有聽見剛才的怪聲？」

啊啊，不是錯覺，大野也注意到了。

「嗯。」

「不太對勁，那不像普通的呻吟。」

「是啊，我也這麼覺得。」

「喂，誰在那裡？」大野試著呼喚不見蹤影的對方，卻沒得到任何回應。「奇怪，發出那樣無力的呻吟，不可能隨意移動……難道已喪命？」

聽起來，那無疑是瀕死前的最後掙扎。

「我好怕。」

折枝嚇得臉色慘白，甚至想抱住大野無形的話聲。

「妳等一下，我去找找。」

語畢，大野在附近四處走動。不久，自意想不到的方向傳來「哇」地驚叫。

## 迷宮魔鬼

「大野，大野！」

人見折枝遭勒頸般不住尖叫，無助地呼喊彼方看不見的情人。

倒也難怪。在九彎十八拐的幽暗迷宮中失去方向，慌張得泫然欲泣之際，隔著兩、三道完全阻絕視線的高大樹牆，竟發生駭人的狀況。聽那令人背脊發涼的垂死呻吟，及前往現場查看的大野的驚叫，可見事態非比尋常。連大野都如此驚恐，絕對出了大事。

「喂，折枝，不得了！快到外頭找人來！」雷藏慌張地喊道。

無奈的是，一時之間根本走不出這座迷宮。

「你看到誰？情況究竟如何？」

折枝也拚命扯開嗓門大吼，不顧一切地在窄道上奔跑。她無法坐以待斃。

「是智滿子！」大野的回應傳來。

「咦，智滿子怎麼啦？」

在百轉千迴的迷宮中奔波的折枝，氣喘吁吁地叫道。

「她怎麼啦？」

然而，不管如何追問，大野都沒再答覆。或許景況淒慘得讓大野愕然語塞。

「啊啊，在那邊的是折枝嗎？」

忽地，樹牆另一側響起大野雷藏的話音。不知不覺中，兩人竟已近在咫尺。

「是的。智滿子到底發生什麼事？」

雖然還是看不到，但得知對方就在近處，折枝立刻壓低音量，再次詢問。

於是，雷藏口吻異常嚴肅地描述目睹的情景：

「智滿子慘遭殺害。她背上刺著一把短刀，渾身是血……」

眼前擋著綠牆，看不見對方的身影，唯有顫抖的低語咻咻穿透過來，何況是那樣駭人至極的內容，「咦……」折枝忍不住倒抽口氣。她只能杵在原地，無法言語。

「妳附近有沒有可疑的人影？剛剛有沒有遇到任何人？」雷藏的話聲又低沉幾分。

「沒有，為何這麼問？」

「殺害智滿子的兇手，或許還在迷宮裡四處遊蕩。」

乍聽雷藏的說明，折枝全身血液彷彿瞬間凝結。「我沒瞧見任何人……」她答得氣若游絲。「你發現是誰了嗎？」

「不，但我聽到對方的腳步聲。來到智滿子倒下的地點時，我瞥見一道黑影旋風般遁逃，發出噠噠噠的腳步聲。」

兩人窸窸窣窣地交談，聽在耳裡彷若說鬼故事般驚悚。

「好恐怖，我好害怕。怎麼辦？你能想辦法過來陪我嗎？我一個人很不安。」

折枝語帶哽咽，向看不見的身影哀求。

「當務之急，是趕緊通知大家……提起勇氣尋找出口吧，我也會盡快出去。只是……」

「嗯，什麼？」

「只是，妳千萬要小心殺害智滿子的傢伙。若聽到腳步聲，就算沒看見人影，也要立刻大叫，明白嗎？」

「我怕得根本走不動，你快點過來。」

「好，可是我不曉得能不能順利走到……」

而後，雷藏倉皇的足音便漸行漸遠。

被拋棄在高聳密林牆壁包圍的陰暗小徑，折枝驚恐到幾乎喘不過氣。

她想喚回大野，但考慮到殘忍的兇犯仍在附近徘徊，便不敢出聲。

當她留意到時，腋下已滲滿冷汗，雙腳也好似麻痺，不聽使喚。

可是，一直待在原地更教人不知所措。此時此刻，就算徒勞，她也想試著尋找出口，盡快逃離這座迷宮。

她奮力蹬起虛脫的雙腳，猛地跑了起來。

兩側漆黑的樹牆不斷後退，迷宮無止境地延伸。她愈是急著逃脫，反倒愈深陷其中。

一回神，某處傳來「噠噠噠」地腳步聲。

「啊啊，太好了，大野在附近。」

思及此，折枝頓時勇氣倍增。

「大野！」她低喚。

然而，毫無回應。噠噠、噠噠，只聞腳步聲。

「大野？」折枝按捺不住，再次大喊。

但對方依舊沒有回應，逕自默默奔跑。

「咦，奇怪。啊啊，難道……」

折枝的心臟差點蹦出喉嚨。那腳步聲，莫非是恐怖的殺人犯？沒錯，一定是。喊得這麼大聲，對方卻不理不睬，想必他就是兇手。

折枝愈是恐懼，愈不自覺地加快步伐。她的喉嚨乾澀，心臟幾乎要爆炸。

不顧一切地拐過前方的陡彎後，對面五、六間遠的轉角冷不防跳出一個人。

「哇！」

折枝直覺尖叫，當場愣住。

對方似乎也嚇一大跳，一眨眼就躲得不見蹤影。

那的確不是大野。大野若撞見折枝，不會轉身逃走。既然如此，那是誰？可惜，折枝壓根沒時間看清楚來人。事發突然，她連對方的衣物顏色都未加留意，只能肯定不是女人。對方穿著褲子，且個子矮小，或許比身為女人的折枝還要矮。

折枝豎耳傾聽，噠噠、噠噠，歹徒的腳步聲逐漸遠去。

待腳步聲完全消失，折枝猛然往後衝，一逕隨處亂竄，根本無暇思索如何順利走出迷宮。她只是沒辦法待在同一處。

慌亂走動之際，視野赫然大開，折枝來到一個寬闊的場所。不過，她並未離開迷宮，而是闖進迷宮中心的廣場，即所謂的奧之院。

奧之院中央擺著一座長椅。長椅邊倒臥某個紅白相間的物體，那竟是渾身染血的諸口智滿子。

素雅的白絹服上冒出刀柄，刀刃完全沒入智滿子的背部。

鮮紅的血糊將絹服染成條紋狀，只見徒然抓向虛空的雙手、曾激烈掙扎的雙腳，及白皙的足踝裸露在外。

當然，智滿子已無呼吸。

## 木島刑警

無論是多麼複雜的迷宮，只要不停地繞，總會找到出口。想當然耳，大野雷藏和人見折枝不久後便各自脫離殺人迷宮，通知眾人園內發生的事。

此處雖遠離塵囂，但也不能任意忽視命案，於是當中立刻有人趕到警局通報。不一會兒，法院及警局紛紛派員前來，展開例行的偵訊工作。

初步勘驗後發現以下幾點事實：

首先，完全找不到兇手由外部潛入的跡象。

遊樂園唯一的出入口是那條小河。雖說是小河，卻相當深，若不搭乘小舟，根本無法通行。而周遭地形多是險峻的斷崖，其餘皆為密布的高聳樹木圍繞，況且園區設有崗哨，實在難以想像誰能悄悄離開。由此推論，兇手必是園裡的人。若非主人邀請的朋友，就在幾十名僕傭之中。

其次，此時在園裡的人，沒人有嫌疑。

不必說，眾人受到嚴厲的訊問。然而，除大野雷藏、人見折枝及被害人智滿子外，當時沒有其他人進入迷宮，大夥宣稱各自待在不同地點，且沒有任何證據足以推翻他們的說詞。

第三，現場未留下可辨識的腳印，除短刀外，沒有其他遺留物品，而凶器刀柄上甚至找不到一枚指紋。

最後，短刀為圓柄的兩刃刀，沒有刀鍔，自刀柄到刃尖幾乎等粗，造型相當特殊。絕對是國外製。

目前僅得知以上事實，就算是再敏銳的名偵探，也很難從園內龐雜的人口中找出真兇。

人見折枝接受偵訊時，原想說出兇手是個頭極矮小的男子，卻赫然打住。她想起園裡有兩名醒目的小個子人物。一是現年十六歲的三谷二郎，另一名則是佝僂男餌差宗助。考量到她的一句話或許將導致兩人蒙受嫌疑，她就不敢隨便提及。

然而，自這天起，園裡多了一個人。受園長喜多川治良右衛門的委託，一名刑警即日入住。

園區中央有座豪華的洋風食堂，早午餐姑且不論，每晚大夥總會一起用餐，只是，當晚的氣氛簡直詭譎到極點。

席位通常是主人及其友人一桌，僕傭自成一桌。圍坐兩張長餐桌的眾人，不若平日閒話家常，反倒悄然無聲，疑神疑鬼地窺看彼此。

不久前殺害智滿子的惡徒，正若無其事地坐在這張餐桌旁。那可能是鄰座舔著叉子的傢伙，也可能是對面拿著亮晃晃的刀子切肉的傢伙。思及此，不知是否心理作用，在場所有人看起來臉色皆異常蒼白，個個都像嗜血的殺人兇手。

此時，東道主治良右衛門身側的一名陌生男子，正忙著使用叉子。他裝出專注於用餐的模樣，偶爾卻抬起雙眼，不動聲色地觀察同席者的表情。這可疑的傢伙，便是當地赫赫有名的木島刑警。

席間，他不時低著頭、壓低嗓門，與治良右衛門竊竊私語。其他人完全聽不見談話內容，更覺忐忑不安。

木島刑警現年三十四、五歲，並未蓄鬍，襯衫上直接套著骯髒的西裝外套，外表就像個工人。

「有三個人目睹你上摩天輪。」木島刑警說著，在桌子底下屈指一算。

「木下鮎子與原田麗子當時在坐旋轉木馬。」治良右衛門接口。

「大野雷藏和人見折枝是這起命案的發現者。」刑警順著治良右衛門的話尾道。

他倆逐個談及一干園眾，但所有人的不在場證明盡皆成立，因身邊各自都至少有一名證人。

而經過調查，僕傭全待在崗位上，未發現可疑之處。

「不過，當中仍有例外。湯本讓次自稱在大鯨魚體腔內，三谷二郎在森林裡散步，園內監督餌差宗助則在某座山上四處巡邏，但沒找到任何目擊者，換句話說，他們沒有證人。」刑警意味深長地強調。

「咦，意思是這三人……」治良右衛門震驚地看著對方。

「不，我只是重申事實，並非懷疑任何人。」

刑警解釋著，瞄向僕傭的餐桌。順著他的視線望去，醜陋的侏儒餌差宗助駝著背，以舔盤子似的姿態用餐。

「哦，他外貌雖讓人不太舒服，卻相當正直，是我最信賴的員工。」

治良右衛門調解般地低語，刑警仍帶著狐疑的目光，不住打量那分不出是孩童抑或老人的怪物。

接著，刑警轉向同桌對角的湯本讓次。豈料，湯本彷彿有所預感，竟惡狠狠地回瞪，流露出「這傢伙竟敢懷疑我」的表情。

「那個人有前科呢。」刑警小聲提醒治良右衛門。

「呃，可是他絕對不會殺人。」

治良右衛門又不自覺地為對方低聲辯解。事實上，湯本雖然有前科，但他不可能是兇手。

不久，令人窒息的尷尬晚餐結束，木島刑警終究沒觀察出任何異狀。大夥儘管都一臉蒼白、神情嚴肅，卻未驚慌失措。

不，其實有一人坐立難安，但由於還是個孩子，連刑警也沒起疑。可是，三谷二郎的模樣委實不太對勁。

他毫無食欲，也不碰盤子，只慘白著臉惶恐覷看周圍，顯然如坐針氈。

究竟怎麼回事？這名少年總不會是將短刀刺進智滿子背部的兇犯吧。

## 可疑的飛刀

當夜，在先前提及的地底地獄洞穴裡，湯本讓次與女友原田麗子開始了每天必上演的野蠻遊戲。

園內眾人都配有豪華臥室，然而，不愧為名副其實的獵奇客，他們鮮少安分地在房裡就寢。連園長治良右衛門都樂於以摩天輪的包廂為天空床，因此有人鍾情大鯨魚體腔、有人選擇帕諾拉馬館、有人中意摩天閣的塔頂，大夥紛紛挑選喜愛的場所，期望藉此做一場非比尋常的夢。而湯本讓次這對情侶，則是將地獄地下道當成尋求刺激的寢床。

填以土色水泥補強的陰森地下道中，除血池、針山、熊熊燃燒的灼熱地獄、閻魔王外，還有青鬼及紅鬼的活人偶如地獄圖般駭人陳列。不曉得藏在何處的藍白電燈，幽幽地將詭異的燈光投射在這些人造物上。

湯本與麗子的床鋪，就置於紅顏料融化而成的地獄血池畔。這對虐待狂與被虐狂便在此享受每晚的痴戲。

血池對岸的牆上，幾近全裸的原田麗子呈**大字形**，背部緊緊貼附著一塊門板，化身為慘遭酷刑折磨而哭喊的亡者。但以一名亡者來說，她的肉體委實太過豐滿、太過富有彈性。

血池這一側，半裸的湯本讓次宛如地獄青鬼佇立。他從旁邊的盒中取出閃閃發光的飛刀，右手高舉，作勢射向對岸的裸女。

啊啊，恐怖的殺人劇又要上演了嗎？

不不不，並非如此。素行不良的湯本，不知從哪學得危險至極的特技。以女友為標靶練身手，成為他每晚必享受的刺激戲碼。

而身為標靶的麗子也是，她毫無防備地赤裸暴露在情人面前，沉醉在不知刀刃是否會刺中自己的緊張快感裡。

蒼白燈光下，讓次射出的飛刀閃電般劃過空中，接二連三地釘入麗子緊貼的門板上。插入門板的飛刀，全像渴求鮮血的生物般不住顫抖。

每把飛刀皆精準如機械，分毫不差地命中距麗子臉頰、頭部、手臂、大腿不到一分❖1的危險位置。

1 約為0.303公分。

「啊、啊……」

每當飛刀中的，麗子便欣喜若狂，不自覺發出愉悅地吶喊。

「接著是腋下，會稍微劃破皮膚。」

讓次冷淡說明著，狠狠射出最後一刀。啊啊，多麼神乎其技。與他的預告半分不差，刀刃以不危及性命的程度，輕輕擦過麗子腋窩皮膚，插入門板。

霎時，鮮血噴出。

「哎呀……」

麗子誇張大喊，神情卻無比享受。她低頭望向在腋下不住震顫的飛刀，鋼鐵陷入皮肉的觸感、噴發溢流的鮮血氣味，簡直是變態者下流的無上喜悅。

十秒，二十秒。

讓次也不禁瞇起眼，凝視著鮮紅液體在戀人白皙肉體上畫出網格狀的美景。

不知為何，麗子目不轉睛地瞅著飛刀，一動也不動。若說是被虐狂的狂喜，這一眼未免太漫長、太銳利。

「喂，怎麼啦？看啥看得那麼出神？」讓次忍不住問。

「讓次，飛刀是不是少一把？」

麗子終於抬起頭，直盯著讓次啞聲開口，表情恐怖得教人頭皮發涼。

「咦，少一把？妳在說什麼啊，十三把刀不是都在嗎？妳再檢查一次。」

仔細一算，沒錯，是十三把。

「不過，好奇怪。」麗子的神情猶帶驚恐。

「哪裡奇怪？」

「還問，你是不是有事瞞著我？我剛剛發現，這些飛刀實在太像了。」

聽著麗子質疑的語氣，讓次很是震驚，當下臉色丕變。

「太像？像什麼？」

「咦，你沒發現嗎？喏，這刀子不是跟刺在智滿子背上的短刀一模一樣？」麗子加重語氣，霎時彷彿感到一陣冷風襲來，全身爬滿雞皮疙瘩。

只見讓次一臉欲言又止，沉默不語。

「讓次，是不是你？」半晌後，麗子輕聲問道。

即便如此，讓次仍面色凝重，悶不吭聲。

「我很清楚，你喜歡智滿子。某次你們獨處時，你曾說一些無聊的話，挨了她一巴掌。我從山上用望遠鏡看到的……這沒什麼好隱瞞的。」麗子安撫惡漢讓次似地低語。

「那又怎樣？」讓次陰鷙地瞪著麗子反問。

「所以，智滿子是你殺的吧？因為喜歡她，只好殺了她，對吧？」麗子彷彿樂在其中，肆無忌憚地應道。

「有些話不能亂說。妳真以為我是兇手？」讓次額上青筋直冒。

「可是，殺害智滿子的凶器，不就和這些飛刀一模一樣？除了你，沒人擁有如此危險的利器。」

「混帳，妳想誣陷男友為殺人犯嗎？」

「正因你是我的男友，不如偷偷透露一些吧。我不會告訴別人的。」

「妳還說！混帳！」讓次竟像猛獸般暴怒。

「啊啊，不要。我不說，再也不說了。」

高大而豐滿白皙的麗子，是個愚昧的被虐狂。驚覺方才咄咄逼人的質問觸怒對方，她頓時心生害怕，立刻尖叫著沿血池池畔逃跑。

惱怒的猛獸手中的飛刀，反射出洞窟牆上的蠟燭紅光，閃閃發亮。

「哈哈哈……我不會對妳怎樣的，不用逃。」猛獸扯動嘴角，殘忍地笑著。

「真的？你真的不生氣？人家剛剛是開玩笑的嘛。」

「我不在意。放心，過來讓我疼疼妳。」

麗子戰戰兢兢地返回池畔。「真的？那你要怎麼疼我？」

「像這樣！」

麗子肩口猝然一陣刺痛。仔細一瞧，薄絹服上劃出一道誘人的紅線。是血。

「哎呀，你竟然割我。該不會想殺我吧？」

麗子居然滿不在乎。這名痴傻的被虐狂遭情人割傷，反倒愉悅地渾身抖動。

「妳等著瞧。」

然而，讓次的雙眼嗜血般泛紅。他似乎聽不進對方的話聲，只管接二連三地揮舞刀子。鮮紅線條不停落在麗子渾圓的肩膀，而後淌流至豐滿的乳房，不斷積累。

「哎呀，救命啊……」

麗子歡愉地呼喊，彷若受傷的蛇扭動著身體。她倒臥在讓次腳邊，緊抱他的雙腿。

「混帳東西、混帳東西！」

不料，讓次踢開受傷的情人，將她踹進血池地獄。

噗通一聲，鮮紅水花濺起，讓次的襯衫霎時染得通紅，就像剛殺過人一樣。

浸在紅墨水裡的麗子，拖著如紅酸漿般的浴血身軀，搖搖晃晃地想爬上岸，卻又遭讓次一踹，濺出陣陣血花，跌回池中。

「有完沒完啊，我受夠了，到此為止吧。」

麗子吞下好幾口紅墨池水，幾乎奄奄一息，忍不住要求讓次停止這殘虐的遊戲。

豈料，讓次異於往常，根本無意扶起疲倦已極的情人並加以愛撫。

他叉開雙腿站在池畔，高舉飛刀，像要一擊刺穿企圖上岸的麗子。這不是遊戲，他全身充滿殺氣，顯然是認真的。那麼，他就是殺害智滿子的兇手嗎？為防止情人洩密，他打算殺人滅口？

「哎呀，救命啊！」

麗子放聲尖叫，不顧形象地趴伏在滑溜溜的池畔，倉皇想逃。遺憾的是，讓次的左手隨即揪住她的長髮，硬將她拖回來。

「嗚，饒了我吧。我不會告訴任何人，我絕不會洩漏你就是兇手。放過我，放過我！」麗子不停顫抖，瘋狂大叫。

「哈哈哈……嚇到啦？騙妳的。不用怕，我不是真的想殺妳。」

讓次露出潔白的牙齒笑道。

「可是，一旦妳和別人提及刀子的事，或向第三者說我很可疑，我絕不饒妳。當然，那命案和我一點關係也沒有，但我不想蒙受無聊的冤枉。明白嗎？要是膽敢胡扯，我可不會輕易放過妳。小心我宰了妳。」

「嗯，我懂，我絕不會亂說。」麗子益發驚恐，不住顫聲回應。

讓次聞言，粗魯地摟著她，吻上那被紅墨水渾染得黏黏稠稠的豐頰。

於是，他的嘴唇就像吃下嬰孩的山貓般，沾滿怵目驚心的鮮血。

# 黑影

兩人因深夜的血腥遊戲疲累不堪，隔天睡醒時早過中午。待麗子洗淨沾滿血汙的身體、梳妝打扮好，出現在眾人面前，約莫已近黃昏。

用餐之際，木島刑警一如既往，以懷疑的目光悄悄窺探眾人，顯然仍未掌握到任何線索。

大夥在互相猜忌的氣氛中，結束尷尬的晚餐。

餐後，在園內散步的麗子，巧遇三谷二郎。

「麗子姊，怎麼啦？妳心情似乎不太好，和湯本哥吵架了嗎？」少年敏銳得教人害怕。

「嗯。二郎，過來這邊。」

麗子隨口回應，接著在灌木叢前的岩石坐下，向少年招招手。這個惹人憐愛的美少年習慣坐在大人腿上。

「發生什麼事？你們怎會吵架？」

「沒啥要緊的。」

「啥叫不要緊？湯本哥和麗子姊都不說話，還都臉色鐵青。究竟怎麼啦？」少年在麗子豐腴的大腿上不住扭臀，撒嬌似地問。「好擔心，人家很喜歡麗子姊嘛。」

「二郎，謝謝你。」麗子摟住少年，「沒事的……可是，或許……」

「嗯？」

「或許我會被殺。」

「咦，被誰？」

「不能告訴別人喔，否則後果不堪設想。」

「好，我不會說出去。」

「萬一我死了，我是說萬一，那麼兇手就是讓次。記住，到時一定要幫我轉告刑警，拜託你。」

「真的嗎？湯本哥或許會殺死麗子姊？為什麼……」

「還有，若我慘遭殺害，讓次就是殺死智滿子的兇手。這點你也要牢記。」

「既然如此，妳為何不趕快稟報警察？」

「我不曉得事情的真相。倘使是我誤解，導致讓次蒙上不白之冤，他就太可憐了。所以，除非我喪命，絕不能洩漏此事。明白嗎？」

「嗯，我懂。」

天色已晚，四下暗得連彼此的臉都看不清楚。

由於兩人太過專注於交談，全然沒發現後方樹叢傳出草葉摩擦的細微聲響。

某人潛伏其中，偷聽他倆的對話。草叢間隱約透出兩道燐光般閃爍的眼神，不知是男是女。除雙眸外，只見一團猶如海上怪物的恐怖黑影。

「哎呀，不小心說了無聊話，我今晚到底怎麼啦。剛才那些都是胡言亂語，絕不能告訴任何人喔。」

「嗯，放心，我會保密的。」

「噢，這麼晚啦，我們回去吧。」

說著，兩人從岩石上起身，折返餐廳。而樹叢中的黑影亦停止竊聽，偷偷摸摸地消失在黑暗的彼方。

## 慘白的模特兒

翌日，尚未查出任何線索的木島刑警，為推測兇手行凶的順序，便在園長喜多川治良右衛門的嚮導下，踏入案發地點所在的迷宮。

「這座迷宮是我親手設計並請人建造的，不過，由於太過複雜，有時連我都會不小心迷路。」治良右衛門走在蜿蜒的小徑上，如此炫耀道。

「就因你打造出這樣瘋狂的迷宮，才會發生麻煩事。這世上最棘手的，莫過於無聊的有錢人。」由於兩人熟識，刑警忍不住開玩笑地責備園長的瘋狂。

「噯，你這麼說，我實在惶恐至極。只是事情發生在自家，被害人又是我的摯友，我自然也想擔綱偵探的角色，乘機追查一番。我一定會揪出兇手。」

「但願如此。」木島刑警顯然未將治良右衛門嚴肅的決心當一回事。

「兇手肯定就在園裡，所有人都有嫌疑。不過，他們全是我的好友，我的立場十分為難。」

「唔，也不好把你的朋友抓來直接拷問一番。話雖如此，又苦無證據，真是麻煩。一切皆是這座迷宮惹的禍，不然大野先生或許就能見到兇手。是說，你認為誰最可疑？」

「前幾天也提過，我實在想不通，更是毫無頭緒。智滿子性情溫柔，難以想像會與人結怨。若硬是要猜，最可能是由愛生恨。愛慕她的某人因得不到回報，而萌生殺意。不過，園裡很難找到不喜歡智滿子的人，加上智滿子拒絕了我之外其他人的告白，等於所有男性都是嫌疑犯。」

兩人一路閒聊，雖經兩、三次折返，但終究沒有迷路，順利抵達迷宮中心。

「咦，有人。」木島立刻警覺地停步。

「哦，是湯本啊。你在這裡做什麼？」治良右衛門也驚訝問道。

原來是虐待狂湯本讓次。

身處迷宮中央的他舉止詭異。只見他面前立著鋪有畫布的三腳架，左手拿調色盤，右手握著畫筆。

「你在作畫？」

治良右衛門一問，讓次便朝模特兒微抬下巴，一副「看就知道」的態度。

模特兒是一團蜷縮在地上、姿態怪異的蒼白肉塊。

那姿態著實古怪。臉緊貼地面，臀部蹺起，腳彎折在腹部底下，手勉強伸展到臉的前方。換句話說，那是一具豐滿且一絲不掛的裸女模特兒。

可是，她的膚色怎會如此慘白？園裡哪個女人擁有這樣的肌膚？

「咦，那不是原田麗子嗎？怎麼擺出這般彆扭的姿勢？身體彷彿快要折斷，一定很痛吧。」治良右衛門發現女模特兒的身分，忍不住驚呼。

「不會痛的。」讓次忙著揮動畫筆，冷淡答道。

「怎可能不痛，好可憐，放過她吧。你這虐待狂真令人傷腦筋。」

「她感覺不到的，你看清楚。」讓次忿忿反駁。

仔細一瞧，確實不太對勁。原田麗子不該有那樣駭人的膚色。

治良右衛門倏地感到一股毛骨悚然的寒意。

木島刑警似乎也赫有所覺，他大步走近模特兒，猛地抓住她的肩膀，拉她起身。

「啊！」兩人同時驚叫出聲。

麗子身下一灘鮮紅血泊，一把熟悉的短刀深深刺進她的心臟，乳房、腹部，甚至是大腿，恍若抹上油漆，暈染得一片腥紅。

「喂，湯本，你早就知道她死了？是誰？兇手到底是誰？」治良右衛門顫聲逼問。

「是那傢伙，殺害智滿子的傢伙。」讓次一副無動於衷的態度。

「嗯，八成沒錯。不過，你是怎麼回事？居然以情人的屍體為模特兒，悠哉地作畫？」

「是啊。」讓次的口氣滿不在乎，「直到此刻，我才發現麗子竟是如此美麗的生物。還有，看看這值得玩味的誘人姿勢，放進棺材未免太可惜。」

湯本讓次瘋了嗎？他竟將戀人血淋淋的屍體視為絕世美景，渾然忘我地細細描繪下來。

## 殺人三重奏

木島刑警為湯本讓次幾近瘋狂的舉動震懾得目瞪口呆，頓時啞然。未久，他逐漸恢復理智，浮現一貫惡毒而冰冷的神情。

「湯本先生，虧你想得到要畫下女友的屍體，好個另類的創意。」他諷刺地大表佩服。

「有趣吧。如此美麗的姿勢，實在不是一般人能想像出來的。這是生平無法邂逅第二次的絕美模特兒啊。」讓次天真無邪地炫耀。

「厲害！你這副無辜的樣子，連名演員都難以模仿吧。」刑警更是極盡嘲諷之能事。

「名演員？怎麼像在指控我？」讓次困惑地望著刑警。

「了不起，愈來愈傳神。素描被害者的屍體，藉此擺脫嫌疑，這點子真是新奇出眾。」

「咦，你的意思是，殺害她的我，為擺脫嫌疑，刻意演出這場戲？」讓次總算明白刑警的弦外之音，錯愕地反問。

「哈哈哈哈，也不一定就是這樣，可是……」

「可是什麼？哦，我懂了，你打算誣賴我是兇手，然後逮捕我吧？不過，刑警先生，想把我關進牢裡，得有確實的證據才行。你有嗎？拿出來啊。」

「證據嗎？」刑警慢條斯理地回答，接著走近麗子，抽出她胸口的短刀。「例如，這把短刀。從沒有刀鍔、狀似棒子的凶器，應該一眼就能辨識出物主的身分。喜多川先生，沒錯吧？」

「嗯，那是湯本表演特技時用的飛刀，但……」治良右衛門面露猶豫地含糊應道。

「胡說！假如我是真兇，會將那麼明顯的證物留在屍體上嗎？這反倒證實我清白。」讓次激動怒吼。

「總之，請先跟我到警局一趟。局長或預審法官[1]會耐心聆聽你的說詞。」木島刑警冷冷宣告。

「不要，我才不會扔下女友去什麼警局。我絕不離開治良遊樂園。」

雙方爭執逐漸白熱化之際，忽然衝進一隻怪物。原來是佝僂的餌差宗助。只見他醜陋的額頭汗珠密布、氣喘吁吁，顯然是在迷宮裡四處奔跑，好不容易才找到此處。

「哦，這不是宗助嗎？怎麼啦？」治良右衛門訝異地問。

「少爺，情況不妙，請快移駕。事發後我就立刻趕來，卻困在迷宮內三十分鐘，我猜大概已斷氣……」話還沒說完，他瞥見原田麗子的屍首，不禁尖叫，「哇，這裡也有死人。那不是麗子小姐嗎？是誰幹的？」

「這裡也有死人？宗助，還有另一人在別處遇害嗎？」治良右衛門驚惶追問。

「嗯，那邊也有人被殺。」

「是誰？」治良右衛門與刑警幾乎同時開口。



1 地方法院所屬的法官，接受檢察官的預審請求，而進行被告的詢問及證據調查，以判定是否需進行公審。實際上，預審法官多以檢察官的搜查為基準，極易受檢察官影響。

「小朋友。真可憐，子彈射進胸口，奄奄一息。不，現下應該已嚥氣。」

「小朋友？你是指三谷二郎？」

「對，沒錯。」

「木島刑警、湯本，晚點再繼續爭論吧。我們得先趕過去，這次換三谷了。」

治良右衛門說著，旋即往外衝。佝僂的宗助連忙追上，木島刑警則揪著湯本讓次的胳膊緊跟在後。

「他是在哪遇害的？」治良右衛門邊問道。

「旋轉木馬那裡。他在木馬上遭到射殺。」宗助回答。

四人奔出迷宮，到旋轉木馬處一瞧，十幾名僕傭聚在一起，吵鬧不休。

「三谷還活著嗎？有沒有去叫醫生？」

治良右衛門一出聲，所有人紛紛讓路，七嘴八舌地應道：

「他撐不住，剛剛斷氣。」

眼前，二郎以跌落木馬的姿勢，雙手抓著地面一命嗚呼。

「為何不抱他到床上？任他倒臥在地未免太可憐。」治良右衛門掃視僕傭，忍不住斥喝。

「啊啊，治良，現下不是在意這種事的時候，慘死的可不止三谷。」治良右衛門的女友木下鮎子衝出群眾，哭喪著臉提醒。

「不止三谷？究竟怎麼回事？」治良右衛門極為震驚。
「折枝摔下飛行船不治，大野接到消息，立刻趕去了。」
「咦、咦、折枝？」
眾人聽到這噩耗，登時啞然失聲。

## 日記與望遠鏡

換句話說，這天早上，治良遊樂園裡幾乎同時發生三起命案。原田麗子在迷宮中央、三谷二郎在旋轉木馬上、人見折枝在飛行船內，分別遇害。

這群同好總是賴床，只有三谷一向早起。今天，他如常在清晨六點左右離開臥房，四處漫步。經過旋轉木馬時，他一時興起，想乘坐一會兒，便自行啟動開關。機器開始轉動後，他隨即跳上其中一頭木馬。

於是，幾十頭姿態迥異的木雕裸馬搖頭晃腦，喀啦喀啦地旋轉起來。三谷手持韁繩，屁股前後擺動，吆喝著與裸馬競賽。

木馬館附近自不必提，觸目所及處皆無人影。唯有清爽的晨風嘶嘶撫過臉頰，連鳥的啁啾鳴囀都聽不見。

但旋轉十圈左右後，一道銳利呼嘯「咻」地打破寂靜，二郎感到一陣彷彿被棒子刺中的強烈衝擊。

「哇！」他慘叫出聲，摔落地面。然而，即使呼喊「是誰」，也毫無回應。不可思議，簡直匪夷所思。放眼望去空無一人，子彈卻不知從何處竄出，精準射穿少年的胸膛。

一小時後，木下鮎子與餌差宗助才發現奄奄一息的二谷。他們抱起渾身染滿血跡與泥巴，髒得像怪物的少年。

「是誰？是誰開槍的？」聽見詢問，少年氣若游絲地微微啟唇：「不曉得……日記、日記……」隨即癱軟，無力再開口。於是，宗助將現場交給鮎子，匆匆前往稟報主人。

「日記是指二郎每天寫的雜感吧。讀過後，或許能發現一些線索。」鮎子機敏地推敲。

「妳知道日記收在哪裡嗎？」木島刑警耳尖地聽見。

「嗯，約莫放在他臥房的書桌抽屜。」

「方便立刻帶路嗎？我想盡速調查清楚……喜多川先生，請先去查看另一名死者，我隨後就到。」

於是，刑警與鮎子前往二谷的房間，治良右衛門則領著兩、三名僕傭趕向飛行船。

飛行船繫在遊樂園一隅的小山丘上。隨著距離逐漸接近，可清楚看見垂至地面的其中一座繩梯斷裂，不復原狀，徒留一側的繩索勉強繫住船身。

「哎呀，繩梯斷了。」治良右衛門沉吟道。

來到現場一看，另一群圍觀的僕傭形成人牆。

「大野？大野在嗎？」

聽到治良右衛門的呼喊，雷藏走出群眾。

「啊啊，喜多川，你瞧，這未免太淒慘。」雷藏哭喪著臉說。

順著他所指之處望去，折枝的屍體就倒臥在地。的確，情狀慘不忍睹。折枝形同被使勁砸下的肉包，屍身陷進地面，當場血肉模糊。

「咦，她拿著望遠鏡。」

「嗯，她在欣賞四周景色。然後，踏著繩梯打算下來時，倏地如子彈般墜落。」

「你親眼目睹的嗎？」

「不，否則我絕不會見死不救。據說是廚房大嬸的小兒子目擊到的，就是這孩子。」雷藏手輕放在一名六、七歲男孩頭上解釋。

「對不起，由於是小孩說的話，我壓根沒當真，沒想到真發生這麼恐怖的事……」

男孩的母親不停道歉，治良右衛門未多加理會，逕自撫摸掛著鼻涕的男孩的頭，詢問：

「乖孩子，這個姊姊在飛行船上拿著望遠鏡，是嗎？」

「嗯，她看得很專心。」男孩的回答意外明確。

「她在看哪裡？」

「那邊。」男孩指向那座殺人迷宮。

「是嗎？確定沒錯吧？」

「嗯，大姊姊一直望著那邊。」

「大野，折枝或許是在飛行船上研究迷宮構造。從上方觀察，迷宮的設計一目瞭然。」

「但一大清早的，她這麼熱衷嗎？」

「不，搞不好她撞見麗子被殺的情景。大嬸，那是啥時的事？」

「小孩跑回來嚷嚷著有人墜地，大概是六點左右。」

「六點……說不定真是如此。」

「小朋友，然後呢？大姊姊有沒有嚇一跳？」

「嗯，她嘴巴張得大大的，像說了什麼，接著就急忙想下來。」

「像說了什麼……可是，飛行船上不是只有她一個人嗎？」

「嗯，只有她一個人。」

「那她怎麼會說話？啊，我懂了。小朋友，大姊姊是張大嘴巴喊叫，對不對？叫著『哎呀』或『救命』。」

豈料，男孩竟面露為難，陷入沉默。

「嗯，好乖、好乖，這問題對小朋友來說太困難。不過，大野，我似乎沒猜錯。小朋友，然後呢？」治良右衛門繼續道。

「然後繩子就斷掉了。」

「為什麼？」

「不曉得，繩子突然斷掉，大姊姊便倒栽蔥般『咻』地摔下。速度非常快，快到差點看不見。」男孩興奮地描述，好似在炫耀。

這是偶然嗎？其中會不會隱含恐怖的意圖？幾乎同時，園裡發生三起橫死案，若真是巧合，未免太過離奇，恐怕不是單一事件。一連串血腥命案背後，是不是出於相同的動機……同一名兇手，是不是潛伏在暗處？

## 嫌疑犯

這天早上，幾乎同一時刻，麗子在迷宮中央、二郎在旋轉木馬上、折枝自飛行船上墜落慘死。殺害麗子的凶器，與智滿子的相同，一郎是一槍斃命，折枝則是下飛行船時繩索斷裂摔死，但或許是有人為謀害她而蓄意動的手腳。

不，不是「或許」，大家很快就會曉得這是不爭的事實。

待警方和調查人員前來驗屍，並將亡者搬進室內後，飛行船在木島刑警的提議下迫降地面，以便檢查繩梯的裂痕。

巨大的銀色飛行船放掉空氣後，像團水母般攤平在地上。

「果然如此。請看，這樣的切口絕非自然斷裂，而是遭某種利刃割開。」

眾人紛紛靠攏，仔細一瞧，沒錯，確實是一刀割斷的痕跡。

「但折枝不可能自行切斷繩梯，由此推論，兇手一定在飛行船上。可是，男孩，及聽到男孩的話嚇得跑出來探看的廚房大嬸，都說折枝跌落後，上面空無一人。而我趕到時，離折枝摔落不過兩、三分鐘，現場也確實沒瞧見任何人。那麼，繩索究竟是什麼時候、被誰以何種方式切斷的？」失去女友的大野雷藏面色蒼白，困惑地提出質疑。

「關於這點，我也在苦苦思索。」木島刑警意味深長地回答，似乎已有所領悟。

接著，眾人回到宅邸的某個房間，接受檢察官的訊問。若要詳細記錄，實在太冗長，僅擷取重點。

首先，眾人依三谷的遺言，調查他的日記。

「今晚我在山下碰到一臉蒼白的麗子姊，便關心她是怎麼回事。她要求我不能告訴別人，接著要我好好記住，假如她不幸身亡，兇手就是讓次哥，到時一定要通報刑警。真是奇怪。」

日記上寫著這樣的內容，之後是二郎對這次犯罪的感想：

「似乎沒人發現，但插在智滿子姊胸口的那種短刀，讓次哥擁有許多把。我一開始就懷疑有前科的讓次哥，兇手果然是他。聽了麗子姊今晚的話，感覺我的想法愈來愈可信。是不是該把這件事告訴大家？可是麗子姊不准我洩密，我不想違背她。啊啊，怎麼辦才好？」

單是在迷宮中央描繪麗子屍體，湯本讓次就涉嫌重大，如今又有日記證實，他已無法狡辯。

事件發展至此，所有人皆深信讓次就是兇手。儘管動機不明朗，加上一個人要同時在相距甚遠的不同地點（其中一處是高空的飛行船，一處是複雜的迷宮），犯下三起命案，總覺得猶如天方夜譚。但除此之外，大夥都認定讓次是頭號嫌犯。

檢察官傳喚讓次，嚴厲地進行盤問，無奈他堅稱一無所悉。

緊接著，檢察官也訊問治良右衛門、木下鮎子、大野雷藏、餌差宗助等，卻未有任何斬獲。

經調查得知，案發當時，治良右衛門一如往常待在摩天輪的包廂，鮎子與雷藏各自在宅邸內的房內呼呼大睡，且皆有證人，毫無可疑之處。

佝僂的餌差宗助一向早起。他照例五點多就起床，而後在園內巡邏。不過，園區不乏山河，範圍廣闊，因此犯罪發生之際，他在哪裡、做些什麼，沒人目擊。換句話說，他的不在場證明難以成立。

另外，值得留意的還有負責燃放煙火的K男，他也接受了檢察官的偵訊。

「你說清晨六點時在放煙火，可是一大早的，有這必要嗎？」檢察官問。

「呃，這是我的工作。每天早上六點到傍晚六點，不停施放白晝煙火是我的職責所在。」四十多歲的K穿著髒汙的工作服回答。

「這是園長的交代嗎？」

「是我吩咐的。」喜多川治良右衛門接話。「如你所知，這是座舉世無雙的遊樂園，就算一早就煙火燦爛，也沒什麼好驚訝的。我們非常熱愛那『砰、劈里啪啦』的熱鬧聲響，及其爆炸時灑下的氣球雨。」

檢察官苦笑著轉向K，繼續問道：

「今早六點左右，有沒有看見可疑人物？你的煙火筒應該就放在迷宮後面吧？」

「沒人來我工作的地點。別提可疑人物，一整個早上，我連個人影都沒見著。」

「迷宮內沒傳出尖叫嗎？」

「哦，我也沒聽見任何不尋常的聲響。或許不巧被煙火的爆炸聲掩蓋，才未傳進我耳裡吧。」

問完負責煙火的K，偵訊也大致結束。最後，仍沒查出足以否定湯本讓次是兇手的事實。

藏在地下血池地獄旁的十幾把短刀，與二郎的日記皆被警方視為證物扣押。理所當然，身為唯一的嫌疑犯，湯本讓次立即遭到拘捕。

## 大鯨魚的心臟

木島刑警並未隨檢警人員離開。一方面是局長的命令，另一方面是他不相信命案就此解決。

這天午後，他獨自在園裡閒晃。

一回神，面前橫亙著一座塗得漆黑、宛如灰泥小山的物體。一片黝黑中，僅一塊汙漬般的白點相對醒目。其實，那是這頭怪獸的眼睛。人造大鯨魚細小的白眼正瞪著刑警。

直開到眼睛底下的黑色深穴，則是通往鯨魚體內的入口。刑警非常清楚內部景象多麼難以想像，那是連大人也會深受吸引的詭奇童話世界。

於是，一時心血來潮，刑警忍不住踏進鯨魚體內。從黑色深穴走入大鯨口中，赫然出現令人毛骨悚然的凹凹凸凸大喉嚨。由此延伸出勉強僅容一人行經的食道，直通向胃袋。

四周未見任何燈具，光源全藏在內臟纖維裡，透過青黑色黏膜，宛若陰天幽光籠罩著前方。而青黑色的透明黏膜上，猙獰的血管與神經如黑色河流般縱橫交錯。胃袋的一部分赤紅潰爛，裂開約三尺的洞窟，可從此處進入體腔。木島刑警便沿路步出胃袋。

外面是廣闊的紅褐空洞。緊臨其上，垂掛著令人心驚的巨大光源，猛然一看，好似淺草仁王門的大燈籠。原來是大得嚇人、鮮紅通透的鯨魚心臟。從紅色心臟爬出老樹根般彎彎曲曲的動脈及靜脈，蜿蜒至遠方的腸道。而大鯨魚青黑色的大腸和小腸，就像無數的蛇般糾結纏繞在一塊。

「這不是木島先生嗎？」

某處響起收音機般聽不出來源的話聲。

木島頓時一愣，回頭望去，大燈籠般的心臟下，一條漆黑的影子恍若蠕動的寄生蟲。那是人類。

「誰在那邊？」

「是我，喜多川。」黑影以治良右衛門的語調回答。

「哦，原來是你。你怎麼在這兒？」刑警走近心臟正下方。

「來思考一些事，這顆鮮紅色的心臟總是能夠刺激我的想像力。」

近距離一看，治良右衛門的臉龐紅黑錯落，猶如恐怖的紅鬼。

「哦，想些什麼？」

眼前，木島刑警也化身為紅鬼。大燈籠般的心臟下，兩隻紅鬼竊竊私語。

「當然是這次的血腥命案。」

治良右衛門回答。身處巨大心臟的正下方，聽見「血腥」這個形容詞時，還真有一股腥味衝進刑警鼻腔。

「但不是早就破案？難道你認為湯本是無辜的？」

儘管刑警也不確信命案已解決，一遇上同樣心懷疑惑的人，仍忍不住反問。

「不，倒不盡然……木島刑警，你相信湯本讓次是四起命案的真兇？」

「當然，也只能這麼認定了，不是嗎？」木島刻意強硬地斷言。

「他的確有前科，卻不是會恣意奪走無辜性命的殺人魔。」

「恣意？沒有任何目的嗎？難道你不明白其中的意涵？」刑警當真感到意外。

「咦，你的意思是，讓次有行凶動機？我倒想聽聽你的見解。」治良右衛門直瞅著刑警的紅臉說。

「湯本想從你身邊搶走諸口智滿子，卻遭到無情的拒絕。這構不成動機嗎？」

「哦，你曉得此事啊？」

「我可是個偵探。」木島似乎自覺受辱，有些不滿地回應。

「噢，抱歉。情況確實如你所言，不過……」

「至於麗子遇害，二郎的日記亦能提供解釋。麗子與湯本就像一對夫妻，自然可能發現丈夫犯罪。尤其身為湯本表演特技時的標靶，想必她比任何人都更早注意到殺害智滿子的短刀是湯本的所有物。因此，她才忍不住向二郎傾訴吧。而不出所料，麗子遭同樣的短刀刺殺。」

「原來如此，非常合情合理。那麼，殺害三谷二郎的動機呢？」治良右衛門語含笑意。

「二郎是唯一知曉麗子祕密的證人。要堵住證人的嘴，最明快的方法就是殺了他。」

「這表示，讓次偷聽麗子與二郎的密談？」

「大概吧。否則，他也可能從女友麗子的言行舉止中覺察。」

各位讀者都很清楚，麗子向二郎吐露祕密時，有個怪物般的漆黑人影躲在樹叢後竊聽。倘使那就是湯本讓次，木島刑警的推論便益發可信。

「那麼，人見折枝呢？一大早便到飛行船上，這般心血來潮，以遊樂園的居民來說並不稀奇。不過，她與命案毫無關係，為什麼會遭到殺害？還有，兇手如何切斷高懸的空中繩梯？當時，飛行船上並無其他人啊。」

「你仔細觀察過繩梯的切口嗎？」刑警突然莫名所以地問。

「嗯……」

「切口十分俐落吧？若不是利刃割斷，就是……」

「咦，還有其他可能嗎？」

「子彈。若兇犯是神槍手，能精準射中細繩，或許會留下那樣的切口。」

「從哪裡開槍？」治良右衛門吃驚反問。

「雖然想說是迷宮中央，但再怎麼思索，都不太可能。應該是在近處，例如從飛行船的下方發射，趁四周無人之際逃進森林，便不失為一計。」

「可是，那會有槍聲吧？廚房大嬸並未提到類似的聲響。」

「關鍵是煙火。約莫是一早就瘋狂燃放的煙火聲蓋過槍聲，我今天特地傳訊負責的K，就是要暗示檢察官此事。」

「原來如此，虧你想得到煙火，真厲害。但是，動機呢？讓次為何得殺害折枝？」

「記得折枝拿著望遠鏡吧？從飛行船俯瞰園內時，她碰巧目擊迷宮中央那駭人的一幕，也就是凶殺現場。」

「原來如此，原來如此。」治良右衛門佩服連連。

「兇手達到目的後，一定會四處張望，留心是否被看見，於是發現飛行船上有個拿著望遠鏡的人影。驚恐之餘，兇手奔出迷宮，趕至飛行船下。這樣的推測符合邏輯吧？折枝若盡速離開飛行船就好了，但她大概太過震驚，無法當機立斷。而後，兇手趁她倉皇爬下繩梯時開槍。雖然瞄準折枝，卻偏離目標，命中細繩。畢竟湯本並非能射中在半空搖晃的細繩的神槍手。」

「唔，你的推理可謂合情合理。那麼，三谷二郎是兇手解決折枝後，就同一把槍殺害的嘍？」

「旋轉木馬位於飛行船與迷宮之間，應該沒錯。」

「不過，你找到讓次使用的槍了嗎？」

「很遺憾，還沒，否則就能確定湯本的罪行。可惜，不曉得他藏到哪裡，目前也遍尋不著，但我想只是遲早的事。」刑警胸有成竹地答道。

「可是，即便聽過你的推理，我仍舊難以相信讓次有罪。」治良右衛門依然語帶笑意。

「咦，莫非有其他嫌疑犯？」刑警十分錯愕。

「有一個你不知情的事實。」

「什麼事實？」

「首先發現諸口智滿子屍體的，是大野雷藏與人見折枝。當時，折枝其實看見兇手了，卻擔心隨便說出口會橫生波折，所以只告訴大野，之後她便慘遭殺害。而大野也害怕連累某人，至今保持沉默。」

「人見折枝目擊到兇手？啊啊，怎會這樣，居然隱瞞如此重大的線索。那麼，兇手究竟是誰？」

「不清楚。事發突然，折枝僅能確定對方是身穿西服、個頭非常矮小的男子。」

「個頭矮小的男子？」刑警不禁倒抽口氣。

「提到矮個子，除未成年的三谷二郎外，只有佝僂的餌差宗助。折枝就是憂心讓這兩人蒙上不白之冤。」

「可是，二郎被殺了。」

在鯨魚巨大心臟那詭譎的赤黑光芒下，兩人忍不住面面相覷，沉默好一會兒。

## 餌差宗助

「既然二郎遇害身亡……」

「那麼，只剩那個矮小的男子。」

於是，兩人又陷入沉默。

　　就在治良右衛門的視線前方，沉甸甸坐落著裹在青黑靜脈網裡、氣球般醜陋的胃袋，而幽暗的體內深處，還有大腸及小腸如群蛇盤踞糾纏。

　　雖然是親手設計的，但見識到充塞在黑暗中，恍若放大幾百倍的人體解剖圖般噁心、駭人與脆弱的景象，治良右衛門仍不由得心跳加遽。

　　倘使這些巨大內臟注入生命，猝地怦怦跳動或蠕動，該有多麼恐怖。腦中念頭才剛一閃，便赫然化為現實。咦，胃袋動了起來。這是夢嗎？不，不是，確實在動。這頭大鯨魚活生生地呼吸著，且在消化食物。紙糊的胃袋不正緩緩蠕動？怎麼可能，是做夢吧？不過……

「你發現了嗎？」治良右衛門輕觸刑警的腰際低問。

「嗯。」木島刑警目光帶著猛獸般的警戒。

「剛剛在動吧？」

「對，是你設計的機關嗎？」

「不，我一頭霧水。那個胃袋是固定式的紙糊道具，不可能會動。」

「那麼，難道……」

　　刑警實事求是地立即著手調查，帶頭走向黑暗的胃袋。

「這種東西根本沒辦法進行消化作用。」

　　刑警敲打被顏料塗得黏糊糊的胃壁。

「有人躲在裡面。喂，是誰？出來。」

刑警似乎有所察覺，猛地衝進胃袋。

「哇！」一道慘叫迸裂而出，某個難以形容的醜怪生物竄過刑警的阻攔，逃也似地鑽進鯨魚腸管形成的迷宮。

「喜多川先生，請繞到那邊，我從後方追趕。」

木島一副在捕抓兔子似地大吼，奔進腸道。

黑暗中，只聽得見腸道破裂的聲響、怪人竄逃及刑警追逐的凌亂腳步聲，及呼吸聲。水泥皮膚的大鯨魚彷彿腹痛如絞，四處打滾。

「糟糕，木島刑警，他逃走了。他鑽過我的袖子底下。在那裡，在食道那邊。」

治良右衛門不住叫喊，冷不防往前衝。他穿過心臟，撥開紙糊的肺臟，跑向食道那隧道般的幽暗小徑。

眼下的怪物個頭矮得出奇，卻敏捷得像隻猴子。他能挺直穿越天花板極低的隧道，而兩名大男人則得屈著身體、不斷撞到頭部，拘束地前進，實在不是他的對手。

待治良右衛門與木島刑警總算脫離鯨魚體內，環顧黃昏的森林周遭，怪人早逃得無影無蹤。

「果然如此。」茫然佇立鯨魚外的刑警別具深意地低語。

「我很信任他，這簡直太出乎意料。」喜多川不禁哭喪著臉。

「但你不能否認那是餌差宗助吧？」

「嗯，那種身材不會是別人，可是實在難以置信。」

「看過這個或許就能解開疑惑，我揀到那傢伙逃命時不慎掉落的紙片。」

木島刑警拿出一張紙，上面以笨拙的字體寫著：

即將到來的七月十四日，治良遊樂園嘉年華會當晚，就是殺人遊戲的最終章。所剩不多的成員，終將命喪黃泉。血淋淋的盛大晚會、屠殺節慶的熱鬧祭典，該會多麼精采啊，光想像便興奮不已。不能告訴任何人，這是來自地獄的祕密。人外之境的重大祕密。

「你認得宗助的筆跡嗎？」刑警問道。

「嗯。可是這些字刻意寫得很潦草，我不太肯定。」治良右衛門誠實回答。

「內容提及的治良遊樂園嘉年華會，是真的嗎？」

「是的，在一連串命案發生前，我曾寄邀請函給一百多名同好的紳士淑女。現下，我正考慮中止這次聚會。」

「哼，話說回來，居然選擇如此熱鬧的夜晚犯案，真不曉得兇手動得是什麼腦筋。」刑警的想法依舊相當實際。

「我似乎能明白。」不知為何，治良右衛門面露冷笑。他凝望刑警，舔著嘴繼續道。「從先前的手法看得出，兇手壓根是個冷血殺人狂。原本你視湯本讓次為假想兇手，進行一番考究的推理。然而，如今在沒有湯本讓次的園裡，竟出現剛剛那名神祕人物，對方還遺落一張殺人預告。這下，你曉得湯本不是兇手了吧？此回犯罪，是讓次那種平凡的不良分子遠遠無法企及的狂人奢夢。雖然有些矛盾，但這確實是一樁足堪匹配夢幻治良遊樂園的犯罪。」

「聽起來像在讚美殺人狂。」刑警在逼近的薄暮中，露出興味盎然的神情。

「讚美？嗯，在某種意義上，的確如此。我喜歡射向黑夜的紅煙火，可是，請別把我誤會為殺人狂的同夥。」

「不過，身殘的宗助了解你描述的那種心情嗎？」

「我也很意外。然而，外貌畸形的人，不一定連心靈也迴異於我們，甚或更為扭曲。那傢伙生得一臉和善，內心不知在策畫些什麼血淋淋的美豔惡事呢。」

「那麼，你相信這張詭異紙張上的預告？」

「嗯。做為鮮紅殺人舞會，治良遊樂園嘉年華會將是多麼絢爛的舞台啊……」

# 地底水族館

當晚直到隔天，治良遊樂園進行一場地毯式搜查。而接到木島刑警的報告後，本地警局立刻派遣十幾名警員支援。

警員與園內僕傭組成數十人的搜索隊，各拿著一盞提燈，無論是塔上、迷宮裡、摩天輪的每一個包廂、旋轉木馬、地獄極樂、水族館、遼闊的原野、深邃的森林等處，皆滴水不漏地仔細搜索。遺憾的是，直到天亮都遍尋不著侏儒的身影。

有人認為他或許已逃出園外，但可能性微乎其微。逃離這座遊樂園，那個一眼就會被認出的畸形兒，還能夠藏身何處、到哪裡覓食？形同巨大迷宮的治良遊樂園，對想避人耳目的犯罪者而言，才是最佳的藏身處。況且，七月十四日的重大計畫仍等著他實現。

及至這天中午，疲憊的大夥聚集到遊樂園中心的宅邸。

「中止這場嘉年華會，讓所有人到更安全的地方避難如何？我的意思是，清空治良遊樂園。」局長為排遣憤怒而吼道。

「我們無處可去。就像我一向主張的，這座遊樂園是我們唯一的避難所。我不打算拋下這裡。當務之急是，請再搜索一次。既然已確定兇手的身分，就只差逮捕了。」因睡眠不足而面無血色的治良右衛門，如此請求道。

「你說要搜查，到底要上哪搜查？我們不是已翻遍每一角落？」

「我還有一些線索，他可能躲在某個地點。」

「哪裡？」

「地底水族館。」

「哦，那裡至少調查過十次吧？」木島刑警忍不住插話。

「找的方法不對。我也是前一刻才想起，尚有一處隱蔽的藏身處，殘酷的侏儒或許早一步發現。」

「那麼，請帶路。」局長不甚起勁地應道。

木島刑警及五名警員隨治良右衛門走下地底水族館。

眼前一條水泥長隧道蜿蜒而去，兩側牆壁嵌著幾扇大玻璃窗，厚實的玻璃外可見海底景色。

那當然不是真正的深海，外面一樣是水泥槽，底部鋪著岩石、小石子和泥土，種植許多海草，再放入各種珍奇魚類。除會綻放燐光的海蛇槽外，水上皆設有明亮的電燈，可清楚看見模擬海景的水槽底部，每顆因藍色鹽水層顯得扭曲的小石頭。

「你們找過哪些地方？先前應該從未留意這片玻璃牆的另一側吧？」治良右衛門回頭問六名同行者。

「玻璃牆的另一側不是只有水嗎？再怎麼樣……」

「不，儘管如此，水面上仍有足夠的縫隙，呼吸其間的空氣便可維生。」

六人面面相覷，不禁一陣竊竊私語，恐怕是為兇手太過異想天開的藏身處備感驚愕吧。

「意思是，那個佝僂男泡在水族館的水槽裡，只把臉露出水面，靜靜待著不動？」

「此外已無其他可疑的地方，不是嗎？」

於是，眾人放慢腳步，仔細觀察起每座水槽。

不久，治良右衛門與木島刑警同時在一面巨大玻璃窗前止步。

這座水槽沒有餵養任何魚類，蒐集的淨是一些異形海草，以致整面玻璃就像魔女倒豎著一頭亂髮，形成泥沼般的陰影。即便燈光照射，也看不清楚，真要懷疑的話，這是最可疑的場所。

「這裡頭有大魚嗎？」刑警滿臉不解地問。

「不，全是海草，應該沒有魚才對。」

刑警非常難以置信。「可是，你瞧瞧那搖晃的樣子，那昆布搖晃的姿態。」

仔細一看，在一片黏滑的青黑海草密林中，突兀綻放著一朵白色五瓣花。那白皙的五瓣花狀似海星，貪婪地想抓住海水。

「是手！喂，那是人類的手啊！」

那顯然是人類的五根手指，且歷經垂死前的痛苦掙扎。手指撥開的海草後方，赫然冒出一張血盆大口。那是唯獨嘴巴奇大無比的畸形兒。他瞠著空洞的雙眼，唇齒間瀑布般噴出鮮紅顏料，在水中窸窣吵嚷，不成聲地吶喊。

假如木島刑警會讀唇術，就能從瀕死的餌差宗助那鯉魚般翕動的嘴裡，解出令人毛骨悚然的詛咒話語。可惜，他一點也不懂。

當然，兩人立即繞路趕往那座水槽，但為時已晚。宗助不知遭誰刺穿胸膛、扔進水槽，此刻已然斷氣，靜靜浮上水面。

尋找兇手的情節到此為止。雖然故事發展相當離奇，不太適合玩猜謎底的遊戲。但即使不靠邏輯分析，許多讀者應該已察覺作者刻意隱藏的真兇。不如請讀者自行提出解答。

## 採購大炮

此時，治良遊樂園的成員中，依然存活的已所剩無幾。

先是治良右衛門女友之一的諸口智滿子，接著是湯本讓次的女友原田麗子，再來是美少年三谷二郎，而後是大野雷藏的女友人見折枝，如今則是佝僂男餌差宗助，他們陸續慘遭神祕的手段殺害。

飛刀高手湯本讓次一度涉嫌重大，但事實證明他是無辜的。從拘留所釋放後，他便返回園中。

名偵探木島刑警搬進園區，日夜竭力搜查，可惜至今仍未找出蛛絲馬跡。他碰巧撿到像是凶殺預告的紙張，認定餌差宗助最可疑。不料，欲加逮捕之際，宗助卻在水族館的水槽裡化為慘不忍睹的浮屍。

截至目前，兇手到底是誰，依舊毫無頭緒。感覺兇手似乎很隨性，見一個殺一個，如捏死蟲子般殺害園裡的人。既從未示警，也找不到非殘殺他們不可的動機。一連串的命案營造出神祕莫測、駭人驚悚的瘋狂之感。

唯一確定的是，兇手不可能從園外入侵。不論地形或構造，遊樂園都如同要塞般堅固。那麼，是內部的人嗎？僅存的成員只有園長治良右衛門、其女友木下鮎子、大野雷藏及湯本讓次，兇手真的在其中嗎？

此外，還有幾十名僕傭，但他們全經園長精挑細選，宛若機器人般忠誠而愚鈍，實在不可能藏有精明如怪物的殺人狂。只是，園裡人數眾多，難保不會混進戴假面具的血腥人魔。

這些姑且不論，遊樂園的嘉年華會——那荒誕的活動節日即將到來。當天便是隱形殺人狂預告「殺人遊戲的最終章，是夜所剩不多的成員，終將命喪黃泉」的日子。

就算是嚇唬人的威脅，也沒必要冒著喪命的風險，堅持舉辦嘉年華會吧。各位讀者想必這麼認為，警方也持同樣的看法，並找來園長治良右衛門商量，奉勸他中止活動。無奈，治良右衛門根本不願妥協，而倖存的三名成員亦支持園長的決定。

「這場嘉年華會可說是當初建造治良遊樂園的終極目標。一旦半途而廢，投注的數十萬資金等於完全白費。你們這些現實主義者或許不懂，但我們是厭倦塵世、只憧憬美麗的夢想、活在夢境裡的人種。只要能做美夢，即便失去性命，也不會感到遺憾。何況，放話要在嘉年華會當日進行屠殺，不過是危言聳聽。真想殺人，誰會事前預告？」

園長等眾成員反對的主因大致如此。

「聽說屆時將聚集上百名賓客，不是嗎？而且也得考慮到僕傭才行。不管你們覺得再好玩，為了大多數人的安全……」警察局長依舊不死心地提出忠告。

「不，這些賓客皆與我們懷抱相同的生活態度，僕傭甚至比我們期待嘉年華會，更別提準備工作已大致完成。實際上，今天大炮應該就會送達。嘉年華會若臨時取消，那座所費不貲的大炮，豈不是白白浪費？」治良右衛門如此主張道。

「咦，你說什麼？大炮？」警方人員一聽，全瞪大眼睛。

「哦，沒啥好驚訝的，我又不是要打仗。喏，各位也曉得往昔有『人類大炮』[1]的表演吧？我指的便是這類玩具大炮。口徑約十二吋，只不過炮彈換成巨大的軟木球，射程僅一町遠。」

「訂製這樣的大炮有何用途？」

「當嘉年華會的餘興節目啊。我們想搭建巨人射擊場，類似都會區遊樂場裡常見的射擊場。前方堆放敷島牌和蝙蝠牌香菸[2]，射中就可領到獎品。」

談話的內容愈來愈像置身夢境，治良右衛門的眼神明顯逐漸迷濛。

經過一番爭論，最後依治良右衛門與其他人的堅持，時機尷尬的嘉年華會按原計畫舉辦。畢竟園長是當地豪紳，朋友中又不乏有權勢的政治家，警方不得不讓步。最棘手的是，為加強戒備，嘉年華會當天得派遣幾十名員警駐留遊樂園。而治良右衛門亦命令所有僕傭，務必為這奢華的饗宴做好萬全準備。

這天，治良遊樂園唯一的入口、漂浮著那艘平底小舟的水門，果真如期送來一

1 一般馬戲團表演的「人類大炮」，是把人類當成炮彈，從大炮發射出去，並非本篇中描述的「人類標靶」。

2 敷島牌是專賣公社於1904年發售的國產附濾嘴紙卷菸，二十根入，1926年定價八錢。1928年的生產量為67億6千萬根，是人氣僅次於朝日（115億6千萬根）的香菸品牌，1943年停止販售。蝙蝠牌是黃金蝙蝠牌的簡稱，為1906年發售的大眾香菸。1941年改名為「金雞」，但在1949年恢復原名，直至今日。在此命案發生當時的1926年，一盒要價七錢。

項巨大的貨物。是大炮，巨人射擊場的大炮，其造型與野戰中使用的真正大炮毫無差異。這座附有牛車般的大車輪、泛著青黑色懾人光芒的鋼製大炮，被搬上木筏，飾以假花，如神轎渡河般溯溪而上，運往園中央的大草原。

大炮旁邊，堆疊著足球大小的軟木炮彈，簡直像巨人國度的居民賞月時吃的甜點糯米丸子。

「這大概是嘉年華會最有趣的餘興節目。那座山丘上會排一列等身的活人偶，而後賓客從此處以軟木炮彈射擊。命中目標的瞬間，想必會很興奮。獎品若是蝙蝠牌與敷島牌香菸未免太沒意思，不如放煙火代替獎賞。我要在煙火彈中塞滿花瓣，讓五彩花瓣像雪花從天而降。伴隨爵士樂隊震天撼地大聲演奏，香檳酒砰砰噴出泡沫，一片花雨中，大夥在庭院瘋狂起舞，豈不盡興？」治良右衛門情不自禁地抓住其他三名成員，陶醉地描繪著計畫中的景象。

然而，眾人隨後便會發現，巨人射擊場不過是這整場狂亂、盛大、華麗的嘉年華會裡，最不起眼的一幕。

# 小舟之歌[1]

嘉年華會當天終於到來。幾乎是從日本各地群聚而來的獵奇紳士淑女，前晚便在附近的Y市度過一夜，並準時於正午時分，三三兩兩地抵達那座綠樹拱門旁。

拱門下，平底小舟載著裝扮極不尋常的船夫，漂浮在如鏡的青綠水面。

船夫有兩名。一是在船首操槳的少女，一是坐在船尾、抱著吉他的少年。少女一身純白羽毛衣裳，少年則裹著一襲鮮紅羽毛衣，令人錯以為是一對紅白相間的美麗水鳥，迷失在小舟上暫時歇腳。待早到的三名紳士淑女乘上小舟，少女手中的槳便靜靜划過水面，小舟隨之緩緩滑進細窄的水淵。

「小姐、少爺，這身打扮真是出色呀。」

蓄著齊整短鬚的年長紳士微笑稱讚船夫。

「少爺，那是樂器嗎？請彈奏一曲吧。小姐，方便邊划槳邊唱歌嗎？」

十七歲的男孩與十八歲的女孩回望紳士，雙雙回以可人的一笑。隨後，靜默無語中，少年彈起吉他，少女則微啟鮮紅的唇。小舟之歌配合沉靜的划槳韻律，流過水面。

「夢之國！噢，我們來到夢之國哪。這首搖籃曲的意境實在太美了。」紳士唱和

1 原文為「ゴンドラの唄」，發表於1915年，由吉井勇作詞、中山晉平作曲，曾風靡一時。

似地，以溫柔的男低音不住讚賞。

「那名樂手真是可愛。」黑色洋裝的淑女也以悅耳的女高音應和。

兩岸漆黑的樹葉層層疊疊，覆蓋高空，濃綠樹牆上點綴著鮮紅山茶花，宛若斑斑滲出的血跡四處綻放。天際一片陰沉，抬眼望去，恍若掛在遠處的毛玻璃。

拂過水面的微風，輕輕吹送著船首少女的芬芳體香及清朗歌聲。

渾然間，兩名紳士已移到樂手身側，自兩邊摟住少年柔軟的肩膀。淑女則坐在少年前方，毫不厭倦地凝望他的粉紅臉頰。

船頭的少女忘我地獨自吟唱，身體愈搖愈起勁，划槳速度亦逐漸增快。小舟化身為水中小蟲迅速前進。每一划動，槳所席捲的輕風便拂起一、兩根少女身上的純白羽毛，送向空中。隨著舟速加遽，吹下的羽毛愈來愈多，竟化成不合時節的雪花，片片往後飛掠。

脫落的羽毛下，依稀可見古銅膚色的少女汗水淋漓，肌肉緊繃。

小舟之歌愈唱愈高亢，持槳的手臂及腹背的律動益發激烈，殘存的羽毛全數揚起。看啊，在純白天空襯托下的全裸少女站姿。

不識羞恥的樂園少女依舊奮力划槳，並轉身回望船尾的少年。

「音太低，再調高點、要更激昂。」

聽到少女的指示，少年倏然站起，亦露出皓齒高歌，同時輕輕搖晃身軀，忘情地彈奏吉他。

少年身上的鮮紅羽毛飄舞，而底下米開朗基羅般的曲線❖1懾人心魂地若隱若現。全裸的兩名船夫邊歌唱、彈奏、舞動邊划舟。平底小舟巍巍顫顫地搖擺，左右晃蕩著不斷前進。

三名紳士淑女各自緊攀船尾，沉醉在激情的夢境裡，陶陶然痴望眼前兩道舞動的曲線。

不久，小舟抵達港口。

只見幾十名裸女蠕動著以背部搭成詭異的棧橋。賓客踩踏著比毛毯更柔軟、溫暖的棧橋上陸後，數個身穿紅白相間小丑服的男子捧著衣裳等在一旁。

「歡迎，園長正恭候各位大駕光臨。好了，請更衣吧。」

「咦，什麼？更衣？」年長紳士詫異地反問。

「是的，今天的貴賓都得換上特別為這場嘉年華會裁製的服裝。」

「哦，夢之國備有夢的衣裳嗎？」紳士總算信服接過。

攤開一看，是件絹絲粗網上綴滿金銀彩球、猶如專為舞者訂做的舞台裝。

「要穿上這個？」

「對。」

「直接套在襯衫外？」

1 米開朗基羅（Michelangelo Buonarroti, 1475-1564），義大利文藝復興時代晚期的雕刻家、畫家、建築師。留給後世的雕刻作品包括〈聖殤〉、〈大衛像〉、壁畫〈最後的審判〉等，但此處作者應是聯想到〈垂死的奴隸〉等美少年像。

「不，您身上所有衣物，都由我們保管。」

「可是……」

「這是園長的吩咐。」

於是，眼前出現三名來自夢境的男女舞者。閃閃發光的粗網中，異常清楚地透出裡面或豐滿或瘦削或水嫩的肉體。頭上則戴著結滿彩球的三角帽。

他們彼此扶持，高聲唱起小舟之歌，並依循指示，舞動著赤裸的臀部，爬向前方山頂。登頂的剎那，三人不約而同發出驚呼。

「嗚啦——！嗚啦——！」

山的另一頭，舉目望去竟是一片真正教人驚愕、難以形容的癲狂之國景象。

## 地上萬花筒

從小山俯瞰治良遊樂園，眼下呈現的是一幅狂人的油畫。畫中灑滿各種形狀、各種色彩，實在目不暇給。那景象猶如大得驚心動魄的萬花筒轉個不停，既駭人又絕美。

兩顆熱氣球分飾詭譎的太陽與月亮，掛在場內的東西兩方，五彩紙帶自其上撒落，化為縷縷雨絲。

煙火毫無間歇地爆出聲響，一尺多的紙球在空中炸開，五顏六色的紙雪花漫天飛舞。

當中，塗上紅漆的巨型摩天輪，恍若巨人國的風車不停旋轉。肖似淺草十二階的摩天閣往場內四方拉出萬國旗，每扇窗都有鮮紅旗幟探出頭隨風飄逸，宛若火焰熊熊燃燒。

帕諾拉馬館的圓屋頂，像兒童玩具般被塗得紅藍相間。而樹林彼方若隱若現的紫色物體，則是那頭水泥造的大鯨魚。

地底，水族館的魚類與地獄極樂的活人偶各顯狂態，失控地手舞足蹈。

除卻這些令人眼花撩亂的裝飾與色彩外，以煙火聲為太鼓伴奏，音樂彷彿就要摧毀整座治良遊樂園，震耳欲聾地不斷鳴響。

遠方山丘下、森林裡、近處的建築物窗戶、池畔，各有數名或數十名成員的樂隊，恍若叢生的毒菇，頂著紅、黃、藍等鮮豔色彩，響徹雲霄地合奏旋律令人懷念的頹廢樂曲。

山丘綿延至遙遠地面的軌道上，換穿彩球小丑衣的三名賓客搭著小舟般的滑行台座，憑藉水流前進。

只見空中小舟在傾注的繽紛雪花中，乘著鳴響的樂音，或橫倒、或逆轉、或翻滾，以令人屏息的速度向前、滑行、翻騰、衝刺。綴滿彩球的金銀衣裳及女客的髮絲在後頭呈一直線飛揚。

「好痛苦，救命啊！」

風吹散陣陣尖叫聲，小舟瞬間抵達軌道終點，賓客根本不及反應，紛紛被拋向沙地。三個金銀肉球頓時裹滿泥沙。

「哎呀，歡迎光臨。我恭候已久。」

回過神，園長喜多川治良右衛門正逐一扶起三人，為他們拍掉身上的沙塵。

「請看，這是治良遊樂園的射擊場。來賓差不多已到齊，等會兒大家可一起試射軟木炮彈。標靶是對面山丘上的人偶。」

眼前坐鎮著一門附有車輪、巨大但舊型的沉穩大炮，還裝點得五顏六色以做為偽裝。

大炮旁則是一座丸子般的軟木球堆成的小山。對面山丘上，襯著白色天空，並排約十尊人偶。

「哦，挺有創意。要用乍看和足球沒兩樣的軟木球，射倒稻草人偶吧。那麼，獎品是什麼？淺草公園的射擊場，獎品好像是蝙蝠、朝日及敷島牌香菸。」年長紳士一臉打趣地問。

「獎品？哈哈哈，你真會精打細算。有的，獎品很豐盛，非常豐盛喔。」

迥異於嘉年華會的氣氛，治良右衛門穿著一套警察制服，貼著威風的八字鬍。雖是這身打扮，卻如服務生低聲下氣地與賓客交談，更予人一種癲狂之感。

未久，第二艘、第三艘空中小舟陸續滑落軌道，渾身沾滿沙塵的賓客十名、二十名地逐漸聚集到場。

他們全被迫換上表演服，但以三人、五人為一組，款式及顏色各有巧妙。有些是色紙製的造型鎧甲，有些是可看透全身的薄紗衣，有些是夏威夷土人的棕櫚裙，有些則是亮眼的時髦泳裝，此外還有各式繽紛的、廉價的、俗麗卻又天真的扮裝。

在這些乳房袒露、臀部乍現的半裸男女之間，只見一名男子宛若異端，一身突兀的打扮。他頭上綁著骯髒的手巾，在鼻子下方打結，穿著細格紋和服，還綁著三尺帶[1]，臀部衣襬捲起挾在腰帶裡，腰際懸掛一把九寸五分的短刀。

「啊，你費不少心思呢。刑警變裝成竊盜，果然別出新裁。」

身穿員警制服的治良右衛門將佩劍弄得鏘鏘作響，隨手拍拍木島刑警的肩膀讚賞道。若不知情，還以為是真正的警察在逮捕竊盜。

「哈哈哈哈，你滿意嗎？為了徹底融入嘉年華會，我可是傷透腦筋……不過喜多川先生，你的扮裝不也是種創舉？我的風采都被你搶走啦。」

「哦，你趕緊逃吧，我要追捕你。不如來玩場官兵捉強盜的遊戲吧，哈哈哈哈

1 男性和服專用的簡便腰帶。

哈。」警察治良右衛門開玩笑地說。

廣場上，十幾名客人圍著軟木球大炮，忍不住好奇觀賞。

「有沒有人要射擊？用這些軟木炮彈射倒對面山丘上人偶的賓客，會有大獎喔。」警察治良右衛門一臉笑意，殷勤慫恿眾人。

「我來。我可是個神射手，連東京淺草公園的射擊場小姐看到我都不禁皺眉。」一名紳士走上前，繞到大炮後面。

「炮彈已填充完畢，瞄準後拉下繩索即可。」

紳士雙眼靠在炮身上，與射擊場的空氣槍一樣，瞄準前方山丘右邊的人偶，接著拉動繩索。於是「咚」地一響，他竟一屁股跌坐在地。發射的反作用力促使大炮猛然往後衝。

只見自炮口射出的軟木球以肉眼看不清的速度飛了出去，而後「咚」地擊中右邊人偶的胸口一帶。

人偶遭球擊倒，雙腳朝天摔向山丘彼端，消失無蹤。此時，人偶原本站立的地點忽然冒出幾百顆色彩繽紛的氣球，恍若剛剛被射殺的人偶靈魂倏地升騰。下一剎那，慶祝命中的煙火隆隆發射，在雲間發出劈里啪啦的聲響，五彩雪花更是激烈地傾灑下來。

# 地獄谷

小丑人偶倒下、鬼人偶倒下、女幽靈人偶倒下、三眼妖倒下，人偶接連遭軟木球擊中，消失在山丘後方。

每當擊中，白晝煙火便「咚」地升空，而後繽紛雪花漫天降下，喧鬧的音樂響徹雲霄。

「接著，由我代替人偶。誰來射擊我，來打倒我這警察吧。」

扮成警察的喜多川治良右衛門填充炮彈後，奔往山丘，全身挺立偽裝成人偶。

「好，我先攻。沒問題吧？」

剛剛在另一處帳篷的酒吧喝了幾杯香檳，身穿英勇紅鎧甲的青年滿臉泛紅，威風叫喊。

「這可是炮彈傳球遊戲。好，請投球吧。要瞄準啊。」治良右衛門大聲吼回去。

鎧甲青年慎重瞄準後，「咚」地拉扯繩索。軟木球綿綿飛向空中，往山丘游移。

「好球！」

只見警察治良右衛門屈著腰，在胸前接住軟木球，高聲應道。

掌聲赫然響起，煙火「咚、劈里啪啦」再度響徹天際，五彩雪片四散飛舞。

「這次請在場的各位擔任捕手。由你們代替人偶並排在山丘上，輪到我當投手。」奔下山丘的治良右衛門繼續發號施令。

此時，場內四處瀰漫嘉年華會的酒氣，設於各處帳篷的酒吧裡，開香檳的砰砰聲不絕於耳，且不斷有紳士淑女醉得雙頰酡紅。

聚集在大炮旁十幾名男女也都醺醺然。即便滴酒未沾，煙火與音樂亦蘊含醉人的力量。

「什麼，要我們代替人偶當標靶？哈哈哈哈哈，有意思。各位，我們朝山丘前進吧。」

鎧甲青年口齒不清地邀約眾人，搖搖晃晃地領路。

身穿小丑服的老人、僅一片薄紗蔽體的夫人、穿泳裝的少女、披紅斗篷的鬥牛士，亦奮勇追隨。其餘猶豫不決的賓客，則被音樂及治良右衛門催促著跟上。

十個人類標靶在炮口前一字排開，卻左右搖晃得相當嚴重。

炮手由警察治良右衛門擔任。「我要發射嘍，不如從右邊那位女士開始。」

「好，來吧。你看著，我會接住的。」

醉醺醺的美豔貴婦叉開透明薄紗下的腿，未戴手套的雙手似楓葉般張開，勇猛而嬌媚地宣告。

不料，只聽到「啪」地輕脆聲響，身為標靶的薄紗夫人兩條白腿劃過半空，翻跌至山丘另一頭。

「喂，那是空包彈吧？根本沒瞧見球啊。」緊鄰的鎧甲青年口齒不清地質問。

「不是空包彈，是球速太快看不清。」

治良右衛門回答的同時，又響起「啪」地一聲，鎧甲青年隨即翻覆。

而後，泳裝少女、小丑老人、紅斗篷鬥牛士，也像遭機關槍連續掃射，啪啪啪地消失在山丘彼端。一眨眼的工夫，地平線上的十個標靶全一掃而空。

炮手不知何時填充炮彈的，而炮彈又不曉得是何時射出的，一切快得目光根本跟不上。

氣球不斷地向上飛騰，煙火也接連綻放，傾瀉而下的雪花與飛升的繽紛氣球在空中交錯衝撞。

「哇哈哈哈哈哈，好玩，太好玩了！」

治良右衛門孩童般雀躍。接著，他離開大炮，奔向另一邊的群眾。依稀可見他右手中某個物體隱隱發亮，恍若閃爍著銀光的彩虹。

×　×　×

此時，空蕩蕩的大炮旁，佇立著一名神情疑惑的男子。他是打扮成醜陋竊盜的木島刑警。

「有沒有搞錯，那麼多朋友剛慘死，命案的血腥味都還未散去，竟然就大肆狂歡，簡直沒人性。」

刑警全然無法理解遊樂園居民的處世態度，只覺得他們是異世界的人類。

「那些自願擔任標靶的傢伙也有問題，都多大年紀了，還自以為是人偶，甚至作勢滾落……不過，他們在山丘另一頭幹嘛？居然沒人爬上來，真反常。總不會每個人都醉倒，索性就地入睡吧？」

木島有些在意，遂緩緩走上山丘，自山頂窺看彼端。

「哎呀，根本是打翻的玩具箱。」他忍不住自言自語。

山丘另一側的低崖下，果然極像翻倒的玩具箱，色彩繽紛的十具人偶與十名男女雜亂地四處跌躺。

這情狀美得令人戰慄。真正的人類與栩栩如生的人偶手腳裸露相疊，彷若蘿蔔散落一地，看起來異常華麗。

在透明薄絹的掩蔽下，隱約可見十八歲少女的乳房、四十歲女人肥胖的臀部，以不知羞恥的姿態倒臥，一動也不動。

紅鎧甲武者則如五月兒童節的娃娃橫躺，裝飾用的尖帽子與蒼白的臉龐無力垂落。

「怎會美得這般驚心動魄？」

當下，刑警不明白箇中緣由，困惑地直眨眼。

不一會兒，他赫然察覺這不可解美景的不對勁之處。十個人與十具人偶，盡皆染上腥紅的血糊。人偶不可能流血，但十個活人無一倖免，每個人的胸口或腹部都淌出血。是鮮血將白皙的肉體、黃色的肉體、怪異的衣裳及人偶的肌膚暈染得豔麗無比。

如夢般耽美，如夢般不真實。刑警懷疑自己看錯，特地跑下山丘查探，親手觸摸那淋漓血糊。即使目睹沾附指尖的鮮紅黏稠液體，他依然難以置信。

在場眾人所受的傷，絕非軟木炮彈造成，明顯可辨識出手槍之類射出的子彈深深陷入體內的痕跡。難怪當時看不見炮彈，難怪逃離的治良右衛門手裡有銀色物體閃閃發光。

他錯過驚叫的時機，只能茫然佇立。

「等一下，那麼，這一連串的命案，兇手正是園長喜多川治良右衛門？莫非那傢伙一開始就打算對朋友趕盡殺絕？而預告要在今天的嘉年華會中進行最後大屠殺的信，也是他計畫中的一部分？這實在太荒唐，壓根說不通。」

然而，他愈想愈覺得這個推論可信。

「若是治良右衛門，身為這座樂園的設計者，舉凡任何機關，他都能預先備妥，當然也可隨心所欲地計畫殺人祭典。噢，原來如此。這下，連續命案的無解謎團總算迎刃而解。那傢伙，禍首就是那傢伙。看看我，從頭到尾扮演的，根本就是個可笑的丑角。」

木島尚未完全自噩夢中清醒，但他強烈意識到職責所在，亟欲逮捕兇手治良右衛門。

於是他振奮精神，繞過山丘，神情嚴肅地奔往治良右衛門適才離去的方向。

## 嗜血的賽跑

當時園內的其他廣場上，眾多來賓正在進行旁人無法理解的徒步賽跑。

共計十名紳士淑女身穿紅白相間的運動制服，胸口別著一到十的號碼牌，朝另一頭的森林終點，邊數著「一二一、一二二」，邊氣喘吁吁地賣力向前跑。

這是場遠距離競賽，總長一千公尺。此時他們已完成九百公尺。

當然，每個人都醉醺醺的，因而比賽過程備感費力。

戴夾鼻眼鏡的紳士，一手按扶快滑落的鏡框，滿臉通紅地吆喝著一馬當先。接著是名短髮婦人，她頗有氣質的容顏醜陋地歪曲，髮絲向後飛揚，邊搖晃三十歲熟齡的乳房和臀部，排名第二。再來是個瘦到不成人形的肺病青年，緊追著他的是臉頰像李子般光滑紅潤的少女，其他選手則相隔一、兩間的距離。而最後一名是胖得像木桶的紳士，顯然索性倒下用滾的速度會更快，他卻屹立不搖，蹣跚前進。值得佩服的是，沒有任何人半途而廢。

配合他們的步伐，競賽路線中的三處，安排樂隊激昂演奏〈親王親王〉❖1。天空不斷上演煙火秀，五彩雪花如大群幻麗的昆蟲傾瀉而下。十名跑者沐浴在五彩雪花中，不時隨腳踹開，景象宛若瘋人院的運動會，選手們不停往前衝。

此時，終點處的兩根柱子間拉起一條白色帶子。一邊的柱子旁，扮成警官的治良右衛門為判定誰是第一名，舉著槍等候。

「喲、喲，七號選手加油，九號選手加油！」治良右衛門激動得跺腳，聲援起選手。

領先的夾鼻眼鏡紳士漸漸逼近終點。由於疲勞，他的雙腿不住顫抖，感覺隨時都會跪倒。

「噢！」最後一刻，他發出野獸般的咆哮，奮力衝向白色帶子。

閃閃發光的寬幅帶子拉得如木棒般挺直，耐心等待第一名的到來。

一間縮短到一尺，一尺縮短到一寸，眼鏡紳士挺出的腹部總算碰到帶子。若是一般的田徑比賽，繩索理應伴隨選手往前的衝勁拉長、彎曲，而後繃斷。緊接著，

1 原曲名〈宮さん宮さん〉，為品川彌次郎作詞、大村益次郎作曲，於1868年發表的軍歌，又名〈トコトンヤレナ節〉。乃是薩長地區的武士為顛覆幕府，前往江戶時所唱的歌。

會傳來「砰」地信號槍響。

然而，這條奇特的帶子受到紳士的衝撞，並未隨之往前、彎曲，也沒斷掉。反倒出現怵目驚心的情狀，猛烈衝刺的紳士竟瞬間被攔腰切斷。

剎那間，飛沫狀的流質物體自他腹部噴發，鮮紅液體沿帶面灑出。

就在煙火發射之際，響起「哇」地慘叫，紳士的雙手在空中亂舞。同時，他的腰部以下則倒地翻滾兩、三圈。換句話說，其雙手所在的腹部以上與下半身各自行動，選手活生生被切成兩半。

多麼驚心動魄的鋒利度。

乍看不過是普通的帶子，其實是條打造成細長狀的鋼鐵利刃。塗上白漆後，遠看還真像條布帶。

而長長刀刃銳利的一面迎向眾選手。光觸摸就會割傷，何況是以一千公尺競賽的速度撞上。所以身體連同骨頭遭一刀兩斷，也沒什麼好驚訝的。

偽裝成直線的利刃轉眼就屠殺一個人，彷彿啜飲著鮮血，在快感中不住顫動。

此刻，排名第二的短髮夫人那熟透的白皙肉體衝了過來。

酒醉的她，雙眼因疲勞而迷濛，根本無暇顧及第一名的選手發生什麼事。

只聽見剃刀般的帶子「嗡」地一響。

霎時，夫人的胴體拋棄下半身，在空中翻躍。

鮮紅血花絢爛噴發，只聞嘆息般「哈……」地一聲。

其餘八名跑者接二連三撲向這嗜血利刃。最後，共計三人喪命，五人受傷倒下，平安脫險的僅兩人。大夥就是醉得如此糜爛，頭暈目眩到這種程度。園內的瘋狂氣氛沸騰到頂點。

終點處，前兩名慘遭完全切斷的軀體，與被切一半的六人重疊在一塊兒，不停癱倒、翻滾、掙扎、顫動。

沒想到，彷彿是約定好的，分處不同地點的樂隊紛紛將曲目從〈親王親王〉改為〈貓呀貓呀〉❖1。

於是，尚未完全切割的肉體演出貓舞。

實際上，他們的胸腹源源不絕地噴出鮮血，卻仍配合音樂的旋律，一彈一跳地，持續著痛苦萬分的妖貓之舞。

五彩雪片紛飛其中，白色的與黑色的、結實的與鬆垮的，男女各式各樣的肉塊血流不止，手腳滑稽地演繹瀕死的動作，跳著美麗而駭人的癲魅舞蹈，直到最後一刻。

1 享和（1801-1803）年間的流行歌曲，歌詞為「雖說是貓呀貓呀，但貓兒哪會穿木屐、撐雨傘、穿起絞紋浴衣跑過來？啦啦啦啦啦……」，在花街柳巷的宴會上，經常有人邊高歌此曲邊跳舞。

# 旋轉木馬

「原來是這麼回事。」

竊盜裝扮的木島刑警拍拍喜多川治良右衛門的肩膀說道。

慘遭分屍的選手們的妖貓舞蹈漸顯無力，不知不覺已不再動彈。紙雪花輕輕飄落在化成池沼的血泊上，片片濡濕。

「哦，是木島刑警啊。」身穿警員制服的治良右衛門微微回頭，臉上得意的笑容滿溢。

「手槍裡裝的是實彈嗎？」不愧是刑警，木島全身戒備，厲聲問道。

「或許吧。可是請放心，我不會對警察動手。」

「嗯，就算你有此意圖，我也不會讓你輕易得逞，不如束手就擒吧。」刑警說著，自雙色條紋的衣腹處抽出捕繩。

「不，請稍等。我的任務尚未結束，而且我必須向你坦承幾件事……我絕不會逃走。」

即便如此，木島仍無法直接說出要逮捕他的話，總覺得一定會遭對方訕笑，有失警方顏面。園內的情景就是這樣不合常理、教人迷惑，而兇手治良右衛門就是這般從容。

「我建造這座樂園，正是為了殺人。起先是逐個下手，今天則一口氣讓所有人喪命。你也明白，殺人是多麼難以自拔的遊戲，這可是我們祖先尼祿[1]想出的淒美劇碼。」

「你到底想告訴我什麼？」刑警蒼白著臉，不耐吼道。

「還用說嗎？當然是我如何一一殺人。你參透其中的祕密了嗎？」

「那種事無關緊要，反正你就是兇手。」

「哈哈哈哈，看來你仍舊不明白，不如我來揭曉謎底吧。」

「晚點再聽你慢慢解釋，現在不是自白的時刻。」刑警費盡全力才裝出冷淡惡毒的口吻。

「不，要是不先交代清楚，到時可麻煩了。噯，聽我說吧，你應該一點就通。其實，魔術的謎底正是那座摩天輪。」

治良右衛門指向高掛半空的摩天輪。

「我總是以那空中包廂為臥房。待在裡面，不在場證明輕易便能成立，還可遍覽整座遊樂園，因此我有辦法精準射殺身處任何地點的人。」

刑警聽著，不禁面露狐疑。雖不願明顯表現出氣憤，他卻不由得皺起眉頭。

「哈哈哈哈，你似乎仍不明白。你想辯駁，在迷宮中遇害的女人是遭短刀刺

1 尼祿（Nero, 37-68），羅馬皇帝，以暴君的代名詞聞名於世。據傳他曾為欣賞火災而在市街放火。

死的吧？你心裡質疑，怎麼可能用槍射出短刀，對嗎？……但就是可以。我確實將那些短刀填裝在槍裡，而後發射出去。很有創意吧？只要仔細觀察短刀的形狀，便會恍然大悟。那些短刀沒有刀鍔，自柄到鋒一氣呵成。且刀柄部分的雕刻，還與槍身的螺旋紋路完全吻合。哈哈哈哈哈，用手槍發射短刀，不是相當出人意表嗎？」

園裡五彩繽紛的雪花依舊狂亂飛舞，形容得誇張一些，數量多到甚至連一間遠的前方都看不清。在場賓客毫無例外，皆醉到不醒人事。煙火的聲響與樂隊的樂聲掩蓋一切動靜，於是，冷血殺人狂和刑警能不引起任何人懷疑，繼續殘酷的對話。

然而，並非所有人都毫無所覺。此時，紙雪中一名醉漢顛跛走近，途中忽然跌在地上，原來是被數量驚人的屍體絆倒。

「哇啊啊啊啊，這是什麼？怎會有如此精緻的人偶？咦，在那裡的是喜多川先生吧？哎呀，您的巧思真是教人佩服得五體投地。治良遊樂園萬歲！」他不住舉起雙手，讚頌這名殺人魔。

經此一意外的插曲，木島刑警倏然回神。而後，他總算本能地迅速撲向兇手，打落治良右衛門手中的槍，如蛇般纏上捕繩。

「噢，還早，還太早。不是說過我還有未完的任務嗎？」

治良右衛門倏地甩開捕繩，推開刑警，頭也不回地從紛飛的紙雪花之間逃出，腰間的佩劍應聲鏘鏘作響。

不必說，竊盜裝扮的刑警連忙追上。

兩人像一陣旋風似地，在園內四處追逐。

逃亡的治良右衛門前方，可見兀自轉個不停的木馬。沒人坐在上面，僅十幾頭木馬搖頭晃腦地旋轉。

他突然跳上旋轉舞台，木島刑警亦尾隨在後。

兩人順著木馬迴旋的方向，以快過三倍的速度，風馳電掣地奔跑起來，上演一場難分難解的捉迷藏。

竊盜追趕著身穿制服的警察。兩人不斷繞著圓型舞台，外人根本無法分辨究竟是竊盜遭到追緝，抑或警察被糾纏。光從表面判斷，大概會以為扮成竊盜的木島刑警，在逃避一身警裝的治良右衛門吧。

「我的話還沒完……」頭暈目眩的治良右衛門，依舊放聲開口。「迷宮中發生的命案，唔，就是我說的那麼一回事。既然如此，當初人見折枝在裡面撞見的矮子到底是誰？你一定會這麼問吧？」

刑警並未反駁，仍氣喘吁吁地拚命追趕。治良右衛門顯然十分瞧不起他。

「那是三谷二郎。當時他在迷宮裡遊玩，不巧成為智滿子屍體第一發現者。他擔心遭到懷疑，便直接逃離現場，躲了起來。我從摩天輪上看得一清二楚。」

治良右衛門叫喊著，靈巧翻上一頭木馬。他抓起韁繩吆喝，高聲繼續道：

「然後，第二起命案現場，二郎正是像這樣騎著木馬，遭尋常的子彈射殺。子彈當然是從摩天輪上發射的。幾乎同一時間，我射斷熱氣球的繩梯，藉此讓折枝喪命。我雖是神射手，但也不可能精準射中繩梯，那不過是碰巧。喲，危險危險。」

治良右衛門說著，及時躲開刑警的手，敏捷跳下木馬，又在旋轉台上狂奔。

此時，在場內監視的十幾名員警總算留意到這邊的騷動，連忙趕過來。

「逮住那傢伙！快、快！」竊盜裝扮的木島刑警邊追趕，邊奮力揚聲命令。

「什麼？逮住警察？」不知兩人變裝的正牌員警很是驚訝。這也難怪，他們根本還來不及認出對方是木島。

「喂，你們別上當。這傢伙是兇手，看他的樣子就知道吧？」不料治良右衛門竟先發制人。

沒錯，兇手肯定是穿和服的傢伙。瞧，他不正遭到追緝嗎？轉念一想，倒也像這麼回事。

於是，所有員警鬧烘烘跳上旋轉舞台，群情激憤地追捕起穿和服的男子，也就是木島刑警。

下一幕，顛倒是非的逮捕劇碼上演。

煙火「咚、咚」地發射。每當煙火綻放，傾注而下的五彩雪花就愈來愈濃密，簡直快淹沒天空及地面。當中，無數氣球接二連三飄向天際。

樂隊吹奏著荒腔走板的爵士樂。酩酊大醉的賓客或歌唱、或歡呼，在園裡到處亂竄。然而，誰都沒注意到旋轉木馬上的追捕劇。

終於，竊盜裝扮的木島刑警在旋轉舞台上落網，幾十名員警迅速壓到他身上。

「笨蛋、混帳、廢物！」

員警堆成的山底下，傳出木島的怒吼。

「我是木島，你們不認得嗎？兇手是那傢伙，是假扮成警察的喜多川治良右衛門。」

此際，員警總算釐清事態，趕緊起身。可惜，治良右衛門早離開旋轉木馬，奔向遠方的山丘。

「追，別讓他逃走！」

眾人倏地跳下旋轉舞台，其中甚至有人跌倒，而追捕情節又緊接著上演。這回的追兵人數眾多，即使治良右衛門是魔術師，恐怕也插翅難飛。

## 惡魔升天

治良右衛門沒命地奔跑，而後來到遊樂園一隅的山丘上。此處可見一個碩大的熱氣球，他倏然在繫綁熱氣球的柱子前停下腳步。

「各位，請稍等。我要在這裡完成未竟的計畫，讓你們瞧瞧一項嶄新的設計。」

十幾名員警包圍治良右衛門，只要他一有行動，便會撲上前壓制。

「喏，請看。」

治良右衛門指著裝設在柱子上的醒目開關。

「各位認為這有何特殊意義？這開關正暗示建造治良遊樂園的終極目的。當開關的金屬物迸出火花之際，啊啊，園內將呈現怎樣的地獄風景？光想像起那景象，我就興奮得胸口幾乎要爆炸。我希望讓各位親眼目睹，才大費周章地把你們引誘至此。」

一股莫名的不安湧起，員警不禁全身冷汗涔涔。他們緊盯著開關，絲毫不敢鬆懈。「要是開關啟動，可不得了」的想法，逼得眾人膽戰心驚。

「哦，我要給你們看的不是這個開關，不如轉身望向後方，俯瞰治良遊樂園的全景。好，就是此刻。眼下就是治良遊樂園的最後時刻！」

治良右衛門呼喊聲未落，開關便「啪」地迸出火花。所有人幾乎是反射性地回頭，眺望遊樂園的全景。

只聽聞一陣難以形容的地鳴。一種宛如大地震前兆般，令人毛骨悚然的鳴響在四周傳開。

雖不是地震，但遠勝於地震災難的地獄風景瞬間展現在眾人面前。

首先，模仿淺草十二階的摩天閣攔腰折斷，不時噴發煙塵，緩緩崩塌。由此可清楚望見，漫漫煙塵中，塔上的賓客翻滾過半空，猶如地獄的亡者墜落大地。驚天動地的隆隆聲伴隨著駭人的震響接連四起。

「接下來是摩天輪！」治良右衛門的狂吼恐怖至極。

空中的摩天輪登時出現異常，輪軸「鏘啷啷」地傳來清脆的聲響，宛若組合玩具漸次解體。懸吊其上的十幾座小型包廂裡，載滿乘客。他們隨包廂墜落地面，紛紛自車窗伸出手，嘴巴大張到幾乎占滿整張臉，教人不寒而慄的慘叫合唱頓時遍傳。

阿鼻地獄。叫喚地獄。

帕諾拉馬館的圓屋頂鉤環鬆脫，整個塌陷進圓筒狀的牆中。

水泥大鯨魚發出雷鳴般的轟聲，灰飛煙滅。

地底水族館洪水氾濫，地獄極樂的隧道山崩湮沒，池子、河川瞬間化為海嘯沸騰翻湧。

比任何戰爭場面都要凶猛的動亂及驚駭的聲響，震憾幾十町步❖1的治良遊樂園。

火藥的煙霧、土煙、沙塵，甚至吞噬森林與山丘，不斷往空中竄升。

1 面積單位，一町步約為99.2公畝。

水泥碎片、鐵筋斷根、被扯斷的柱子，人類的頭、手、腳，此外的各種碎塊伴隨著依舊傾瀉不停的五彩雪片，自警方人員的頭頂傾注而下。

現場員警幾近眼瞎耳聾，內心也被逐漸掏空，腳步不時踉蹌，勉強立定原處。逮捕兇手的念頭早飛到九霄雲外，他們甚或沒意識到治良右衛門的存在。

不久，煙塵漸次平息，治良遊樂園成為一片慘不忍睹的廢墟。墓場般的寂靜、死亡般的沉默。放眼望去，沒有任何物體活動。

「趕盡殺絕。幾百名賓客，全遭趕盡殺絕。」一名員警失魂地形容道。

樂隊的樂聲與醉鬼的歡呼，可悲啊，轉瞬間皆消失到冥界。

再沒有人燃放煙火，絢爛的五彩雪花也停止灑落。

「可是，還有一個人活著。」

好不容易回神，只見凶殘的殺戮者治良右衛門笑容滿面地站在眼前。

霎時，員警的憎恨爆發，當下化身為十幾隻蝗蟲，一語不發地撲向冷血大惡魔。

「哦，再等等。」

千鈞一髮之際，治良右衛門竟然閃開，躍至垂掛一旁的熱氣球繩梯，迅速攀爬而上。

「還沒喪命的，是我的老婆鮎子，木下鮎子。只有她，我無論如何都捨不得滅口。仔細瞧，我的老婆在向各位問好呢。」

仰頭一望，熱氣球下方的吊籃裡，迷人的鮎子拋下五色彩帶，邊朝眾員警微笑。

「可惡，豈能讓你們逃跑！」

「混帳！」

「站住，快束手就擒！」

所有員警發狂似地爬上繩梯。最上方是治良右衛門，稍遠處則是木島刑警，而後是幾十名警察，在空中連成一長串。

治良右衛門不再玩弄腳底下的追兵，奮力攀上繩梯，動作快得像隻猴子。不一會兒，治良右衛門爬過十幾丈的繩梯，鮎子白皙的手拉起他。但他跳進吊籃時，木島刑警已抓到籃邊。

「快點、快點切斷繩子！」

治良右衛門一聲令下，或許事先就交代好，鮎子手中白刃一閃，空中繩梯的兩條繩索立時被切斷。

而僅憑木島單手，著實無法支撐起緊連在他下方的十幾名員警。他的手隨著繩索，一同離開吊籃。

只見垂直伸向空中的繩梯載著成串的警察隊伍，一眨眼四散飛去，化作一陣警察驟雨。

此時，切斷繫繩的熱氣球搖擺著臀部，往高空遠遠飛升。

治良右衛門與鮎子半身探出吊籃，將僅剩的紙帶全數拋向地面，齊聲高喊萬歲，與充滿回憶的治良遊樂園廢墟永別。

熱氣球無邊無際地上升，穿過無數白雲，幻化為一條小魚，而穗繩與垂掛的繽紛彩帶就像魚鰭一般，沿途散發著滿足歡愉的氣氛，漸漸地，連影子都看不清，及至渺如灰塵，最後消失在無盡藍空中。

## 〈地獄風景〉的延續

×　×　×

深夜，U監獄裡的十三號單人房中響起駭人的聲響。值班的獄卒趕過去一看，由於殺妻而被判終生監禁的喜多川治良右衛門滾落木床，正皺著臉搓揉屁股。

「怎麼，做噩夢啦？」

獄卒關心地問，治良右衛門苦笑著啞聲應道：

「是好夢哪，我和老婆乘著熱氣球升天的好夢。」

「哈哈哈哈哈，是從熱氣球跌下來的夢吧？」

「嗳，差不多。」

「三更半夜的，別淨折磨人。不許再做無聊的夢。」

「不過啊，別說是無聊，那夢境也不怎麼美妙。呵呵呵呵呵，好想讓你瞧瞧，真的。」

治良右衛門說著，邊擠出滿臉皺紋，像個狂人般無聲地笑了。

〈地獄風景〉發表於一九三一年

# 《黑蜥蜴》解題

文／藍霄

《黑蜥蜴》為「江戶川亂步作品集」第九集，本書收錄兩篇小說：〈黑蜥蜴〉發表於一九三四年，〈地獄風景〉則更早，在一九三一年，是亂步戰前唯一的本格推理長篇代表作〈帕諾拉島綺譚〉的續集，差別為這是作者所稱的「丑角版」。

長篇〈黑蜥蜴〉依舊是明智小五郎探案，但在亂步的明智探案系列中，屬於相當獨特的存在。

明智小五郎在〈D坂殺人事件〉登場，呼應亂步寫作初期，基本上不離兩個方向：一是解謎性強烈、充滿智性浪漫趣味的解謎小說，另一則是洋溢著瑰麗幻想、帶有詭異氣息的獵奇小說。明智小五郎在這樣的理念下出場，有如踩在泥濘的鄉道小路，慎重卻需紮實，基本上與西方解謎天才型偵探的脈絡相承。以心理學或文學角度來看這種寫作風格，即便是短篇，仍饒富藝術性與值得深究的內涵。

然而，一九二六年起，亂步受雜誌社邀請，開始大量寫作通俗長篇小說。既屬通俗，不可否認地，投讀者所好、陳義不高的閱讀趣味反倒變成重點，如此一來，便很難具有過去短篇的完整藝術性。瑰麗幻想往往變成荒誕不羈，獵奇渲染有時越線成恐怖豔情，一方面又要配合雜誌連載，故事鋪陳為長篇情節難免鬆散跳脫。不過，通俗趣味取向的作品相對受讀者歡迎是不爭的事實。

戰前主動接下中央公論社版《世界文藝大辭典》（一九三五～三七）推理小說與推理作家項目的執筆，亂步曾回憶「形同是為我的通俗長篇造成推理小說墮落而謝罪」，戰後也在隨筆中反省：「我非常後悔，真不該在連兒童都會閱讀的低水準大眾娛樂雜誌，撰寫豔情且恐怖的推理小說。我今後絕對不會再重蹈覆轍。」（大內茂男〈華麗的烏托邦〉）

對照此一時間點，來看待一九三四年發表的〈黑蜥蜴〉與之後讓亂步更加聲名大噪的一九三六年的《怪人二十面相》等少年推理系列，是相當有意思之處。

之所以說〈黑蜥蜴〉特別，在於幾乎已見不到過往迎合讀者的濃重殘虐風味，豔麗詭異的描寫逐漸淡薄，擁有打鬥能力的偵探明智小五郎，成為直接面對罪惡、挑戰犯罪的英雄，鬥智懸疑變成貫穿這些案件的主軸，故事節奏比較爽朗明快。

創作時的心理狀態，有時能從推理作家寫作的風格變化看出一絲端倪。以之後亂步大量寫作少年推理的企圖，對照這篇〈黑蜥蜴〉，當可窺見其間逐漸轉變的奧妙。

儘管如同《怪人二十面相》，依然有個與明智演對手戲的女賊黑蜥蜴，差別是以女賊觀點的敘述占了相當大的篇幅；雖一樣有變裝、一樣有鬥智鬥力互較高下的場面，但與往昔通俗作品的陰濕暴虐相比，整部小說描寫朝著「健康爽朗」方向而去，完整性也較高，難怪〈黑蜥蜴〉是亂步通俗推理小說的代表作。雖然三島由紀夫感動亂步的耽美趣味，曾把此部作品戲劇化搬上舞台，但整體而言，可視為亂步風格轉折的作品。

〈地獄風景〉則是亂步為《江戶川亂步全集》的附錄雜誌《偵探趣味》，基於服務讀者而撰寫的作品。縱如亂步本身所言，猜兇手小說變成「笑鬧劇」荒唐收尾，卻能看出亂步即興撰寫本格長篇推理的難處，及當初欲遵守基本本格派解謎要素的意圖。與其歸為不成功之作，毋寧說此篇包含不容忽視的亂步風格的趣味描寫。

本文作者簡介

藍霄，一九六七年生，推理小說家。著有《光與影》、《錯置體》等秦博士系列作品。

# 亂步的天空

文／本多正一

## 1

江戶川亂步經常在簽名板上揮毫寫道「浮世為夢，夜夢方為真實」，這句話究竟有何含意？引用亂步所言：

青年時期至今，愛倫坡的一段自述惠我良多：

「這個世界的現實，於我皆是夢——不過是一場夢。相對地，出現在夢境裡的千奇百怪思緒，不僅是我生命的糧食，更是我的現實。」

最近的作家中，英國的瓦特・德・拉・麥亞的一席言論繼承了箇中精神：

「我願自現實世界逸脫。與現實相比，空想更具真實。」

若有人請我在簽名板或詩箋上題字，我便會將這些話語凝縮為「浮世為夢，夜夢方為真實」，致贈對方。

——〈忘不了的文章〉

無論是愛倫坡，抑或德．拉．麥亞的思想，皆可解讀為：比起枯燥無味的現實、浮世人間，夢與空想的世界中所感受到的真實、想像力更值得傳頌。或許這樣的形容極其適合以幻影城主自居的江戸川亂步，但實際上，亂步並非自閉於幻想故事的作者。許多評論家都曾指出亂步的兩面性——空想與實務。如同偵探小說鼻祖愛倫．坡在〈創作的哲學〉(*The Philosophy of Composition*)中所陳述，某一種類型的作家亟需以冷靜的方式演繹出張力十足的美與瘋狂、怪奇與幻想；而為了讓想像力能在藝術、文學中盡情翱翔，於現實與俗世建立牢固的基礎及立足點是不可或缺的。

## 2

江戸川亂步本名平井太郎，一八九四年十月二十一日出生於三重縣名賀郡名張町。父親為平井繁男，母親為平井菊，是家中長男。平井繁男自關西法律學校（現關西大學）畢業後，在名張町的名賀郡公所擔任書記。而母親與祖母和佐都喜歡閱讀講談本❖1、黑岩淚香等人的小說。平井繁男的父母都是名張藤堂家藩士的後代。

而平井太郎深受母親及祖母的影響，自少年時期便耽讀巖谷小波作品、菊池幽芳譯作《祕中之祕》、沉迷於黑岩淚香的《幽靈塔》，並嗜讀押川春浪等人的小說。

1 講談是類似說書的表演藝術,記錄其內容的書籍即講談本。

他從小學起就對鉛字、出版心懷憧憬，甚至獨立編寫雜誌。日後由於父親轉職、創業，一家人搬到名古屋。未料太郎就讀中學時期，父親破產，太郎只得自力打工賺錢，而後進入早稻田大學就讀。

太郎對偵探小說的興趣從未稍減，大二那一年，他大量閱讀愛倫坡與柯南・道爾的作品，並著手編輯推理小說備忘錄的手工本《奇譚》，完成密室小說的習作〈火繩槍〉。當時半工半讀的苦學生太郎甚至懷抱遠渡美國、在異鄉成為偵探小說家的夢想。

畢業後，太郎進入大阪貿易商社加藤洋行上班，約一年後轉職，前後做過鳥羽造船所事務員、古書店老闆、《東京派克》雜誌編輯、中華蕎麥麵攤老闆、東京市公所職員、大阪時事新報記者、髮油製造業經理等，歷經各種職業。這段期間，他則嗜讀谷崎潤一郎與杜斯妥也夫斯基的作品。

在不停轉換工作的貧窮生活中，太郎邂逅了一九二〇年創刊的《新青年》。前年結婚、甚至生子，卻處於失業狀態的太郎認為「創作偵探小說的時機終於到來」，於是提筆完成〈兩分銅幣〉及〈一張收據〉。他曾將〈兩分銅幣〉的原稿寄給英國文學評論家馬場孤蝶，請他惠賜批評指教，卻未獲得回應。因而太郎收回稿子，改投給《新青年》編輯長森下雨村。便是在此時，他將筆名取為「江戶川亂步」。

3

讀過〈兩分銅幣〉後，雨村為其點字暗號之絕妙、劇情之詭奇及結局驚歎不已，並懷著「別林斯基讀過杜斯采也夫斯基的處女作後，深夜敲打其門的歡喜」，徵詢熟讀歐美偵探小說的小酒井不木對〈兩分銅幣〉的見解，不木亦大感驚豔。一九二三年，雨村在《新青年》四月號發布預告：「人們總認為，『日本也必須推出不亞於外國作品的偵探小說』，果真出現如此出色的作品。一篇真正不遜於外國名作，不，在某些意義上，有過之而無不及的純粹創作誕生了。此即本期發表的江戶川亂步作品。」並同時刊出不木的推薦文：

「即使一天吃四頓飯，我仍非得至少讀一篇偵探小說才有飽足感，感謝森下先生推薦優秀如〈兩分銅幣〉的作品給我，願此功德庇佑他轉世入兜率天❖1。（略）日本出現此一水準直逼外國知名作家的偵探小說家，讓人備感欣慰。」

——小酒井不木〈讀《兩分銅幣》〉

與〈兩分銅幣〉同時投稿的〈一張收據〉則刊登在七月號。緊接著，亂步發表〈致命的錯誤〉、〈二廢人〉、〈雙生兒〉，一九二五年發表名偵探明智小五郎初登場的〈D坂殺人事件〉及〈心理測驗〉、〈黑手組〉、〈紅色房間〉、〈天花板上的散步者〉、〈人間椅

1 佛教欲界的第四層天，為一淨土。

子〉。而其中，〈D坂殺人事件〉與〈心理測驗〉更促使亂步決心成為職業作家。

一九二六年，亂步發表〈非人之戀〉、〈帕諾拉馬島綺譚〉、〈鏡地獄〉。在這些作品中，亂步揮灑自如地運用謎團與邏輯、詭計、意外的反轉等偵探小說的手法，建構起獨特的幻想耽美世界。可想而知，亂步會大受歡迎是理所當然之事。

法國文學研究家及作家澀澤龍彥曾指出：

「亂步的小說中，天生擁有不凡氣質、不尋常嗜好的男子，不惜金錢與時間，煞費苦心只為實現詭譎的夢想，致使世人駭然，此類模式占絕大多數。」

「亂步追求的全是烏托邦的黑暗母胎，其創作衝動中，蘊含無意識的子宮願望。」

——〈亂步文學的本質〉

這些評論主要指涉的，應是亂步的初期短篇，尤其是〈帕諾拉馬島綺譚〉等作品吧。

隨著關東大地震的災後重建完成，大量宣傳、大量消費及大眾文化的時代揭開序幕。一九二四年《苦樂》、二五年《國王》、二六年《大眾文藝》等雜誌接連創刊。除《新青年》外，還有《偵探文藝》、《電影與偵探》、《偵探趣味》等專門介紹偵探小說的雜誌登場。而由於亂步的引領，橫溝正史、甲賀三郎、大下宇陀兒、夢野久作、渡邊溫、水谷準、海野十三、小酒井不木等以《新青年》為根據地，漸次活躍起來。偵探小說這種新興文藝，在以往僅屬於時代小說的天下的大眾文學世界裡形成一大派閥。

然而，亂步對於將偵探小說歸類為大眾文藝感到極不適切。他在小酒井不木的邀請下，決定加入《大眾文藝》，結識志同道合的長谷川伸、平山蘆江、白井喬二、土師清二、國枝史郎、直木三十五等人，並發表評論〈偵探小說是大眾文學嗎？〉。亂步認為，純粹的偵探小說如同專業與藝術的混血兒，是僅一小部分的讀者才能夠理解的範疇。

一九二六至二七年，亂步第一次挑戰報紙連載〈一寸法師〉。這是向東京、大阪兩地的《朝日新聞》兩百萬讀者宣傳偵探小說旨趣的絕佳機會。沒想到，亂步卻因自我要求過高，對作品陷入自我嫌惡，甚至宣告封筆。而後，他讓夫人獨立經營公寓租賃，踏上流浪之旅。

「在朝日新聞撰寫〈一寸法師〉期間，我就決心暫時封筆。作品之愚劣致使我難以承受，我一心只想中途放棄，卻不被允許。最後，在極度勉強的情形下總算結束連載。只是那般痛苦令我刻苦銘心。就連看到小說兩個字都想吐。」

——《偵探小說四十年》

亂步曾回憶知名無產階級文學理論家平林初之輔說：「再沒有任何評論家，能夠像他那樣指導、鞭撻、鼓舞初期的我，且令我敬畏。」當時，平林將偵探小說家分類為「健全派」、「不健全派」（後來由甲賀三郎分類為「本格」、「變格」），同時對亂步做出以下評論，彷彿預示亂步之後將投入通俗寫作：

「像亂步這類以自由落體般的重力加速度朝尖銳、怪奇、意外等要素的最高峰衝刺的作家，若不暫時轉換方向，尋回從容不迫的態度，或許會一頭栽進死胡同裡，就此動彈不得。」

——〈偵探小說文壇諸傾向〉

「做為日本名副其實的近代偵探小說家，我對亂步懷有深切的期盼。而這份期盼，唯有作者不失嚴謹的態度、精益求精，才可能實現。一旦鬆懈便未竟全功，至少以亂步為出發點的日本偵探小說界，將陷入不忍卒睹的慘狀。」

——〈日本近代偵探小說〉

4

在這段長達十四個月的第一次封筆後，亂步嘗試東山再起之作則是一九二八年的力作〈陰獸〉。〈陰獸〉雖具備本格推理小說的結構，內容卻是描述虐待狂、被虐狂的煽情題材，同時富有耽美的魅力，甚至亂步讓自身誇張化的人物登場，也算是對過去的自己反省。而與〈帕諾拉馬島綺譚〉相同，決定刊登〈陰獸〉的，是時任《新青年》雜誌編輯的橫溝正史。

「亂步十分擅長開場，尤其是〈帕諾拉馬島綺譚〉的起頭，便直教人預感到接下來驚濤駭浪、懾人心魄的情節發展，可謂出類拔萃。至今，我依然深信這部作品與〈陰獸〉是亂步文學的兩大巔峰。」

——橫溝正史〈《帕諾拉馬島綺譚》與《陰獸》完成的過程〉

亂步回歸文壇後發表的〈陰獸〉，受好評的程度甚至使該刊雜誌加印三刷。緊接著，亂步便投入後世評價最高的〈孤島之鬼〉長篇連載。此外，在〈芋蟲〉、〈帶著貼畫旅行的人〉、〈蟲〉等作品中，亂步獨特的耽美作風更進一步深化。這些作品披著同性戀與殘廢製造者、屍姦等醜怪的遐思，深深喚起讀者內心深處的詩情感性，每一篇都堪稱代表作。然而，被奉為偵探小說界龍頭的亂步卻為此苦惱。

戰前出版變格偵探小說巨著《腦髓地獄》的夢野久作曾說：「……日本也可能出現如同柯南．道爾那般的小說嗎？……（略）相對於愛倫．坡遺留世間的刺鼻藥水味，亂步創造出的那種濃稠黑砂糖風味我還是第一次嗅聞。」（〈我對江戶川亂步的感想〉）他指責亂步的本格偵探小說〈心理測驗〉、〈D坂殺人事件〉根本是模仿歐美創作，卻對亂步文學資質開花結果的〈白日夢〉、〈紅色房間〉、〈跳舞的一寸法師〉、〈蟲〉等讚譽有加。即便如此，亂步仍沒有自信。

「脫離封筆時期後，我撰寫了〈陰獸〉、〈芋蟲〉、〈帶著貼畫旅行的人〉、〈蟲〉等，即使博得部分人士好評，依舊毫無自信。無論如何，這些根本不是真正的偵探小說，做為平林先生所謂的變格作品，我覺得它們早已過時。」

——《偵探小說四十年》

亂步為《偵探小說四十年》中的〈一九二九年〉這一節下了「活著就是妥協」的標題。

「在私有財產、自由經濟的世界中，沒有錢，就意味著淪為奴隸。（略）這樣的動機極度不純、令人作嘔，不料以我自己備感拙劣的小說謀生，竟是最有效且輕鬆的賺錢方法。(略)最後我妥協了。活著本身就是妥協。」

——《偵探小說四十年》

亂步在初期耗盡創作偵探小說的熱情，且自我要求太過，之後，出於對自作的嫌惡，甚至宣告封筆。而再次執筆時，這位嚴苛的藝術創作家搖身一變，成為所謂的職業小說家。

5

一九二九年〈蜘蛛男〉(《講談俱樂部》八月號～三〇年六月號)

一九三〇年〈獵奇的盡頭〉(《文藝俱樂部》一月號～十二月號)、〈魔術師〉(《講談俱樂部》七月號～三一年六月號)、〈黃金假面〉(《國王》九月號～三一年十月號)、〈吸血鬼〉(《報知新聞》九月～三一年三月)

一九三一年〈盲獸〉(《朝日》一月號～三二年三月號)、〈白髮鬼〉(《富士》四月號～三二年四月號)、〈恐怖王〉(《講談俱樂部》六月號～三二年五月號)

一九三三年〈妖蟲〉(《國王》十二月號～三四年十月號)

一九三四年〈人間豹〉(《講談俱樂部》一月號～三五年五月號)、〈黑蜥蜴〉(《日出》一月號～十一月號)

一九三五年〈綠衣之鬼〉（《講談俱樂部》一月號～三七年二月號）

右列作品多是以名偵探明智小五郎與蜘蛛男、魔術師、黃金假面、人豹等異形怪人鬥智鬥力，驚心動魄的動作大戲。「對偵探小說讀者而言，故事或許只是荒唐無稽的冒險怪奇小說，卻意外頗受好評。」（《偵探小說四十年》）也因此，亂步在一九三一年的幻想短篇〈目羅博士不可思議的犯罪〉及三三年睽違已久地在《新青年》以本格長篇為目標的〈惡靈〉中斷後，彷彿不再傾全力創作。一九三一年，集往年作品大成的《江戶川亂步全集》共十三卷由平凡社出版，佳評如潮。這套全集可說鞏固了亂步大眾小說家的地位。

此外，一九二九年，亂步出版第一本隨筆集《惡人志願》，開啟亂步以隨筆家為名的足跡。《鬼之言》（一九三六）、《幻影城主》（一九四七）、《隨筆偵探小說》（一九四七）、《幻影城》（一九五一）、《續．幻影城》（一九五四）、《海外偵探小說作家及作品》《我的夢與真實》（一九五七）——亂步對偵探小說的造詣自不必說，還囊括自傳性的回顧、文化評論、關於同性戀文獻的知識等，每一篇章都以豐富的讀書量與見解為基礎，且言簡意賅，是值得再三細讀的名隨筆集。

亂步的通俗長篇毀譽參半、褒貶皆有，但其獨特魅力深深吸引《新青年》讀者以外的大眾，也是不爭的事實。那些交織懸疑色彩而成的冒險怪譚，或許故事之間大同小異，作者也自卑過甚，但其文筆、描述之精湛無人能出其右，即使經過半世紀以上，各作依然為後世津津樂讀，並改編為電視劇和電影，甚至進一步成為歌舞伎劇目（二〇〇八～〇九，〈人間豹〉被改編為歌舞伎《江戶宵闇妖鉤爪》、《京亂噂鉤爪》），在在令人驚豔。近年，在立教大學的主導下，學界更重新對亂步的通俗長篇與都市文化、大眾文化之間的關聯進行評價。

亂步的通俗長篇帶來意想不到的影響。一九三六年，亂步第一部少年小說〈怪人二十面相〉開始在《少年俱樂部》連載，故事主軸為怪人二十面相與名偵探明智小五郎的對決。從此，以明智的助手小林少年為首的少年偵探團協助辦案的冒險故事，受到全國年輕讀者的支持，熱潮延燒至戰後，是難得一見的長壽系列。而亂步的遺作正是同系列的〈超人尼可拉〉（一九六二）。

「情節猶如亞森．羅蘋的翻版，比起創作成人讀物，撰寫少年讀物輕鬆許多。約莫是少年刊物中，從未出現類似作品，因而大受歡迎。由於經常收到孩子們的來信，受到鼓舞的我，決定每年連載一部長篇少年作品。」（《偵探小說四十年》）眾多通俗長篇致使亂步被視為情色醜怪的代名詞，少年長篇卻讓他在意想不到之處邂逅了知己。

戰後，寫下反推理小說大作《獻給虛無的供物》的中井英夫注意到亂步少年作品的舞台——東京。

「作家究竟是從何時起，不再迷戀、憐恤無賴的東京及創作小說？」

「開頭一定會出現的寂寥荒原（略），這是居住在都會的少年所害怕的原始風景。」

「亂步是直到最後心中都保有這份無垢的恐懼，且深知如何直白表現的罕見人材之一。」

「其實亂步才是那過分孤獨、不得不接連改變扮裝出現在少年面前的那個『存在本身就是羞恥』的怪人二十面相。」

——中井英夫〈過分孤獨的怪人〉

## 6

一九三七年，盧溝橋事變爆發，時代朝中日戰爭、太平洋戰爭一路邁進，在此背景下，可解讀為反戰意義的〈芋蟲〉在三九年遭警視廳命令全篇刪除。緊接著，第二次近衛內閣成立、日德義三國同盟締結、大政翼贊會組織、七七禁令發布。在創作日益艱難的環境中，出版社也暫停亂步著作的重新改版。四〇年，亂步結束在《日出》所連載的〈幽鬼之塔〉後，決定隱居。

「我原本就沒有大眾作家那種靈巧的本事，只是出於想探索自身的心理底層、愛好邏輯，及對怪奇幻想的嗜好等天性，而立志創作偵探小說、怪奇小說，因此，我無法像其他偵探作家那般，短時間內便改為創作其他類型的小說。」

——《偵探小說四十年》

一九四一年，著作出版實質上遭到禁止的亂步，著手製作《貼雜年譜》。他將平井家的祖先來歷一直到自己的生平、與自作相關的報導、書簡、手稿、照片等，全收進以母親的和服腰帶製成封面的大部頭剪貼簿裡，總計兩冊。亂步以平井太郎的身分撰寫〈序〉：「值此時局，文筆生活幾不可能，因而決定暫時休養。百無聊賴之際，忽然興起製作這份貼雜帖的念頭。我將決心寫作偵探小說以來，閒暇時剪下並隨意收進剪貼簿的印刷品，依年代順序整理，還翻出其他雜文，嘗試簡述我的過去。(略)這當然不是為了讓任何人閱讀，主要是做為自身的備忘，聊以慰藉，同時也覺得這對我的家人、子孫或許具有某種程度的意義。」

此期間所製作的兩本《貼雜年譜》，之後由講談社製作抄錄成相片製版本(一九八九)，東京創元社也製作完全復刻本(二〇〇一)。亂步的回憶錄式自傳《偵探小說四十年》即根據這份《貼雜年譜》完成，兒子平井隆太郎曾在《亂步的軌跡——出自家父的貼雜帖》(二〇〇七，東京創元社)中嘗試解讀。

戰時的亂步創作，包括一九四一年以小松龍之介為筆名發表、主要描寫少年科學機智的「智慧的一太郎」系列，及四三年的諜報小說〈偉大的夢〉，但多為配合時局而創作的科學詭計小說，了無新意。

在這次戰爭中值得一提的是，曾因嫌惡自作而選擇流浪、厭世且深具藝術家特質的亂步，逐漸顯現不同的面貌。他與鄰組❖1等街坊交流互動，成為戰爭時期的好國民，不僅積極參與防空演習，還擔任町會幹部。亂步另一種社交的、社會化的實務家性格浮現。想必他原本就具備此一資質，而這也成為戰後從事偵探小說復興、普及運動的原動力。

## 7

一九四五年八月十五日，太平洋戰爭結束。接獲戰敗通知的同時，亂步認為「偵探小說國美國占領了日本，因此即使日本固有的大眾小說就此衰退，我相信偵探小說也必將普及」。而果真不負他的期待，戰後偵探小說聲勢如日中天。從岩谷書店的《寶石》起，一時之間多達十四種偵探小說雜誌同台較勁，盛況空前。

以橫溝正史相繼發表的《本陣殺人事件》、《蝴蝶殺人事件》、《獄門島》等力作為嚆矢，坂口安吾發表《不連續殺人事件》、角田喜久雄發表《高木家的慘劇》、高木彬光發表《刺青殺人事件》，開啟了長篇本格偵探小說的時代。此外，還有飛鳥高、香

1 第二次世界大戰期間的基層保甲組織，每十戶為一組。

山滋、山田風太郎、島田一男、大坪砂男等新人輩出。而亂步的舊作也重新復刊，〈心理測驗〉、〈一寸法師〉、〈幽靈塔〉等作品陸續改拍成電影。一九四七年，亂步主持偵探小說愛好者的親睦會「土曜會」，隔年改為「偵探作家俱樂部」。彷彿試圖填補戰爭時期的空白，亂步竭盡所能地蒐羅海外偵探小說的平價版，專注於追蹤偵探小說的最新動向及研究。他亦參與演出文士劇和廣播節目，並前往各地進行推廣、介紹偵探小說的演講，為擴充與鞏固偵探小說的市民權，積極投入相關活動。亂步可謂以偵探小說龍頭的身分，全力支持啟蒙普及運動。

然而，最重要的創作卻逐漸停擺。一九四九年起，亂步開始連載少年作品〈青銅魔人〉等，但除五一年改編史卡雷德（Roger Scarlett）《天使家凶殺案》（*Murder Among the Angels*）的〈三角館的恐怖〉，還有短篇〈凶器〉外，僅撰寫連作第一回而已。同年出版的偵探小說評論集《幻影城》，則是亂步對偵探小說的過往評論及研究的集大成，此書並獲得日本偵探作家俱樂部獎。

至於本格長篇作品，則是直到一九五四年才開始在《寶石》連載〈化人幻戲〉。同年，位於丸之內的東京會館舉行參加者超過五百名的亂步還曆壽宴，現場眾星雲集，亂步更在席間捐出百萬圓給偵探作家俱樂部，並宣布成立「江戶川亂步獎」。第一屆頒給中島河太郎的《偵探小說辭典》，第二屆頒給早川書房的口袋推理叢書，第三屆起改為推理新人獎，之後造就仁木悅子、多岐川恭、新章文子、陳舜臣等作家，至今仍是新人的登龍門獎項。當中尤以仁木悅子的《只有貓知道》，與同時期寫出《點與線》、《零的焦點》等暢銷著作的松本清張，讓戰前予人陰慘印象的偵探小說脫胎換骨，成為木木高太郎重新命名為「推理小說」的新文藝。在進入高度成長期的日本，推理小說成為知性娛樂讀物，逐漸普及。

連載〈化人幻戲〉之際，亂步也寫作〈影男〉。眾人多期待〈化人幻戲〉會是亂步的第一部本格長篇作品，然而，儘管犯罪動機別開生面，卻無法視為突破以往亂步風格的偵探小說，而〈影男〉的內容也像是戰前通俗長篇的總合。唯有和渡邊劍次合作、以倒敘形式撰寫的〈十字路〉獨出心裁，博得好評，但亂步自陳「與渡邊合作的〈十字路〉受到稱讚，我也不怎麼高興」(《偵探小說四十年》)。隔年，即一九五五年，亂步僅執筆完成〈月亮與手套〉、〈防空壕〉，其餘時間皆專注於偵探小說的推廣活動、評論研究及少年讀物的寫作。

此外，自一九五七年起，亂步出面重建陷入經營危機的《寶石》，成為總編輯。他邀請各界知名人士撰寫偵探小說，傾注熱情挖掘新人，並於五九年出版《詐欺師與空氣男》。此為全新創作小說，也是亂步生前最後一部長篇。

一九六〇年，松本清張在《日本推理小說大系第二集　江戶川亂步集》中撰寫的解說〈江戶川亂步論〉提及：

亂步在那十幾篇短篇小說中，將生命燃燒殆盡。那些短篇小說真正綻放出永恆的光芒。

亂步在後半期開始寫作通俗小說，並受到部分人士抨擊。我雖不甚贊同，但亂步寫作這些通俗作品時的痛苦、自我嫌惡正如同前述。然而，只看這一連串的長篇作品本身，其旨趣構築出獨特的世界，實非爾後輩出的亂步模仿者所能企及，由此更凸顯亂步的非凡。

這是亂步回憶過往時亦承認的事實。以此做為亂步生前的評價，偵探小說重度讀者應深感認同吧。

一九六一年，重磅回憶錄《偵探小說四十年》出版，同年桃源社出版由亂步親手校訂，並附上自註自解的《江戸川亂步全集》全十八集。同時，基於對推理小說界長年來的貢獻，亂步獲頒紫綬褒章[1]。自此，亂步不時受高血壓及帕金森氏症所擾。然而，亂步仍拖著病軀，在一九六三年將「偵探作家俱樂部」改組為「社團法人日本推理作家協會」，並就任第一任理事長。

離世前兩年，亂步委託三重縣津市乙郡的淨明院住持安達易堂為他取法名，當時的信件至今還保留著。法名則依亂步本人的遺願。

1 為日本政府頒發給學術、藝術、運動領域有功者的獎章。。

感謝師父前日所選法名。師父在信中提醒我務必提出自己的想法，恭敬不如從命。不揣冒昧，僅將鄙見陳述於左，還望指點。

最勝院文學亂步居士

法名中若包括「亂步」二字，甚感欣喜。然「文學」似乎略嫌露骨，教人靦腆，欲以「幻城」二字代「文學」之。至於箇中緣由，我素日即以「幻影城城主」自居，亦出版《幻影城主》、《幻影城》、《續・幻影城》三冊隨筆。此外，於名張市的誕生碑上也刻有「幻影城」三字。

「最勝院」應有出典，然而，我認為若能改成「智勝院」三字，應更合適。偵探小說是描寫智慧（儘管是俗世的智慧）的勝利，因此「智勝」二字似與我有緣，也較適切。但《法華經・化城喻品》中有大通智勝如來神佛，不清楚這類佛名能否用於法名上，故望指點。亦即，我企盼的法名是：

智勝院幻城亂步居士

還請賜教。

——一九六二年四月二十四日

一九六五年七月二十八日，長期於自宅療養的亂步因腦溢血過世，享年七十歲。八月一日，在青山葬儀所舉行日本推理作家協會葬，墓地設於三處：津市淨明院、富士靈園、多磨靈園。

山村正夫、角田喜久雄曾分別描述亂步臨終的情況。

病房是面庭院的八疊和室。壁龕前鋪有寢具，老師閉著眼睛，仰躺在床上。雙臂從蓋被呈八字型伸出，上面插滿各種點滴、橡皮管遍布榻榻米，鼻子上以醫療膠布固定氧氣管，令人不忍正視。而由於喘息劇烈，胸口上下猛烈起伏，痛苦的呻吟不時自老師口中傳出。（略）

就在我守候電話旁時，老師撒手塵寰。據在場所有作家的說法，老師最後深深喘了一口氣，原本緊閉的眼睛倏然睜開，逐個確認似地環顧在場眾人，未久，便靜靜闔眸，溘然長逝。

主治醫師乃於下午四時七分，宣告臨終。

——山村正夫《續推理文壇戰後史》

長期昏迷不醒、怎麼呼喚都沒有反應的人，被醫師宣告臨終後，在聚集枕邊的夫人及公子伉儷呼喚下，竟突地睜開眼睛。以那目光絕對清晰的雙眸，靜靜掃視周圍眾人時，淚滴緩緩滑過臉頰，接著漸漸闔眼，溘然長眠。此際掠過亂步腦海中的，究竟是什麼？以頹廢派自居、自稱利己主義者的亂步，心底真正存在的，是否一樣是無異於凡夫俗子的、捨不得妻兒的可悲人性？

——角田喜久雄〈亂步的臨終〉（《酒》一九六五年九月號）

山村正夫回憶，當年熱心演出文士劇的亂步曾感嘆：「演員能夠在戲裡化身為死人，實在太教人羨慕了。」而從洞察丈夫所想的夫人阿隆所言：「他認為人生就是一場戲，他想要盡可能演出更多戲。」可推知或許那正是亂步最真切的心情。仔細回想，江戶川亂步遺留後世的作品，正是屹立於生死間、幽冥境的幻影文學。

## 8

一九六九年，亂步歿後的第一部《江戶川亂步全集》出版，並及時趕上《夢野久作全集》、《久生十蘭全集》、《小栗虫太郎作品集》等異端文學復活的時機，因而掀起一陣旋風。後來作品收錄於角川文庫及春陽文庫，若與白楊社的少年偵探團系列一併閱讀，幾乎便能接觸到亂步全部的小說。

一九七八年起，推出全二十五集的《江戶川亂步全集》；八七年起，出版全六十五集的《江戶川亂步推理文庫》。此外，七五年有島崎博編輯的《幻影城增刊 江戶川亂步的世界》、八〇年有中島河太郎彙整成書的《江戶川亂步——評論與研究》，過往的亂步評論中，重要的著作至此可謂已集大成。一九八四年，松山巖從都市文學的角度嘗試解讀二〇年代的亂步，於是出版《亂步與東京》，並獲得日本推理作家協會獎。

一九九四年，迎接亂步誕辰一百年，亂步旋風再起。前年平成五年有久世光彥以亂步為主角而寫的《一九三四年冬——亂步》獲得山本周五郎賞。電影方面，實相寺昭雄翻拍〈天花板上的散步者〉、川島透改編〈帶著貼畫旅行的人〉、奧山和由與黛凜太郎（黛りんたろう）分別導演的兩部《RAMPO》蔚為話題，雜誌也爭相推出特集。以百年誕辰為契機，亂步國民作家的地位更進一步獲得確立。

其後，幾乎每年都有亂步作品改拍成電視劇、電影，或出版文庫本、雜誌特集。而近年的重大話題，應是江戸川亂步故居於二〇〇二年委由立教大學接管一事吧。

亂步故居鄰接豐島區池袋的立教大學，占地約一千兩百平方公尺，是一棟木造樓房，附土倉庫；亂步自一九三四年直至六五年離開人世為止，在此居住三十一年。留在邸內的亂步遺物，包括舊藏的近現代資料約兩萬冊、近世資料約九百五十種三千五百冊、託管資料約五千種等。這些數量龐大的資料及文化遺產皆委由半公共的大學保存，一部分於二〇〇四年夏天在池袋東武百貨舉行的「江戸川亂步與大眾的二十世紀展」中公開，並整理為新保博久與山前讓共編的《幻影倉庫》（二〇〇二，東京書籍）、立教大學主編的《江戸川亂步舊藏江戸文學作品展圖錄》（二〇〇五，立教大學圖書館）兩種藏書目錄。

立教大學設立「江戸川亂步紀念・大眾文化研究中心」，二〇〇九年創刊《大眾文化》，並著手進行〈D坂殺人事件〉、〈人間椅子〉的草稿復刻，十分令人期待。

以上簡略回顧了江戸川亂步的一生，即使如此，還是難以掌握大亂步的全貌。此外，他的足跡留存在許多人的回憶及《貼雜年譜》、《偵探小說四十年》中，但幾乎未有以一貫的視點描寫其整體形象的評傳。這雖然有些難以置信，但就連熱心的學者也只能對著巨大的資料山脈仰頭興嘆。

不過，由新保博久與山前讓編纂、經嚴密校訂的新版《江戸川亂步全集》全三十集（二〇〇四～二〇〇六，光文社文庫）出版，中相作主編、內容充實的《江戸川亂步參考書》全三集（一九九七～二〇〇三，名張市圖書館），濱田雄介發現〈兩分銅幣〉的草稿並編纂《子不語之夢》（二〇〇四，皓星社）等，促使亂步身為代表昭和文學的國民作家的基礎資料逐漸完備，而立教大學的支援活動，今後也將盛大展開吧。作家江戸川亂步及其眾多作品，做為凡人平井太郎描繪出的真實夢想，將永遠充滿鄉愁地停駐在讀者的心靈故鄉。

聽說江戸川亂步完成稿子，或心情好的時候，總會吹起口哨或哼唱起〈故鄉的天空〉。〈故鄉的天空〉一八八八年發表於《明治唱歌（第一集）》，由大和田建樹作詞，原曲為蘇格蘭民謠。

日暮天晴　秋風徐徐
月影西下　鈴蟲唧唧
遙想那　遠方故鄉天空
啊　爸爸媽媽　可否安好？

澄澈溪流　秋萩漂搖
凝珠露水　遍布芒草
遠望這　原野彷若故鄉
啊　我的手足　正與誰遊？

我們這些愛好江戶川亂步的讀者心中，永遠有著一片懷念的故鄉天空，廣闊的「亂步的天空」。

本文收錄於《うつし世の乱歩 父・江戸川乱歩の憶い出》，二〇〇六年六月十六日出版，二〇一一年修訂。



## 本文作者簡介

本多正一（ほんだ しょういち）

一九六四年出生於栃木縣，攝影師、推理文學研究家。爲寫出日本四大推理奇書《獻給虛無的供物》的中井英夫生前最後的助手，同時也是其著作權的繼承人。曾編著《中井英夫全集》（全十二冊，東京創元社），及《幻影城的時代 完全版》（講談社）等。

國家圖書館出版品預行編目資料

黑蜥蜴／江戶川亂步著；王華懋譯. -- 初版. -
台北市：獨步文化：家庭傳媒城邦分公司發
行，2011〔民100.11〕
面；　公分. --（江戶川亂步作品集：
09）
譯自：黑蜥蜴
ISBN 978-986-6043-05-5（平裝）

861.57　　100019128



江戶川亂步作品集09
黑蜥蜴

原著書名／黑蜥蜴
原出版社／光文社
作者／江戶川亂步
翻譯／王華懋
系列主編／傅博
特約編輯／李佑峰
責任編輯／陳盈竹
編輯總監／劉麗真
總經理／陳逸瑛
榮譽社長／詹宏志
發行人／涂玉雲
出版／獨步文化
城邦文化事業股份有限公司
104台北市中山區民生東路二段141號5樓
電話：(02) 2500-7696　傳真：(02) 2500-1967
發行／英屬蓋曼群島商家庭傳媒股份有限公司
城邦分公司
台北市中山區民生東路二段141號2樓
讀者服務專線：(02) 2500-7718; 2500-7719
24小時傳真服務：(02) 2500-1990; 2500-1991
服務時間：週一至週五上午09：30-12：00; 下午13：30-17：00
讀者服務信箱E-mail：service@readingclub.com.tw
劃撥帳號／19863813
戶名／書虫股份有限公司
總經銷／大和書報圖書股份有限公司
電話：(02) 8990-2588：8990-2568　傳真：(02) 2290-1658：2290-1628
香港發行所／城邦（香港）出版集團有限公司
香港灣仔駱克道193號東超商業中心1樓
電話：(852) 25086231　傳真：(852) 25789337
E-mail: hkcite@biznetvigator.com
馬新發行所／城邦（馬新）出版集團【Cite (M)Sdn. Bhd. (458372 U)】
11,Jalan 30D/146, Desa Tasik,
Sungai Besi, 57000 Kuala Lumpur Malaysia
電話：603-9056 3833　傳真：(603) 9056 2833
封面設計／黃暐鵬
排版／浩瀚電腦排版股份有限公司
印刷／中原造像股份有限公司
□2011年（民100）11月初版
售價／360元
Printed in Taiwan

城邦讀書花園
www.cite.com.tw

獨步文化
APEX PRESS

| 廣 | 告 | 回 | 函 |
| --- | --- | --- | --- |
| 北區郵政管理登記證 | | | |
| 台北廣字第000791號 | | | |
| 郵資已付，免貼郵票 | | | |

104台北市民生東路二段 141 號 2 樓

**英屬蓋曼群島商家庭傳媒股份有限公司**

**城邦分公司**

請沿虛線對摺，謝謝！

獨步文化
APEX PRESS

| | | |
| --- | --- | --- |
| **書號**: 1UU011 | **書名**: 黑蜥蜴 | **編碼**: |

請於此處用膠水黏貼

獨步文化 APEX PRESS

# 讀者回函卡

謝謝您購買我們出版的書籍！

請費心填寫此回函卡，我們將不定期寄上城邦集團最新的出版訊息。

姓名：________________ 性別：□男 □女

生日：西元________年________月________日

地址：________________________________

聯絡電話：________________ 傳真：________________

E-mail：________________________________

學歷：□1.小學 □2.國中 □3.高中 □4.大專 □5.研究所以上

職業：□1.學生 □2.軍公教 □3.服務 □4.金融 □5.製造 □6.資訊

□7.傳播 □8.自由業 □9.農漁牧 □10.家管 □11.退休

□12.其他________________

您從何種方式得知本書消息？

□1.書店 □2.網路 □3.報紙 □4.雜誌 □5.廣播 □6.電視

□7.親友推薦 □8.其他________________

您通常以何種方式購書？

□1.書店 □2.網路 □3.傳真訂購 □4.郵局劃撥 □5.其他

您喜歡閱讀哪些類別的書籍？

□1.財經商業 □2.自然科學 □3.歷史 □4.法律 □5.文學

□6.休閒旅遊 □7.小說 □8.人物傳記 □9.生活、勵志 □10.其他

對我們的建議：________________________________

________________________________

________________________________

________________________________

________________________________

請於此處用膠水黏貼

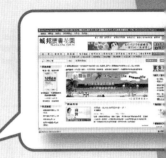